戦争をめぐる
戦後沖縄文学の諸相

柳井 貴士

春風社

戦争をめぐる戦後沖縄文学の諸相●目次

第二部　米軍占領下の文学作品——大城立裕を中心に

第三部　沖縄の米軍基地とベトナム戦争――又吉栄喜を中心に

第四部　沖縄戦の記憶をめぐる文学作品——目取真俊を中心に

凡例

＊　符合例

「　」　論文名、作品名、テクストからの引用、強調

『　』　書名、新聞、雑誌など逐次刊行物

〈　〉　用語の強調

引用内の「／」は改行をあらわす。

判読不明な文字は■であらわす。

＊　引用にあたり、旧字は適宜新字に改めルビは省略した。仮名遣いは原文に従った。

序章　〈戦争〉をめぐる沖縄の戦後文学の研究にあたって

一、本書の出発点と目的

本書の目的は、戦後に発表された沖縄をめぐる小説を中心に、〈戦争〉の表象について検討・考察を行うことにある。

沖縄をめぐる戦後の小説作品は、沖縄戦を契機として、その後のアメリカによる統治、朝鮮戦争、ベトナム戦争、沖縄に配置される米軍基地の問題と連続しており、したがって〈戦争〉と切り離すことはできない。本土・ヤマトにおいては、アジア・太平洋戦争後の焼け跡からの復興と国民生活の回復がなされる一方で、沖縄の戦後は〈戦争〉そのものと隣接しながら展開したのである。

沖縄の戦後は、米軍による占領、軍政府の設立によってはじまり日本への復帰（一九七二年）を経て、現在へとつながる。したがって沖縄は、アジア・太平洋戦争の終戦から、朝鮮戦争、ベトナム戦争へとつづく〈戦争〉をめぐる世界史と関連する。新崎盛暉は、沖縄の戦後は「日本戦後史の一環でありながら、相対的独自性をもって展開した」と指摘する。[1] 日本と密接に関わりながら、米軍占領下において展開する戦後史そのものが、日本でありながら日本ではない足跡を顕示するのである。戦後の日本本土では一九五二年に主権の回復がなされたが、沖縄においては一九七二年の日本復帰まで米軍統治時代がつづき、復帰後においても基地の残存、在日米軍の問題が継続している。その差異の中にあって、新崎の述べる「相対的独自性」は、米軍統治下における沖縄の独自の歴史経過を強調するものである。一八七九年の所謂「琉球処分」による日本への編入と同化政策、沖縄戦の惨禍、米軍による統治、日本への復帰という歴史は、「相対的独自性」を根づかせる土壌そのものであり、またそれゆえ沖縄を題材とする文学においては思想の側面に多層性が付与される要因となった。

〈日本〉の戦後文学は、例えば「戦後文学史の構想[2]」において、「占領下の文学」（一九四五年〜一九五一年）、「転換期の文学」（一九五二年〜一九五九年）、「高度成長下の文学」（一九六〇年〜一九七〇年）、「内向の世代」（一九七一年以降）と構想され、また『戦後日本文学史・年表[3]』においては「戦後変革期の文学――敗戦から一九五〇年代へ」、「敗戦後の文学の転換――講和条約から一九六〇年代へ」、「日常的現実と文学の展開――一九六一〜一九七八」と時期区分されている。

一方、岡本恵徳は、沖縄における敗戦直後の文学の状況について、〈自然発生的〉小説群が『月刊タイムス』、『うるま春秋』といった雑誌に掲載されたが、「その作品は自らの体験あるいは見聞した事柄を、明確な方法や文学的な態度を持ちえないままに、小説化したものであった。したがって、この時期の作品は、ほとんどすべてが、敗戦後の混乱した時期の沖縄の街や農村の現実を素朴に描き出すに留まっていた[4]」と指摘する。また岡本は、「一九五〇年代後半になると、米軍の土地接収など政治状況の激化とともに、米軍への抵抗、状況の告発を主張し、方法として「社会主義リアリズム」を標榜する『琉大文学』グループが登場し、文学のありかたや方法についての自覚を迫ることにな(5)り、一九六〇年代における『新沖縄文学』の発刊、大城立裕の芥川龍之介賞受賞(一九六七年)へつながると述べる。施政権返還を経た後の一九七五年ごろから、本土資本の流入、インフラ整備による「土着的」なものの喪失や変化を内面化した小説作品が登場するとしている(6)。

沖縄における文学作品の時期区分とその内容には、新崎の述べた本土との「相対的独自性」が反映されており、戦争と関わる戦中・戦後の歴史が文学生成の要因として指摘できる。したがって、沖縄の戦後文学に強く影響を与えたのは第一に沖縄戦であり(7)、つづくアメリカによる土地の強制収用やベトナム戦争の展開は、沖縄をも当事者とした不可避的な戦争の継続を意味しているのである。

そこで本書においては、沖縄戦を契機とした戦後の沖縄、アメリカによる新たな〈戦争〉状態下にあった一九五〇年代の沖縄、ベトナム戦争を多層的に経験することになる沖縄をめぐる文学作品の考察を行うとともに、戦争を体験していない世代による沖縄戦の記憶の在り方を問う小説作品の検討を試みる。本土との差異を土台とした沖縄と戦争の表象について文学作品を通して考究することで、「相対的独自性」を含有する沖縄の文学の磁場にふれていくものである。

では、戦後の小説において沖縄と沖縄戦はどのように描かれたのか。

例えば、古川成美が記した沖縄戦をめぐる『沖縄の最後』(中央社、一九四七・一一)、『死生の門』(中央社、一九四九・一)では、本土・ヤマトと沖縄との間に明確な断絶線が引かれている。沖縄は日本の版図にありながら、他者として対象化されているのである。したがって、沖縄戦に従軍した古川の筆致は、経済的格差や政治的差別構造による内国植民地として沖縄を捉えているのである。大日本帝国の〈辺境〉[8]に位置し、同化のための運動を外的に、あるいは内的に発信する経験をした沖縄を、本土・ヤマトの一兵士であった『沖縄の最後』の語り手は、自らの感傷において外部化している。従軍中、「東風平」という地名の「東風」という発音に本土への郷愁をおぼえながら、語り手の意識においては、あくまでも「東風」を地名に含んだ「東風平」の土地そのものへの接近は示されない。〈故郷・本土・ヤマト〉と〈戦地・沖縄〉を同一圏内に配置する意識はみられないのである。

戦後の沖縄の文学における沖縄戦の記述は、記録性を重視する記録文学の形式をもって、本土において、古川の作品を先駆けとして登場していく。また雑誌『雄鶏通信』では戦時体験の記録文学特集がくまれ、広く原稿が公募された。[9]戦後における市民の語りの欲求と重なりながら記録文学は高揚をみせるのである。[10]その中で、古川の作品は特異な位相をみせている。それは本書の第一章、第二章で詳述するように、自己反省の不在、戦勝国である米国への無条件の融和、沖縄という戦場とその風土へのまなざしの欠如として指摘できる。沖縄戦を扱った初期の作品群の中にあって、古川は直接体験を軸とした記録文学を通して、沖縄を他者として描いていたのである。

沖縄は大日本帝国に編入され内国植民地として搾取の対象とされながら、[11]〈同化〉政策を強いられる一方で、沖縄内部から〈同化〉へ呼応した側面も指摘できる。[12]沖縄の歴史過程において〈同化〉が志向されながら、またそれゆえに戦時において本土防衛の要石として位置づけられる沖縄の側面も見出せるのである。

沖縄は沖縄戦による惨禍と、それにつづく解放軍・アメリカの幻想、支配者アメリカとの葛藤と格闘、さらにはアメリカの主導する戦争と隣接する戦後史を有する。したがって、沖縄をめぐる文学作品の戦争との向き合い方を考察することで、戦争という出来事、〈記憶〉と対峙することのさまざまな在り方を示すことを本書のひとつの目的としたい。

二、本書の構成

沖縄を題材とした戦後の文学作品は、太平洋戦争末期の沖縄戦を重要な契機としている。沖縄戦を経ることで、終戦——沖縄においては沖縄戦の終戦を慰霊の日として六月二三日に設定している点を考慮しても本土との差異は明らかである——を分岐点に、現代までの沖縄の文学は三つの視座、すなわち〈本土・ヤマト〉、〈沖縄・共同体〉、〈アメリカ・米軍〉をめぐる視座を持つことになる。沖縄に関する文学作品はこれらの視座が相互に交わりつつ、多層的に沖縄の状況を捉えてきたのである。

そこで本書は四部構成をとりながら、沖縄戦をめぐる文学作品、一九五〇年代の米軍による統治下の文学作品、ベトナム戦争を経て施政権返還に至る時期の文学作品、さらには戦争の〈記憶〉をめぐる文学作品について考察していく。

第一部「沖縄戦をめぐる文学的表象」の第一章では、沖縄戦をめぐる古川成美『沖縄の最後』をとりあげる。

仲程昌徳は『沖縄の戦記』において、戦記作品の時期区分を行い[13]、古川成美『沖縄の最後』、その続編である『死生の門』への検討を行っている。ここで仲程は、『沖縄の最後』に対して記録文学の様相をかりながら、「作者の思考の単純な二者択一性」(二六頁)、「自己批判を欠いた」(二七頁)、「底の浅い現状肯定の楽観主義」(二八頁)的な作品であると指摘し、また『死生の門』に関して、敗戦後の社会常識から単純な善悪論で展開されたとして批判をくわえた。だが、『沖縄の最後』テクストをめぐっては再版される際に、大幅な書き換えが行われ、その書き換えという行為と出版の間にある問題に関しては、管見の限り言及している研究はない。そこで本書では初出『沖縄の最後』をめぐるテクストの詳細な考察と、書き換えられたテクストの持つ政治性や作家の視座の限界を検討していく。『沖縄の最後』については、語り手を通した本土・ヤマトからの視座が具体化されており、捨象された沖縄表象に問題を見出すことができる。沖縄戦を題材とした文学場において、「記録文学」として評価され、GHQ検閲下に海外輸出版も刊行された『沖縄の最後』に注目するのは、終戦後の沖縄へ哀惜を述べながら、沖縄へ向けるまなざしの選択と捨象においてヤマト/沖縄を断絶させる筆致が読みこめるからである。ここでは徹底的に〈他者化〉された沖縄が描かれているのだ。戦争の実相を述べると「前書き」にうたいながら、一個人の視点を中心に敗走の状況と、米軍捕虜施設での「愛のある」保護生活への感謝や感動が述べられる『沖縄の最後』は、先行研究においても、比嘉春潮や仲程昌徳により批判されてきた。本書では『沖縄の最後』がはらむ問題点をテクストに沿うかたちで論じ、またこれまでふれられてこなかった再版に際しての「書き換え」の問題を指摘する。なぜなら、この「書き換え」から古川において一貫して欠落している沖縄への視座を読みとることができるからであり、語り手の本質的な植民地的視座が前景化できるからである。『沖縄の最後』における本土・ヤマトからの視座は、沖縄を〈他者化〉し沖縄戦という重層的な出来事を内部的な痛恨として捉えることはなかった。さらに、捕虜となりアメリカ軍収容所に入る作品内の語り手は、これまでの〈敵〉を受け入れ、アメリカ軍への感謝を述べる。自己反省や戦場となった沖縄へのまなざしの欠落は本土・ヤマトからの視座を現わした作品の一典型として捉えることができる。

第二章では、職業作家ではない古川が『沖縄の最後』につづく『死生の門』において、戦時下に軍司令部にいた八原博通の手記を元に作戦参謀の視点から沖縄戦を「再認識／再構成」するとき、沖縄との〈距離〉はさらに拡大していく点を明らかにする。アジア・太平洋戦争の遂行において重要な戦略として提示される沖縄戦をめぐって、本作に登場する人物たちは、古川の想像による創作を交えながら、自らの周辺の事態にのみ従事する者として描かれる。大局的知見をふまえようとしながらも、沖縄を捨象するかたちで本土・ヤマトからの視座を具現化した点について考察する。

第三章では、〈ひめゆり〉をめぐる言説生成の在り様にふれながら、米軍の収容所内における捕虜たちの語りの欲望の痕跡を見出す。沖縄戦を本土に認識させる大きな契機となったのは〈ひめゆり〉をめぐる諸テクストであるだろう。一九四九年『令女界』に連載された石野径一郎の『ひめゆりの塔』は多くの読者を得た。また一九五三年に公開された映画『ひめゆりの塔』（今井正監督）は、その後、一九八二年、一九九五年に同じタイトルでリメイク、一九六八年には『あゝひめゆりの塔』（舛田利雄監督）が製作される。〈ひめゆり〉をめぐる言説の展開については、仲田晃子[14]や尾鍋拓美[15]の研究がある。仲田は詩歌からときおこし、太田良博「無言の歌」を新聞における〈ひめゆり〉表象の嚆矢と指摘し、〈ひめゆり〉言説の生成において、テクストの検討や、沖縄戦の生存者の手記、記録を並べ、捕虜収容所から発生した〈ひめゆり〉言説とそれへのカウンターナラティヴとしての言説（仲宗根政善の作品など）について考察している。本書では、捕虜収容所におけるP・Wたちの〈語り〉の欲求に着目し、自らの代理表象としての〈ひめゆり〉という位相に注目した。〈ひめゆり〉の少女たちが戦場で命を全うする物語は、収容所内の男性のまなざしにより造形された経緯がある。アメリカ軍の火焔により身体を凌辱される少女たちの描写は、純粋性、無垢性を担保に、兵士の敗戦の無力感を昇華する装置になっている。その点を考慮しながら、石野径一郎により書かれた『ひめゆりの塔』を分析する。石野が参照したと思われる与那城勇の〈ひめゆり〉をめぐるテクスト（『ゴスペル』一九四九・五）をふまえ、『ひめゆりの塔』を考察し、本作が「軍国主義」批判を継承しつつも、女学生の無慚な死と「恋愛」の葛藤を主題化することで、出来事を後景化、不可視化する可能性について言及する。

第二部は「米軍占領下の文学作品——大城立裕を中心に」として大城立裕の文学作品を考察する。

一九五〇年代、琉球大学に拠った学生たちの雑誌『琉大文学』が発刊される。『琉大文学』同人には新川明、川満信一、岡本恵徳、齊舎場順、嶺井政和、豊川善一、儀間進、いれいたかし、清田政信、中里友豪、岡本定勝らがおり、沖縄の文学、文化、思想にとって重要な言説が展開された。『琉大文学』は「文学・思想・歴史的に意義深い文芸誌であったにもかかわらず、『琉大文学』は占領下という悪条件ゆえに関係資料の散逸が甚だしく、原本を揃えて所蔵する機関もなかったのが実状」[16]だったが、鹿野政直の研究[17]を通過し、現在復刻がなされ研究も盛んである。[18]占領下において、『琉大文学』同人が何を希求し、何に抵抗したか、その視点をめぐる鹿野、我部聖らの研究は、戦後に支配者として登場したアメリカへの「否」を掲げる『琉大文学』同人を捉え、さらに一九五四年七月第六号にはじまる先行世代作家への挑戦と、本土の文学・思想の受容といった在り方を詳細に考察している。本書では、現行の研究深度を深めることを目的として、『琉大文学』同人にとっての先行作家である大城立裕との関係に着目した。

第四章では、沖縄戦から連続した、アメリカの支配状況を視野に、一九五〇年代の文学状況を考察対象とした。朝鮮戦争の勃発とともに、戦争と連続するトポスとしての沖縄の前景化がはじまり、その状況と関連して『琉大文学』同人の抵抗（否）の痕跡を見出し、そこから同人と大城立裕との「論争」に注目していく。強権的支配者として立ち現われた一九五〇年代の米軍の在り方は、多くの住民運動を喚起し、沖縄の言論を活発にした。その中で、一九五三年七月に刊行された『琉大文学』は新川明、川満信一らの言説を中心として、第六号、第七号での戦後沖縄文学批判を皮切りに、盛んな言論活動を展開した。『琉大文学』同人、とくに新川明と大城の論争は、社会性を重視した新川の文学観[19]と、作品内容や構成をどのように表出するかを重視した大城の文学観とに分類できる。だが、この分類のみに依ることとは大城の一九五〇年代を不透明にしてしまう。なぜならここでの論争を通して、大城は沖縄の困難さを内在化し、自らの文学作品のテーマの再発見を行う点を指摘できるからである。そこで四章では、一九五〇年代の両者の結節点を考察し、大城の同時代作品を分析していく。

第五章では、一九五〇年代に書かれた大城立裕「棒兵隊」の考察を行う。大城は本作を通して沖縄戦へ視野を広げ、武器も無く「棒」を持ち戦う兵隊を物語の中心に置いた。「棒兵隊」は軍国主義を軸とした沖縄の住民兵（防衛隊）内部の意見（日本兵として戦うか／沖縄人として生きるか）の相対化を試みた作品であり、日本軍を否認したい登場人物の葛藤を交え、「日本人」という位相の揺らぎを示した点を評価した。黒古一夫が「戦時中県費留学生として上海の東亜同文書院（大学）の学生となり、敗戦により帰郷したら家族は無事であったが、沖縄全土が焦土と化していた現実を目の当たりにした大城立裕＝沖縄人の実感が込められている」[20]と指摘しているように、大城は帰郷のときから沖縄の困難を目撃しているのである。それがいかように作品に表象されるかは時を待たねばならない。黒古の指摘するように「沖縄人の実感としか考えられない」（一二四頁）本作は、沖縄戦を通して沖縄を捉え直す視座を示しているのである。

第六章では、大城立裕の「カクテル・パーティー」（初出『新沖縄文学』一九六七・二）を考察した。本作は米国人／沖縄人／日本（本土）人／中国人によるカクテル・パーティーの「偽善」性がテーマとしてあり、二部構成のかたちをとる。本書では、上記の四種の位相を区別しながら、パーティーでの〈語り〉の場における視点人物の饒舌と、自らの位相の不安定さが前景化する際の〈沈黙〉に注目した。「カクテル・パーティー」で試みられたのは、米兵による娘への性加害、それを通しての告訴の問題と、戦時下における日本人としての視点人物の位相の重層的な衝突の構図化であった。つまり、物語内の娘への性加害事件をめぐる四者の関係性において、被害者である位相は担保されず、揺らぎをみせるのである。被害者であること、それは一方で戦時下の加害者であることと連続し、そこにおいて〈語り〉は困難に陥る。本書では〈語り〉をめぐる〈沈黙〉の側面から考察を行う。

第三部では「沖縄の米軍基地とベトナム戦争――又吉栄喜を中心に」として、占領下に継続される戦争の表象について又吉栄喜作品から考察する。

沖縄はベトナム戦争への基地としての役割を果たした。占領と基地の残置という事態が、土地の強制収用、島ぐるみ闘争、アメリカ兵による多くの犯罪などをめぐり、外的要因による自己や本土との相対的周縁性の確認の契機をもたらした。一方でベトナム戦争の泥沼化と施政権返還を経て、沖縄の文学表象は新たな視点を獲得したといえる。目取真俊は「『琉大文学』の批判を契機に、〈沖縄において書くこと〉の意味が反省され、沖縄の歴史や文化の主体性を回復する方向で創作がなされていったのは、戦前との大きな違いであった。日本本土への「同化」一辺倒から、本土を相対化する視点が生み出され、沖縄独自の神話、民俗、歴史、言語が、沖縄独自の表現への模索として取り入れられていく。このような方向性の獲得は、沖縄の近代以後の表現の大きな転回点をなすものであり、七〇年代以降の多様な表現に道をひらくものであった」と指摘する。『琉大文学』から七〇年代の文学への展開を考えるとき、「多様な表現」として、東峰夫や又吉栄喜、崎山多美や目取真俊らの作家を看過することはできないが、本書では、七〇年代の文学表象として沖縄戦から米軍による統治、ベトナム戦争をめぐる基地という沖縄の役割りをふまえ、又吉栄喜の初期作品群をとりあげた。[21]

又吉栄喜の初期作品群は、一九七五年、第一回「新沖縄文学賞」を受賞した「海は蒼く」をはじめ、沖縄で生活する人びとを中心に置きながら、闘牛文化（「島袋君の闘牛」）、米軍との対立構図（「憲兵闖入事件」）、他者として現われる米兵との遭遇（「ジョージが射殺した猪」、「パラシュート兵のプレゼント」）と同時に、内なる沖縄における階層（混血への差別、本島と諸島の差異など――「カーニバル闘牛大会」、「シェーカーを振る男」）をとりあげている。すばる文学賞受賞（一九八〇年）の「ギンネム屋敷」、芥川賞受賞（一九九五年下半期）の「豚の報い」にはすでに多くの先行研究がある。[22]本書では、又吉栄喜の初期作品群に注目し、沖縄というトポスと関連づけられる戦争の痕跡と、共同体内部の在り方を、作中の〈少年〉のまなざしとともに考察する。沖縄戦から、占領体制、ベトナム戦争への出撃基地という位相を、又吉は外部（アメリカ・米軍・米兵）批判だけではなく、内部（共同体）への批判の視座をもって作品を構成し、一九七〇年代――施政権返還後の文学表象にとって重要な画期をもたらしたと考えられる。

　そこで第七章では又吉栄喜の初期作品群とし、「カーニバル闘牛大会」、「パラシュート兵のプレゼント」を検討した。又吉自身が述べるように、「僕の原体験には、軍作業員やAサインバーのホステス、基地のメイド、そういった人々を含めての「米軍的世界」が原風景として定着している」[23]。それは「米軍的世界」という空間に連続しながら、また〈沖縄・共同体〉に身を置いていることを意味する。本書では、強権的支配者、またベトナム戦争に隣接する「米軍的世界」としての〈アメリカ〉を、〈少年〉である語り手がいかに受容、また排除するのかを考察し、同時に〈沖縄・共同体〉に向けられる違和感について言及する。沖縄の内部にありながら、事象や状況を相対的に捉えたまなざしが、一九七〇年代における又吉作品の特長として意味づけられる。

　またアメリカに象徴される〈他者〉の拒絶、あるいはその〈他者〉との接続の可能性、多様な沖縄の表象を試みている又吉作品の分析として、第八章では「ジョージが射殺した猪」（『文學界』一九七八・三）に焦点をあてる。本作で又吉は米兵の視点を用いながら、一人称と三人称の混在した文体を採用し、米軍統治下の〈時間〉と〈空間〉の抑圧性を表出する。同時に、ベトナム戦争から米国が撤退した後に書かれた本作では、強者ではない〈弱い米兵〉としてのジョージが登場する。ジョージはアメリカ兵でありながら、弱者の位相にあることで〈アメリカ〉と〈沖縄〉の両方を相対化する可能性を示す存在である。本書ではその点を考察していく。

　第九章では二〇〇七年に発表された「ターナーの耳」（『すばる』二〇〇七・八）について分析を試みる。

本作では、ベトナム戦争の後遺症を持つ米兵のターナーと、沖縄戦において聴覚に傷を負った母を持つ浩志の関わりを通して、強い兵隊としての米兵のイメージが解体される。少年浩志によるターナーを思っての行動の〈正しさ〉が、ベトナム戦争における体験からの心的外傷に苦しむターナーに受容されない点を分析し、米兵と沖縄の少年との間の〈共苦〉の不可能性について考察する。

沖縄は、アジア・太平洋戦争における沖縄戦だけでなく、戦後における米軍統治時代（「アメリカ世」）において朝鮮戦争、ベトナム戦争と関わりをもちながら、住民とアメリカ軍との対立[24]とともに、融和目的の文化政策を経てきた。戦争は終わったものではなく、米軍を通して隣接するものであったことからも「相対的独自性」がうかがえる。又吉栄喜の作品から戦争と沖縄の継続する問題を考えることを第三部の目的とした。

アジア・太平洋戦争が終結し長い月日が経過した今日、沖縄戦を語ることの重要性と意味が問い直される。戦争体験は遠い他者の出来事として〈記憶〉の向こうに霧散するのか。ここにおいて沖縄戦の〈記憶〉が重要な問題となる。そこで第四部（「沖縄戦の記憶をめぐる文学作品――目取真俊を中心に」）では、目取真俊の作品を通して沖縄をめぐる戦後文学の戦争表象について考えていく。

戦後に生まれ、戦争経験を持たない目取真俊は、マジックリアリズムの手法を用いながら、戦争の痕跡を、現在に生きる人びとの中に見出していく。「水滴」や「魂込め」では、戦争体験者と未体験者は沖縄の共同体において不可分に生活をする一方で、その両者を分岐するもの、物語を起動するものとして〈記憶〉が重要な意味を持ち、その〈記憶〉との向き合い方が、テクストに刻印されている。

そこで第一〇章では、目取真俊の「水滴」を考察対象とした。「水滴」（『文學界』一九九七・四）は一九九七年に芥川賞を受賞した作品であり、マジックリアリズムの手法を用いつつ現実の裂け目に生じた死者との邂逅を前景化してみせる。ここに介在するのが沖縄戦の〈記憶〉である。徳正の戦時下での体験が痛みの〈記憶〉として戦後の生を規定しており、その体験をめぐる〈水〉の存在が、戦争での死者を呼び寄せる。その死者とは何者なのか、なぜ徳正のもとに現われるのか。その問いへの回答をめぐり、戦争、沖縄戦を語ることの意味、個々が隠蔽しなければならない〈記憶〉と向き合うことについて考察した。

第一一章では、目取真俊「魂込め」（『小説トリッパー』一九九八・夏期号）を考察する。「魂込め」は、川端康成文学賞、木山捷平文学賞を受賞した作品であり、「水滴」同様にマジックリアリズム的な手法を用いて、戦争の〈記憶〉との向き合い方を問うている。本章では、目取真俊の言説をふまえながら、視点人物ウタの〈記憶〉の問題を中心に、〈魂落とし〉により沈黙を強いられる幸太郎の存在について、集落の構造に言及しながら分析する。ウタは、幸太郎を占拠するアーマンをめぐり、沖縄戦の〈記憶〉と向き合うことになり、戦時下において見殺しにしてしまった幸太郎の母であるオミトを想起することになる。ここでは、アーマンとオミトと幸太郎の関係に思いをはせるまでの道程に〈記憶〉をめぐる〈誤読〉があると指摘し、そのことから〈記憶〉を語ること、分有あるいは共有することの困難性を内在した作品であることを論じた。

また第一二章では、二〇〇四年一〇月号の『群像』に発表された「伝令兵」をとりあげた。首のない「幽霊」が物語を駆動させる本作においても、沖縄戦は重要な意味を含む。一方で、「水滴」、「魂込め」においては個人の内的世界に到来した死者や亡霊が、「伝令兵」においては、首のない「幽霊」として目撃され、また写真に撮影されることで不特定の人びとに認知されることになる。視覚化された「幽霊」の物語をめぐり、視点人物となる友利の父親が体験した沖縄戦の断片が語られる。首のない「幽霊」と友利の父親の関係は、テクスト内では語りつくされない。その空白をめぐる〈記憶〉が本作では重要な主題となるのである。首のない「幽霊」を、戦争で死んだ親友だと考える友利の父は、顔のないことで同定から逃れる「幽霊」に意味を求めつづけた。そこから見出せる沖縄戦の〈記憶〉をめぐる問題、また出来事を共有することの不／可能性について考察を試みた。

本書では、戦後に執筆、刊行された沖縄をめぐる〈戦争〉の表象の在り方を考察する。〈戦争〉は、沖縄の土地で行われた〈沖縄戦〉に限らず、米軍の統治下にあることで、アメリカによって主導される対外戦争ともつながる。沖縄戦、アメリカへの抵抗、米軍基地、ベトナム戦争に関する文学作品とともに、〈戦争〉の〈記憶〉という問題をめぐる文学作品をとりあげる。

注

（1）新崎盛暉「時期区分について」（『戦後沖縄史』日本評論社、一九七六・一、一頁）
（2）紅野敏郎他「戦後文学史の構想」（『国文学――解釈と教材の研究』六月臨時増刊号、一九七三・六）
（3）松原新一、磯田光一、秋山駿『増補改訂戦後日本文学史・年表』（講談社、一九七九・八）
（4）岡本恵徳「「沖縄返還」後の文学展望」（『沖縄文学の情景』ニライ社、二〇〇〇・二、一〇頁）
（5）前掲（4）書、一一頁
（6）また岡本恵徳は、戦後の沖縄文学について、「米国の統治下にあった時期の文学と、沖縄の施政権返還後のいわゆる「復帰」以後の文学と二つの時期」に区分し、「一九七二年の「復帰」によって、沖縄はそれまでとは全く異なる新たな時代をむかえることになった。その相違は、政治的、経済的な面に留まらず、生活そのもの、文化のありようなどあらゆる面に及んだ。いわば根底的な変化がそこに現われたのである」（「沖縄戦後小説の中のアメリカ」『沖縄文学の情景』、三七頁）と指摘する。
（7）仲程昌徳は新崎の「相対的独自性」をふまえ、「沖縄が「相対的独自性」を持って歩まざるをえなかった占領下時代の歴史を作ったのは、まぎれもなく戦争であった」（『沖縄の戦記』朝日新聞社、一九八二・六、一〇頁）と述べている。
（8）永井秀夫「辺境の位置づけについて――北海道と沖縄」（『北海学園大学人文論集』一九九六・三）を参照した。
（9）「編集後記」（『雄鶏通信臨時増刊　特選記録文学』一九四九・八）
（10）一方、「文学史」を確認すると、第一次戦後派として野間宏、梅崎春夫、武田泰淳らが、第二次戦後派として大岡昇平、島尾敏夫らがそれぞれの〈戦争〉観をもって文壇に登場する。
（11）田中彰『明治維新』（小学館、一九七六・二、三七七～三七九頁）、同『近代天皇制への道程』（吉川弘文館、

二〇〇七・三、一三七〜一四四頁）を参照した。

（12）前掲（8）書において、永井は沖縄の〈同化〉問題について「一つは中央からの同化の強制であり、一つは沖縄民間からの積極的な同化の運動」（一一四〜一一五頁）があるとして、太田朝敷の言論活動を挙げている。

（13）仲程は「第一期　敗戦から一九四九年まで。本土出身の兵士によって書かれた作品を中心として沖縄戦が紹介された時期」、「第二期　一九五〇年から一九六〇年前半まで。沖縄出身の体験者によって書かれた実録類の出現した時期」、「第三期　一九六〇年代後半から一九七〇年代初期まで。沖縄戦を体験しなかった本土在住の作家たちによって沖縄戦が書かれた時期」、「第四期　一九七〇年代初期から現在まで。非戦闘員であった人びとの戦争体験を集め記録化した時期」（『沖縄の戦記』、一二頁）とし、各時期の作品について考察している。

（14）仲田晃子「「ひめゆり」をめぐる語りのはじまり」（屋嘉比収編『友軍とガマ――沖縄戦の記憶』評論社、二〇〇八・一〇）

（15）尾鍋拓美「「ひめゆり」はどのように表象されてきたか――創成期の「ひめゆり」表象を中心に」（『沖縄文化』二〇〇九・三）

（16）我部聖「『琉大文学』解説」（『琉大文学』解説・総目次・索引』不二出版、二〇一四・一一、七頁）

（17）鹿野政直「「否」の文学――『琉大文学』の航跡」（『戦後沖縄の思想像』朝日新聞社、一九八七・一〇／『鹿野政直思想史論集』第三巻、岩波書店、二〇〇八・一）

（18）例えば、呉屋美奈子「戦後沖縄における「政治と文学」――『琉大文学』と大城立裕の文学論争」（『図書館情報メディア研究』二〇〇六・九）、我部聖「「日本文学」の編成と抵抗――『琉大文学』における国民文学論」（『言語情報科学』二〇〇九・三）、我部聖「占領者のまなざしをくぐりぬける言葉――『琉大文学』と検閲」（田仲康博編『占領者のまなざし――沖縄／日本／米国の戦後』せりか書房、二〇一三・一二）などの研究がある。

（19）例えば、新川明は大城を「無政府主義的自己至上に根ざした芸術至上主義」（「文学者の「主体的出発」ということ――大城立裕氏らの批判に応える」『沖縄文学』一九五七・一一、三三頁）として批判した。

（20）黒古一夫「沖縄戦を描く――大城立裕の『棒兵隊』『亀甲墓』と目取真俊の『水滴』」（『戦争は文学にどう描かれてきたか』八朔社、二〇〇五・七、一二四頁）

（21）目取真俊「米民政府時代の文学」（『岩波講座　日本文学史』第一五巻、岩波書店、一九九六・五、二〇三頁）

（22）「ギンネム屋敷」（『すばる』一九八〇・一二）をめぐっては、村上陽子「〈亡霊〉は誰にたたるか――又吉栄喜「ギンネム屋敷」論」（『地域研究』二〇一四・三）、仲井眞建一「又吉栄喜「ギンネム屋敷」論――沖縄戦をめぐる民族とジェンダー」（『民主文学』二〇一五・七）、尾西康充「又吉栄喜「ギンネム屋「悲鳴」としての「握りこぶし」（『立教大学日本文学』二〇一六・七）、栗山雄佑「補填された欲望・裂け目からの〈叫び〉――又吉栄喜「ギンネム屋敷」論」（『立命館言語文化研究』二〇二〇・三）などがあり、「豚の報い」（『文學界』一九九五・一一）をめぐっては、宇野憲治「「豚の報い」論――新しい伝統と現代の精神」（『比治山大学現代文化学部紀要』一九九七・三）、追立祐嗣「ラルフ・エリソン“Flying Home”と又吉栄喜『豚の報い』に見られる土着性のシンボルに関する比較考察」（『沖縄国際大学外国語研究』二〇〇三・三）、宮沢慧「又吉栄喜『豚の報い』論――混沌の世界を生きる」（『あいち国文』二〇一〇・七）、松島浄「文学にとって「沖縄的なもの」とはなにか」（『詩と文学の社会学』学文社、二〇〇六・三）、浜川仁「又吉栄喜「豚の報い」――共同体の解体」（『沖縄文化』二〇〇六・一一）、伊野波優美「又吉栄喜『豚の報い』にみる「沖縄文学」のカーニバル化」（『地域文化論叢』二〇一二・三）、拙稿「又吉栄喜「豚の報い」論――物語基点としての〈豚〉と変容する〈御嶽〉」（『昭和文学研究』二〇二一・九）、松本海「又吉栄喜「豚の報い」における〈食〉――循環を生み出す「豚」を中心に」（『国文学研究』二〇二三・六）などがある。

(23) 又吉栄喜、山里勝己「「沖縄」を描く、「沖縄」で描く――『豚の報い』をめぐって」(『けーし風』一九九六・一二、二一～二二頁)
(24) 「銃剣とブルドーザー」(阿波根昌鴻『米軍と農民』岩波書店、一九七三・八を参照した)に象徴される土地接収の問題を指摘することができる。

第一部　沖縄戦をめぐる文学的表象

第一章

古川成美『沖縄の最後』におけるテクストの変遷と戦場へのまなざし

——初出版の問題点と改訂版の差異をめぐって

一、テクストの変遷

古川成美により記された一九四七年出版『沖縄の最後』[1]は第一部「運命の兵士」、第二部「ひらけゆく心」の二部構成をなす記録文学作品である。第一部では沖縄への転進と戦闘を語り、第二部では捕虜生活を通して接した米軍へのまなざしが主題となる。その「自序」（第五版、二～三頁）には、「一人びとり聖書を持てる軍隊が／現実に世に在りしをぞ知る」とあり、「長い苦しい悪夢のような戦の後、同胞がおそるおそる迎えた上陸軍は、あの悪夢からの連想とは全くかけはなれた、微塵の荒々しさもとどめぬやさしい愛の使徒たちであった」と、古川は米軍への感慨を述べている。

古川成美は大正五（一九一六）年に和歌山県に生まれ、昭和一六（一九四一）年に広島文理科大学史学科を卒業している。昭和一九（一九四四）年に「玉部隊の高射砲兵」（一一頁）として「球一二四二五部隊」（一一頁）に召集され沖縄戦に参加した。同年一〇月に大隊本部で行われた幹部候補生試験に合格、予備士官学校入学の話があり、また陸軍幼年学校の文官教授として採用される話もあったが沖縄戦激化のため内地へ戻ることができなかった。(2) 古川は大学史学科を卒業した知識人として沖縄戦に参加したのである。(3)

戦争体験者としての古川の手による『沖縄の最後』「第一部」（「運命の兵士」）は「九章」からの構成となり、著者が福井県鯖江を出発し、門司や鹿児島を経て沖縄へ到着、北飛行場での作業や敵襲、昭和二〇（一九四五）年正月における住民との接触、米軍上陸後の戦闘と仲間の死や自身の怪我、沖縄南部の流浪の日々、摩文仁における牛島中将、長参謀長の最期が描かれていく（「輸送船」「黒い翼」「狙われた島」「洞窟戦」「照る日曇る日」「流浪の兵」「白昼夢」「修羅場」「島の最後」）。「第二部」（「ひらけゆく心」）では米軍の第七師団に救助された後、屋嘉収容所で体験した米兵の〈愛〉ある行為への感動が主として描かれる。ここでは、対比的に日本軍は批判の対象となる（「黒潮の音」「散りのこる」「キャンプ村」「米野戦病院」「母国の声」「歌のしらべ」「へだてなき仁愛」「忘れえぬ人々」）。

『沖縄の最後』は、初版が刊行された翌一九四八年六月（五版確認）に「海外輸出記念国内特製版」として再出版されている。本文の異同はないが、「初版」と「輸出版」では表紙が異なり、後者の表紙には〈OKINAWA NO SAIGO〉とローマ字がふられ、また裏表紙上部には〈Printed in occupied Japan〉とあり、GHQの検閲のあとがうかがえる。(4) また「海外版発行に際して」として古川の言葉が載せられている。(5)

一九六七年一二月には改訂版が、河出書房から刊行される。本書の帯には「太平洋戦記」「全国民必読の書」と記され、同時発売図書の、森拾三『雷撃機出動』、安田義人『加藤隼戦闘隊』の書名も記されている。さらに帯には牛島満中将の顔写真と、米軍のものと思われる艦船の写真が付されている。この改訂版は、初版とは内容が大きく異なる。結論から言えば、戦後に得られた沖縄戦全体像への古川の関心が反映され、一兵士の視点を越えた、〈巨視的な視点〉から描かれているといえるだろう。(6) また河出書房新社から一九七五年一〇月に「太平洋戦記」(13)として再刊されており、ここで横書きにされた表紙には、「日本防衛の砦となった沖縄の悲劇」の一文が付されている。一九八八年四月には、同じく河出書房新社から新装版として再び刊行されるが、内容に関して差異はない。

一九六七年、七五年、八八年版は表紙こそ違えど内容は同じであった(誤字や脱字も改められていない)。本論では、一九四七年(初出)、四八年(海外輸出記念国内特製版)に中央社から出版されたものを「初出版」とし、河出書房から一九六七年に刊行されたものを「改訂版」とよぶ。

そのうえで本論考では、初版『沖縄の最後』における言説を確認し、テクストが孕んでいる問題点を指摘、分析する。また改訂版との差異を考えながら、沖縄戦体験者である古川の作品に含み込まれた、知識人兵士のひとつの型を見出していく。

二、記録文学と初出版『沖縄の最後』

戦後の出版業界において、記録文学の流行があったことは知られている。例えば岩上順一は、戦前、ルポルタージュ文学、記録報道文学活動が自己解放の武器として機能し始めながらも、軍国主義によって「帝国主義戦争発展のための記録報道文学」として利用されたと述べ、戦後における記録報道文学は「労働者農民大衆の手によつて奪還」されるべきだと主張している。[7] また松本正雄は、日本において「一二の作品をのぞいては、戦争記録文学として見るべきものはほとんどなかつた」とし、「これに反してアメリカでは、戦争目的が民主主義の擁護といふ一点にかゝり、かつ報道の自由が確保されてゐたために」、戦争に関する記録文学が流行したと指摘している。[8] いずれも一九四六年、戦後早い時期の指摘であり、それぞれマルクス主義的文芸論、無条件的な米国賛美の傾向が認められる。また、浦田義和は記録文学に関する言説が一九四九年ごろから「全国各地の各種雑誌で肯定的にとらえられている」として、名古屋や宮崎県、福岡県での動向とともに、香川県高松市の四国新聞社発行『四国春秋』に掲載された言説を紹介している。[9]

一九四九年の『雄鶏通信』「編集後記」には次のような文章がみられる。

『今年の流行はロングスカートと記録文学だ』と誰れかが書いてゐたがたしかに記録文学はロン

グスカートとならぶほど流行してゐる。中央公論とか文藝春秋などの綜合、文芸雑誌からサロン、キングの大衆雑誌、朝日、読売の週刊誌に至るまで、どの雑誌も記録文学を募集し、競つて掲載してゐる。この現象は、敗戦直後のあの肉体文学の流行よりもはるかに広範囲であり、深い意味をもつもののやうだ。よく云へばそれは、日本人が冷静に自らを反省しはじめたこと、および異常な体験を語る喜びの現はれであり、悪く云えば戦後生活の窮屈感の解放、および惨めな自己の姿を見凝める自虐的傾向の現れといへやう。[10]

ここでは記録文学の隆盛が、総合、文芸雑誌、大衆雑誌、週刊誌にまで拡大されていることが述べられており、一九四九年ごろを頂点とした記録文学の流行が確認できる。同誌別月の「編集後記」には、「大衆の真の経験と意欲の中から生れる生きた報告としての記録文学は、けつしてさう簡単に消えさりは」せず、「戦中戦後を通じて民衆の獲得した体験はかつてない深く尊いものであつたし、現在でもさうであり、われわれはそれを多くの人々に伝へわかつ権利と喜びをはじめて享受してゐる時なのであるから」、仮に記録文学が廃れても、こういった意識は重視されるべきだと喧伝されているのだ。[11]

『沖縄の最後』は一九四七年という、終戦後比較的早い、記録文学の流行期直前に刊行されている。本書の「輸出版」は、戦時から戦後の沖縄の状況を知りたいという、海外も含めた多様な読者の欲望に呼応する役割を果たしたといえるだろう。

『戦後記録文学文献目録　稿』[12]の「第十三部　硫黄島と沖縄」には、この地域に関するものが八作品挙げられている。その中で一九四七年の発表は『沖縄の最後』のみとなる。[13]本書の「まえがき」(頁数無記入)には「戦後の世界的現象につながるものに、ノン・フイクシヨンとか、セミ・ドキユメントとかいわれるものの空前な流行がある」と書かれ、その原因が商業ジャーナリズムの煽るセンセーショナリズムだとされる。だが「その背後には純粋な民衆の意志」が想定されるべきだとされ、それに関する説明がなされる。すなわち「純粋な民衆の意志」とは、「戦争という異常な民族的体験を、永くたゞしく後代に残したいという歴史的意識」と「人間が、戦争や戦争によつて惹起せられたぎりぎりの環境において、どのように反応し、どのような心理状態に至るかを実験しようと試みる文学上の興味」だとされる。これらふたつは対立、またひとつになりつつ、あるいは「その中間にさまざまの読物をはさみながら汜濫している」と分析されている。もちろんこれは記録文学一般を指した言説だが、「純粋な民衆の意志」は『沖縄の最後』においても関連する問題だといえる。

一九四五年四月、米軍による沖縄上陸戦がはじまった。海軍元帥ニミッツにより「米海軍軍政府布告第一号」が発せられ、日本との戦争遂行上、必要とされた日本帝国の行政権の停止と軍政府設立が宣せられている。だが、「日本の降伏によって、ニミッツ布告にいう軍政府設立の必要性は解消したのであるが、米軍による沖縄の排他的支配は解消されな」いという特殊な状況が継続されていく。[14]こういった環境、本土との差異を含み込んだ状況がある中で、古川作品は刊行された。つまり、「第一部」では戦争の過酷さ(敗走する兵士)を描き、対照的に「第二部」では敗残兵に対して寛容な米国軍人との親和性が前景化されるのである。言い換えれば、日本から切り離され、不可視とされていく沖縄への、本土読者の知りたいという欲望に対して答えながら、一方で米軍の「排他的支配」を不可視化させ、あるいはその有用性を喧伝する効果を含有していたともいえる。

それゆえ、『沖縄の最後』をめぐっては、仲原善忠が「同書は「沖縄戦における一人の超国家主義者の手記」というのが正し」く、「沖縄人を土民扱いにしつつ逸速く虚名と印税をかせいだ筆者の悪どさと書名につられて買ったお人よしの沖縄人とはよい対照」と指摘し[15]、比嘉春潮も「『沖縄の最後』については仲原君が前号において「一人の超国家主義者の手記」と断じたが同感である」[16]と述べている。「純粋な民衆の意志」といった感性を有する本土の状況における先の言説と、沖縄にアイデンティティを持つ仲原ら論者の批評の温度差を読みとることは困難ではない。

では古川の作品にはいかなる記述がみられるのだろうか。初出『沖縄の最後』の「自序」には、先にふれた部分も含めて以下のような文書がみられる。

一人びとり聖書を持てる軍隊が／現実に世に在りしをぞ知る

長い苦しい悪夢のような戦の後、同胞がおそるおそる迎えた上陸軍は、あの悪夢からの連想とは全くかけはなれた、微塵の荒々しさもとどめぬやさしい愛の使徒たちであった。／それから幾年、戦敗国日本は、この聖書をもてる兵士たちを育てた米本国、その兵士たちを統率する総司令部の、歴史に前例のない厚意の下に、一歩一歩、いばらの途を切り拓きつつ、再建への希望ある日々を送つている。／（中略）／ここに、太平洋戦争の大詰となつた沖縄戦の真相を記し、今は亡い将兵たちがすごした島の生活辿つた運命のあとを伝えると共に、不思議にも生命を永らえた後、米国人よりうけた数々の厚遇を述べるのは、全くこの趣旨に外ならない。（第五版二一〜三頁）

ここでは、まず収容所で出会った米軍兵士への親和性が述べられる。次に、「沖縄戦の真相」を記すことが目的とされた。さらに古川は「この貧しい一書が、肉親の面影を逐うて、日夜その消息を求めている遺族の方々をはじめ、多くの人々に読まれて、叙上の趣意の下に、正しい平和の建設と、米国人の美点の認識に寄与できるならば、これにすぎる幸はない」（三頁）とする。この「自序」からは、『沖縄の最後』が本土兵士の遺族への報告と、米国への感謝を目的としている点がうかがえるだろう。つまり戦場となった沖縄、その住民へまなざしは向けられていないのである。日本帝国軍人から米国支持者への〈転向〉という言説がここにはある。米国人からの「厚遇」に対して、自省もなく感化される姿は、仲原が厳しい口調で指摘した「超国家主義者」――それは、二者択一的に米国「主義者」となり、自省を欠いたまま同意してしまうという意味で、正しいといえる。

また「聖書をもてる兵士」とあるように、聖書の存在は、例えば沖縄県公文書館に保管された収容所の映像からも見てとれる。収容所内では、簡易ピアノを伴奏に、聖歌を歌う日本兵捕虜の姿を発見できる。[17] キリスト教的博愛主義、そこに対置されることが容易に想像できる軍国主義や天皇の存在への批判が、聖書の文言や歌唱を通して、捕虜の中に「教育」されていく。「自序」において、聖書を示す米国兵士の「歴史に前例のない厚意」への感動を述べる古川も、同じような「教育」を受けたものと思われる。

三、〈一兵士のまなざし〉から〈巨視的な視点〉へ

沖縄へ渡り、沖縄第二中学校に仮泊していた古川所属部隊は、一九四四年八月一三日、北飛行場対空警備の任務を受けた。「読谷山村への飛行場建設は、戦中から戦後の現在に至るまで、村民の生活を大きく規制していると言っても過言ではない」[18]との指摘があるように、古川の勤務した北飛行場は現在においても読谷に爪痕を残している。

前述したように、古川は野戦高射砲第八一大隊（球一二四二五部隊）に所属していた。この部隊に関して『読谷村史』には以下の記述がある。

> 第二十一野戦高射砲司令部指揮下で、昭和十九年八月二十日から昭和二十年三月下旬まで北飛行場周辺に駐屯した。連隊本部は伊良皆、第一中隊は大木、第二中隊は楚辺、第三中隊は伊良皆にそれぞれ駐屯し、北飛行場の防空任務についた。（中略）／昭和二十年三月六日、村内

から島尻方面へ防衛召集を受けた人達が「役場で一日講習を受けた後、夕方、現読谷高校グラウンドにあった野戦高射砲第八十一大隊で夕飯を取ったが大変おいしかった」と証言している。昭和二十年三月二十七日、第六十二師団に配属され南部へ移動。昭和二十年五月十日、首里に転進。戦闘が激しくなるにつれて真栄平、真壁へと移り、同年六月十九日、残存兵力大隊長以下約一五〇名が斬り込みを敢行し、部隊は壊滅した。(19)

『沖縄の最後』「第一部」にも、南部への移動の場面が描かれている。古川の言うように、「洞窟戦」を強いられた流浪の兵士の多くが、「斬り込み」を行い命を落としたのだろう。もちろん本論考は古川の記述の沖縄戦における正確性を問うものではない。兵士として戦場に立ち、生き残り、それを記述するにあたり、著者の中に前景化されたものが何であるかを分析するのである。

北飛行場に赴任した後、昭和一九年一〇月一〇日の空襲で軍事施設は打撃を受ける。「即ちかかる大部隊の近接を全く予知することの出来なかつたわが電波警戒陣の劣勢と、通信網の不備、対空火器の無力が明かとなり、現在のわが防御設備では、今後永く米機動部隊とその優勢な航空兵力の跳梁に、この島を任せる外なき悲境が暴露された」(二四～二五頁)という現実を把握しながら、「それでも、当時何人もなおこの復讐に堪え得るわが航空陣の健在を疑わなかつた。希望はただ友軍機の飛来に繋がれていた」(二五頁)と、「初出版」には一応の希望論も語られる。

また戦場にいた、あるいは戦場から生きて帰還した古川がどのタイミングで知ったのか不明だが、「初出版」には戦場での〈一兵士のまなざし〉を越えた認識のありようが何ヵ所か示されている。

さて、これに対する米軍の陣容は如何。その実体をここで明かにすることは、話の興味をそぐことになるが、以下述べる事項などは、当時日本現地軍当局でも薄々知っていたのである。／即ち、米軍による沖縄上陸作戦は、一九四四年秋より準備せられ、ハワイのオアフ島に置かれた作戦本部は、着々航空写真、諸情報の蒐集を続け、上陸演習は南太平洋地域で連続実施されていた。（四四頁）

上陸軍は一発の応射もしない日本軍の態度をいぶかりながら、悠々所期の上陸を終え、翌日には泡瀬裏海岸に猛進、二日間で本島を南北に切断してしまつた。すべての場合最も犠牲の多く出る上陸戦を無血ですませた米軍は、その後もまるで観光にでも来たような静穏な前進を続けたらしい。期待外れのこの静けさに対して米国のラジオは、／「この島の司令官は余程の馬鹿か、或は余程の戦術の大家である。」／と評していた。（四九頁）

だが「初出版」はこのような戦場を体験した、〈一兵士のまなざし〉を越えた記述に徹しているわけではない。牛島司令官や長中将の自死については、一三六頁から一三七頁の二頁分に記述されてはいるものの、その場に不在の古川の語りは、極力抑えられ、「〜という」といった伝聞体が用いられている。「初出版」では〈一兵士のまなざし〉が基底となり、沖縄戦が「記録」されているのである。

ところが、「改訂版」で前景化されるのは、沖縄戦を俯瞰しようとする、〈巨視的な視点〉であった。古川の語るところによると、「（昭和─引用者）二十二年の末、沖縄守備軍の高級参謀八原博通氏が中央社を訪れ、沖縄決戦の手記を提示、出版の意向を述べられた」という事情がそこにはあった。ここでの八原の出版の目論見はＧＨＱにより妨げられたこと、また「私は最初の著書が私一人の行動を中心としたため、軍全般の動向の叙述に乏しく、読者から補足を求める声もあった」ので、「将軍と参謀と兵と、そして殺伐な洞窟生活に彩りをそえる軍司令部奉仕の女性群にも光をあてて、沖縄決戦という一大悲劇の中で、軍の運命を握る人物がそれぞれどう考え、どう動き、そして敗戦という冷酷な現実をどう迎えるか、さらに生き残った者はそこで何を悟るかを描こうと努めた」ため作品を書き直すことにしたのである。[20] それは『沖縄の最後』の続編として出版された『死生の門』[21]を経由するかたちで、『沖縄の最後』の「改訂版」に反映された。したがって「改訂版」は、戦場を巨視的に捉えた作品構成となっていく。

当時、陸戦全般の模様は、どのようになっていたであろうか。／主陣地首里の表玄関、前田では、そのまわりも、高地の上も、すっかり敵に占領されながら、石部隊の花、賀谷中佐がわずかの生存者をひきいて、地下の洞窟から反撃をつづけ、手榴弾と爆雷による血みどろの肉弾戦をくりかえし、また仲間では同じく石部隊の山本少佐が中心となって四月二一日以来すっかり敵の重囲下に陥ちながら、なおも奮闘をつづけていた。(一二三六頁)

例えば、「改訂版」ではこのような、後付の認識が披露される。古川が述べるように、「初出版」において不十分であった内容を補完するかたちで「改訂版」は存在するといえる。また「改訂版」が、河出書房の意図した企画「太平洋戦記」シリーズの一冊であった点も見逃してはならない。「初出版」から「改訂版」へとテクストが変遷する際に起きた大きな変化のひとつは、「太平洋戦記」という企画が牽引する〈巨視的な視点〉の挿入であった。

ところで嶋津与志は沖縄戦を描いた作品を類型化して次のように示している。[22]「第一類型　戦闘経過中心の戦史、戦記。/第二類型　沖縄現地の総合的体験記録集。/第三類型　個人及び団体の手記、記録。/第四類型　日米両軍の公刊戦史。/第五類型　日米両軍及び沖縄住民の総合的戦史」。嶋が「沖縄戦記の嚆矢」として紹介する『沖縄の最後』の「初出版」は、ここでは「第三類型」に分類できるだろう。

また仲程昌徳は沖縄戦記述の時期を次のように分類する。[23]すなわち「第一期　敗戦から一九四九年まで。本土出身の兵士によって書かれた作品を中心として沖縄戦が紹介された時期。/第二期　一九五〇年から一九六〇年代前半まで。沖縄出身の体験者によって書かれた実録類の出現した時期。/第三期　一九六〇年代後半から一九七〇年代初期まで。沖縄戦を体験しなかった本土在住の作家たちによって沖縄戦が書かれた時期。／第四期　一九七〇年代初期から現在まで。非戦闘員であった人びとの戦争体験を集め記録化した時期」である。仲程に従えば、古川の「初出版」は第一期にあたり、また「改訂版」は第三期にあたる。高度経済成長、日米安保とからみ、沖縄の日本復帰という問題が現前化される時期にあって書かれたのが「改訂版」であった。〈巨視的な視点〉を獲得した「改訂版」は、また嶋の類型では「第一類型」を横断することになる。戦後二十数年が過ぎ、「沖縄戦を体験しなかった」作家の作品が増える中、では戦争体験者である古川の視点はどこに向けられていくのだろうか。

四、「初出版」テクストの形成

『沖縄の最後』の「初出版」形成には、記述、脱稿から出版に向けていくつかの障壁があった点がうかがえる。

「初出版」に関して、古川は「私が「沖縄の最後」の稿を起したのは、昭和二十年の初秋、沖縄戦終了の直後、場所は屋嘉収容所のテントの中であった」(24)と述べている。さらに「屋嘉収容所で書き綴った「沖縄の最後」は、米軍から手に入れた便せんに、鉛筆で八十五枚、二冊に分れ、前編は高射砲大隊の鯖江出発から首里落城まで、後編は流浪の兵となり、東風平の山三四七六部隊への編入から六月十九日、摩文仁の丘より山部隊本部の最後を望見するところまで、そこで筆をおいている」[25]とあるように、収容所で書かれた二冊分の前半は「首里落城まで」、後半は「山部隊の最後を望見するところまで」、つまり戦場のスケッチが主となっているのである。復員した古川は中央社からの出版の機会を得るが、「一、用紙の破局的窮乏状態／二、GHQの検閲で発禁のおそれあること」が理由で進展しない様子がうかがえる。「沢本社長（中央社—引用者）は諦めず、GHQ検閲責任者と度々会った末、企画そのものは妥当との内意を得たらし」く、「GHQ検閲（正確には内閲）で、「ここも駄目」「ここも不適当」と満身創痍、語り部が流れるように歌い上げた筈の私の叙事詩は、「米国に対する敵愾心をあふる」の理由でチェックされ、各頁共赤インクと警告の付箋つき、哀れな姿で帰ってきた」が、「私自身の手で「あまりにも悲惨」と指摘された幾か所かを削り、牛島軍司令官、長参謀長の辞世などは出版社の配慮で省かれた。収容所での印象も米国人のいわゆる学力の低さ、読み書きに弱く、簡単な掛け算も身についていないなどの叙述は遠慮した」と記されている。[26]ここには検閲との葛藤が示されており、また「初出版」には、ここで古川が言及した「語り部が流れるように歌い上げた筈の私の叙事詩」的な内容は確かに記されていない。だが（後述するように）、「収容所での印象も米国人のいわゆる学力の低さ、読み書きに弱く、簡単な掛け算も身についていない」という認識と大きく乖離した米軍人への親和性は「初出版」の根幹をなし、テクストから容易に読みとれる。

ここで古川に意識されているのは、一九四五年九月二一日に出された日本出版法（プレスコード）であるだろう。川津誠は「日本出版法は、出版の制限ではなく、出版機関を教育し出版の自由の責任と重要性を示そうとするものだとされているが、そしてある程度そういう意味を持ってもいたろうが、内実は言論の検閲を目的とするものであったことは明白である」[27]と指摘しており、このような側面がある以上、一九四六年五月に復員した古川が出版に際して件のプレスコードと対峙したことは明らかである。また十重田裕一が指摘するように「過去の戦争にうかがえる軍事的な要素を削除すると同時に、現在の占領下のアメリカによる進駐の現実を削除するGHQ／SCAPの検閲によって、戦争と占領の記憶に修正が加えられようと[28]」する況下において「初出版」テクストは生成されたのである。

古川は「二十二年十月という物資窮乏どん底時代の産物、用紙は最低の粗悪さ、表紙は日本画家によるペン図の淡彩、沖縄の風景と水汲みの女が描かれていたが、いかにも淋しい装訂であった[29]」と述べているが、向井潤吉の装幀による本書は二二四頁ある。戦後の早い時期、沖縄が本土から切り離され不可視化されていく状況にあって、「第二部　ひらけゆく心」において米軍人を賛美する古川は、GHQ／SCAPとの争点を持たない作品を書き上げる必要があった。

一方、古川自身が述べるような検閲の受け入れの問題が浮上するが、『沖縄の最後』に関する検閲資料は管見の限り見当たらない。

検閲との葛藤、米軍人への蔑視といった感情が検閲により後退したのなら、「改訂版」においてその一面が前景化する可能性もありうるはずだが、古川は「改訂版」からは収容所での様子（「初出版」の「第二部」）を削除する対応を行うのみであった。「初出版」が、検閲側にとって〈善良〉なテクストであったことは言うまでもない。したがって、戦争と占領の記憶の修正という文脈上、死を覚悟した帝国軍人から生を与えられた米軍の捕虜への位相転換において、収容所の米軍人の善意を称揚する古川の語り・記述は、模範的なテクストであったといえるのである。

古川は「出版社は三版、五版と版を重ね、海外同胞からも求めがあって北米、ハワイ、南米へも送られた。その中の幾冊かが占領下の沖縄へも届いたらしい」[30]と述べるが、当時の出版状況において海外への輸出には占領軍の意向の反映があるだろうし、それはまた検閲主体側における〈善良〉なテクストとしての認知が必要であった。「初出版」は以上のように流通し、また版を重ね海外や沖縄へ「輸出」されたのである。

古川は「初出版」の「自序」において、「この貧しい一書が、肉親の面影を逐うて、日夜その消息を求めている遺族の方々をはじめ、多くの人々に読まれ」（三頁）ることを期待していた。また、「改訂版」の「あとがき」でも、「初出版」に関して「第一は、私が身をもって体験した戦いの真相を本土の人びとに伝え、戦友の最後を遺族のかたがたに報告すること。／第二は、本土の身代りとなってくれた沖縄、一〇万の将兵がそこで生活し、そこで戦った沖縄のことを本土の人びとに理解してもらうこと。／第三は、アメリカ人に関することで、死屍にひとしい私を救出し、ていねいな処遇と治療を加えてくれた米国第七師団の兵士たちをはじめとして、私の接した米国人は、いずれも人間的で親切で、公正であり、私はその心の豊かさに頭がさがった」（二四八頁）と記している。だが件の「初出版」には戦友に関しての記述は決して多くない。岡本恵徳は「そこに記されるのは古川個人の体験の範囲内であって、沖縄戦全体の動向はみえにくいし、従ってまた、主として記録されるのも行動をともにした数人の兵士たちの姿であって、住民の姿は全くといってよいほど視野に入ってこない[31]」との問題点を挙げる。

以上のことから、誰に向けられた刊行物なのかという点、古川の沖縄県民の不可視化、米軍人への過剰な親和性といった問題が浮上するだろう。

沖縄南部を流浪する「初出版」の記述において、ヒューマニストの津田少尉や後半行動をともにする鮫ケ井（「改訂版」では醒が井[32]）、森川、山本、大西、高井といった戦友が登場するも深いエピソードが語られるわけではなかった。流浪の中、「初出版」に興味深い挿話がある。

> その畑の真中で、ふと逆に南から走つてくる兵隊の姿が目に入つた。近づく、近づく。でこぼこの畑の中を、ピョンピョンとぶようにやつてくる。その兵隊は、／「あッ。」／「浅野兵長。」／戦場に、奇蹟、奇遇は珍しくないが、これはあまりにも奇遇だ。一瞬、一瞬に幾百の生命をさらつてゆくこの鉄火の嵐の中に、そのほんの一ときのしじま、そしてこの荒涼たる焼野ケ原に、われは傷づ《ママ》いて地に匍い、彼また痛手を負うて、竹杖にすがる姿も悄然と、この地の一点に相見えたのである。（一二〇頁）

このように記された「あまりにも奇遇」な再会は、しかし「改訂版」からは削除されている[33]。これほどまでに感動された戦場での「奇遇」な体験は、記憶違いがあったのか、創作性の強い挿話だったのか、削除の理由は詳らかではない。

また「初出版」には女子挺身隊についての記述がある。収容所内で耳にした「故郷の白百合」という歌を契機に、挺身隊の面影が想起される。「しかし、彼女たちは、白百合の気高さをどこまでも慕つて、思いつめた一筋の聖処女への道を歩んで行つてしまつた。われわれは、あのばら色の頬をふくらませて、鈴をふるような声で、嵐のなかに、この歌をうたつた可憐にして気品に満ちた姿をもう見ることはできないのである」（一九六頁）。ここには所謂「ひめゆり学徒隊」を明確に示す文言はないが、「改訂版」には次のようにある。

　またある夜、それほど遠くない岩穴に数名の女学生がきて歌を歌う声がきこえた。声だけで「ひめ百合部隊」の女学生と判断したのだが、死の静寂の岩窟に、それはこの世の声と思えぬほど清らかに澄んできこえた。／三木と二人、われしらず流れ出る涙が頬を伝うにまかせつつ全身を耳にしてそれをきいた。歌は私の知っている「故郷の白百合」であった。（二二九頁）

ここには時差の問題が確認できる。すなわち、宮永次雄が「姫百合の塔」の物語をめぐり、「ずっとあとになってこの原作者が、小禄収容所にいる三瓶という三十三になる人であることを知ることが出来た。読みものに飢えたＰ・Ｗたちのために、彼が作業場で、島の娘から聞いた話を綴ったもので、小禄で毎週一回ずつ開かれた朗読会で好評を博したということも聞いた」[34]と指摘するように、三瓶達司によってもたらされた「姫百合の塔」物語はさまざまなかたちで流布した。一九五三年には石野径一郎原作、水木洋子脚本、今井正監督によって『ひめゆりの塔』として映画化されることにもつながる。殉国の乙女という可憐で切ないイメージは、この映画によって決定的になったといっても過言ではない。「初出版」執筆時に判然としなかった情報が、時差を伴い、また殉国乙女のイメージを付加しながら流通した物語として古川が摂取し、「改訂版」に「声だけで「ひめ百合部隊」の女学生と判断したのだが、死の静寂の岩窟に、それはこの世の声と思えぬほど清らかに澄んできこえた」と書き加えたのだといえる。つまり、「初出版」においては一次的に体験された沖縄戦の記述が主だったのに対し、「改訂版」では二次的に、戦後に流通した沖縄戦のイメージを結合する形で物語が再構成されているのである。重要なのは古川の体験の正誤ではない。「改訂版」において何が選択されたか、そこにどのような問題が含有され、「沖縄戦」の諸相として流布するかである。

五、〈住民描写〉の不在と〈米軍人との親和性〉
――「初出版」と「改訂版」をめぐって

前節で提示した「改訂版」の「あとがき」で、古川は「本土の身代りとなってくれた沖縄、一〇万の将兵がそこで生活し、そこで戦った沖縄のことを本土の人びとに理解してもらうこと」（二四八頁）がテクスト形成の目的のひとつだと述べていた。また沖縄に関して、「改訂版」では、「私は沖縄を「身代りの島」とよんでいる。日本本土の身代りとなってくれた島だからである」（二四五頁）と記しているが、その件の沖縄そのものに対する古川のまなざしは皆無といってもよいほどである。「初出版」に対しては、前節で示した岡本恵徳の「住民の姿は全くといってよいほど視野に入ってこない」という指摘の他にも、山田潤治が「沖縄戦の記述が、「軍人」の視線からの叙述に終始しており、沖縄でもっとも被害をうけた、沖縄住民についての記述がなく、沖縄に対する視線が完全に欠如して」おり、「作品全編を通じて、ともに戦ったはずの沖縄住民の記述がないという事実は、古川が、沖縄住民の存在を存在としてみとめていないという認識の欠如を裏付けており、この古川の無意識の認識欠如が、沖縄人の憤慨を招いた」と述べている。[35] 例えば、「初出版」には次のような記述がある。

> 久しぶりに空が曇ると風雨になつた。／（台風が来る。）／というので、山の幕舎を撤收してわれわれは始めて民家に舎営した。過去二ケ月、一回の外出もなく、ただ熱汗作業に従事したわれわれは、台風のお蔭で住民の温い親情に接することが出来た。嵐が過ぎて月が出ると、民家の庭に筵を敷いて簡素な宴に空遠い故郷を偲んだ。（二〇頁）

やがて島の正月が訪れた。住民はまた秋の明月の時のようにタピオカの餅を搗き、泡盛と豚肉の煮付を用意してわれわれを招いてくれた。畳というものを知らぬ村人の家では、黒い板の間に敷かれた筵が珍しい客への心盡しであつた。中隊の方からも久しぶりに煙草や飴玉の加給があつて、頭の禿げた老兵達も相好を崩し、一杯機嫌で歩く野路には菫が咲いて、まことに麗らかな楽しい初春の一日であつた。（二一九頁）

ここでは古川自身の「故郷」の風物を想起するための契機として沖縄の民家の様子が描写されている。「改訂版」の「あとがき」では「また戦いがはじまるまえの兵士の生活や沖縄の風物についてもていねいに書いた」（二四九頁）と述べられている。確かに沖縄の風俗ハヂチや、聞いていたよりも学力が進んでいること、またランプがない村の後進性の逆説的な安らぎ、琉球言葉に対する鎌倉時代の候文の如きだという感想が述べられている。(36) しかし、戦争の惨禍に巻き込まれる住民へのまなざしは依然欠如したままである。それは、古川自身の沖縄戦に対する感慨とも関係がある。

もしこの戦いに敗けたら国家も民族も滅びてしまうのだと考えていた。いや、天日もためにかげり、海もあせるとさえ思いこんでいた。しかし、海はもとのまま青く静かに広がり、日はやはり赤くもえて空にのぼった。まるで何事もなかったかのように、戦争も、敗戦もこの大自然の偉大な営みに比すれば、あるいは地上のほんの一部のできごとにすぎないのではないか。（「改訂版」／二三七頁）

ここには日本軍戦死者九万人余、沖縄住民の死者十数万人以上、住民の三人に一人が犠牲となったという沖縄戦[37]への当事者意識の欠落が見てとれないだろうか。「軍人勅諭」に従い死を欲しながらも生き残り、やがて復員していく（あるいはここでの引用が「改訂版」からのため、戦争時点から時差を認めるにしても）兵士にとって、沖縄ははるか南海の彼方、大自然の中に放擲されている。「軍隊の名のもとに、積み重ねられた忍苦と犠牲が、あまりにも大きかったことを頼りに、その代償がなんらかの形で払われることを心ひそかに期待していた」（一六〇頁）と語る古川は、強固に内在化した旧日本軍（軍人勅諭）理論を保持したまま、戦争の勝利という目的に対して、死に場所を探すための行軍という倒錯性を容易に内包する。もちろんこれは、当時の「戦記物」の多くにみられる記述であり、一方では旧日本軍の置かれた状況、その上での戦争遂行の不可能性を告発する側面を示す。だが、『沖縄の最後』に欠落するのは住民へのまなざしであり、戦争の表層を、戦後の資料収集から再構築しえたものの、結局他の自己語り的「戦記物」との差異はない。つまり、「改訂版」は、軍隊の理論、戦争の困難の再構築であり、作者が感知できたかもしれない住民の声（例えば、「沖縄を守る」日本軍への期待の声）は、「改訂版」を経ても引きつづき捨象されているのである。

そして「初出版」における最大の問題点は、やはり著者古川と収容所内での米軍人との親和性の記述にあるだろう。先行論文[38]においてもその点は指摘されているが、具体的な箇所をふまえながら述べられてはいない。そこで「初出版」の「第二部　ひらけゆく心」をみると、怪我をした古川が米軍に収容され、民主主義やキリスト教的博愛主義を享受する場面が中心に描かれていることが分かる。

（新聞に、ラヂオに、鬼だ、鬼だと軍部から教えられてきたために、たれも恐れていたけれど、つい四五年前までは、友達だつた米人ぢやないか。陽気な、愉快な米人ぢやないか。）／運命の兵士は、ここでその無数の苦悶の鉄鎖のうちの一本をハラリと断ち切つた。／この一本の鎖のために、何千の兵士が、何万の住民が、助かるべき生命を自ら捨てたか分らない。怖しい錯誤だつた。恐ろしい宣伝であつた。／私はその日から、自分をつなぐ黒い重い無数の鎖を一本一本と切つて行つた。そしてただの一度も、後悔や失望に見舞われたことがなかつた。（一五五頁）

（愛だ。愛がなくては、とてもあんな親切な手当ができない。日本人なら、どんなに不平をいいながらやることだろう。しかもあの慈愛に満ちた顔、さも可哀そうにというようなあの眼、ああして私も助けられたのだ。）（一五六頁）

ここで古川は、それまで長い間抱いていた敵軍への思いを「無数の苦悶の鉄鎖」にたとえ、一本を断ち切ると、他の鎖も霧散してしまったと述べる。生命が助かり、食事を与えられたことは、死を覚悟した兵士にとってどれほどの喜びであっただろうか。生死の境界を行き来した古川は、沖縄戦という極限的状況下においてまさに「死」の側にいた。だが、幸運にも彼は「生」の方へ越境することができた。

収容所内で親しくなったというホッブス小父さんと呼ばれた年下の米兵とのやりとりに次のような場面がある。


「わしが世話をした日本人は何百人かしれない。みんな元気になつた。だのに、あの男は何故死んだのだ。あらゆる手をつくした。私は米人も日本人も決して区別をしないつもりだ。だのにあの男は死んだ。わしの誠心が足らなかつたのだろうか。可哀そうに、なぜあの男は死んだのだ。」／駄々をこねるように泣くホッブス小父さんにつられて私も泣いた。心の底から泣いた人のまごころにふれた暖い暖い涙が止めどなく流れ出てベッドをぬらした。（一六二頁）

注目すべきは、古川がこの米兵の悔恨の涙に感化される様子である。ここでの古川の涙は、死んでしまった同胞日本兵にではなく、涙を流す米兵の「愛」に裏打ちされた行動への感謝のそれであり、米軍人の側の「涙の共同体」に与するものである。

「こういう一点の邪心のない神のような抱擁力」（一八三頁）、「言葉は通じなくとも、まごころは必ず通じ合う」（二〇三頁）といった言説からは、二者択一的な視点により日本を裁断し、アメリカに賛辞を送る様が読み取れるだろう。同時に、戦場であった沖縄への視点は見事に欠落している。古川は、日本軍と米軍をヒューマニズムの差異として解釈するのである。

「初出版」には「われわれが、あらゆる困苦をしのび、あらゆる犠牲に堪えて、この戦をつづけえた力、それが、／（日本は神国だ。）／の信念であった。ここにのみ希望を托しての忍従であり、献身であった」（一〇九頁）とあるが、「改訂版」には同様の場面で「降伏勧告状」に揺れる感情が描かれる。それでも、日本軍の兵士として、沖縄南部を流浪しつつも、降伏はしなかった。米軍収容所における、安堵、満腹は精神と肉体の両面に作用したことは言うまでもない。そのような状況で、ヒューマニズムを軸に、日本軍への帰属意識を捨て、米軍の民主主義を選択する。物量的にも豊かな米国への憧憬が前景化するとともに、戦場として一般住民の犠牲者を多数出した沖縄は後景化する。もはや沖縄への同情も悔恨もそこには現われない。いわば古川は古い日本軍の体制から〈転向〉をする過程で、目にうつったであろう沖縄の文化的な独自性も戦場としての惨禍も捨象し忘却していく。「第二部　ひらけゆく心」に示された〈米軍人への親和性〉の背後にはこういった捨象と忘却のメカニズムが働いているのである。[39]

この「第二部」は「改訂版」からは削除され、その点が両テクストの大きな差異となっていた。先に述べたように、テクスト生成のプロセスにおいて、古川は検閲の問題を提示していた。刊行するにあたってＧＨＱ／ＳＣＡＰとの間に争点を持たないテクストを記述することもひとつの戦略であろう。「改訂版」において、古川は沖縄戦の全体像を描くことを志向していた。しかし一九四七年の「初出版」から一九六七年の「改訂版」までの沖縄の歴史もテクストの中にはみられない。沖縄が戦後に歩んだ歴史、在琉米軍との葛藤にまなざしは向けられてはいない。「改訂版」の「あとがき」には、戦中の「アメリカ人に対する認識を改めるとともに、日本人の世界観、人生観には外から強いられた偏狭さのあることをともに反省せねばならぬと思った」（二四八頁）とあり、検閲のない状況においても、米国への親和的認識に変更はないのである。その意味で、「初出版」で捨象し忘却された沖縄は、「改訂版」でもなお捨象、忘却されつづけているのである。(40)

六、植民地へのまなざし

また古川の沖縄を見る視座の内部に、植民地への志向性をみてとることも可能かもしれない。「改訂版」には、「ところが、一九年六月、米軍は太平洋の真直中に侵入、まさかと思ったサイパン島はあっという間に奪われてしまった。大本営は大いにあわて、ここで姉の二の舞をさせてはと、妹にあたる沖縄の防衛にありったけの力を注ぐこととなった」（二三三頁）と記されている。〈大日本帝国〉により占拠されたサイパンを「姉」という女性表象で語り、またその延長上に沖縄を安易に配置してしまう古川にとって、結局、沖縄は日本の一部たる「沖縄県」といった認識は希薄だと言わざるをえない。サイパン／沖縄の関係が姉／妹という女性表象として、つまり植民地を描く際の常套的な女性を用いた言説として前景化されている点は注目すべきであろう。

古川にとって沖縄は常に外部化されているのである。沖縄戦に参加しながら、沖縄に対して当事者性を欠落した言説が維持されているその根には、「初出版」における次のような認識がある。

（ああ、祖国へ帰るのだ。なつかしい父母の国へ。）／船は私達をのせるとすぐ航進をおこした。中城湾をまつすぐに南へ出ると、あの摩文仁の海岸だ。私が血と膿にまみれて横たわつていた、そして幾万の同胞が死んで行つた島の南端、思いなしか、春霞にかすむその山かげの根方は白くよどんで、万骨累々として私を呼んでいるように感ぜられる。さらば沖縄よ、たれも口を開くものはなかつた。帰りゆかんとする故国を思い、去りゆかんとするこの島の往時を偲んで、万感こもごも迫る胸は、いま張り裂けるばかりなのだ。／船は舳を北に転じた。／日本へ、日本へ、千万無量の思いをのせて船はもう島影も見えぬ青海原をひた走る。／水平線の彼方、雲白く屯するところには、理想へのなお遥かなる道を共に涙して進むべき同胞の国日本が待っている。（二一四頁）

例えば、〈南洋〉に進出する大日本帝国にとって「外南洋」と「内南洋」という線引きの中、沖縄は「内南洋」に配置されながらも「内」なる認識から遠い外に置かれた。(41) だが、敗戦とともに、閉じられた日本帝国版図の文字通り「外」側へと捨て置かれた沖縄を見る古川のまなざしこそが、「祖国・故国・日本」と「島・沖縄」を峻別するのである。

再度確認したいのは、古川が幹部候補生、大学の史学科を卒業した知識人であった点である。戦後の記録文学ブームの中にあって、沖縄戦の嚆矢たる『沖縄の最後』を記した古川は、一兵士であると同時に知識人として、戦場をみてきた。例えば、大岡昇平が「私は既に日本の勝利を信じていなかった。私は祖国をこんな絶望的な戦に引ずりこんだ軍部を憎んでいたが、私がこれまで彼等を阻止すべく何事も賭さなかった以上、今更彼等によって与えられた運命に抗議する権利はないと思われた(42)」といった冷静な感慨と、古川は乖離している。戦争を終え、収容所に入り米軍人へ親和性を示す古川の在り様は、日米の境界を容易に越境、〈転向〉してしまう知識人の型としても記憶されるだろう。

注

（1）古川成美『沖縄の最後』の初版本は中央社から一九四七年一一月に刊行されている。
（2）古川の経歴については、作品内の記述、『琉球新報』（一九七三・一〇・二五〜二七）や仲程昌徳『沖縄の戦記』朝日新聞社、一九八二・六）などを参考とした。
（3）また戦後は、広島文理科大学史学教室に勤務、後に和歌山県教育委員会指導主事、和歌山県立日高高校、田辺高校の校長も務めている。
（4）『沖縄の最後』における表紙や口絵、挿絵などのパラテクスト（ジェラール・ジュネット）の分析として、松下博文「『沖縄の最後』表紙考——パラテクストの比較図像学的考察（1）」（『蒼翠』二〇〇一・三）がある。

（5）ここで古川は「はからずもこの『沖縄の最後』が、占領軍当局の厚意によつて先ずひらかれた貿易の窓を通じて、遠く海外の皆様に読んでいただける機会に恵まれましたことは、戦中戦後の急転に思いくらべて、まことに無量の感慨を禁じ得ません。もとより未熟な一学究のささやかな著述ではありますが、戦いの惨苦を身を以て体験した日本の一兵士の赤裸々な記録であるというところに、何等か異つた特色を見出していただければ幸であります」と述べ、さらに「私もまた、今度の戦争が日本人を根底より覚醒し、日本と諸外国との間の理解を深め、真に世界の人々より愛せられる日本を築く契機となることを信じ、その実現のために奇蹟的に拾つた自分の余生を捧げてゆこうと期しております」と記している（『沖縄の最後』中央社、一九四八・六、五版、一頁）。ここでは「占領軍当局」との関わりが指摘され、戦争体験者としての記述と、新生日本への思いが語られている。

（6）『沖縄の最後』の続編として刊行された『死生の門』（中央社、一九四九・一）において、古川は沖縄戦における高級参謀で作戦主任だった八原博通の手記を基に作品を仕上げている。そこで得た沖縄戦の全体像は改訂版『沖縄の最後』へも流用されている（一九六七年版『沖縄の最後』の「あとがき」には『死生の門』への言及（二四九頁）がある）。

（7）岩上順一「記録文学について」（『新日本文学』創刊号、一九四六・三、二〇頁）

（8）松本正雄「最近のアメリカ文学――主として戦争記録文学について」（『新日本文学』一九四六・四、二六頁）

（9）浦田義和は、福岡県警察協議会発行（発行人福岡県本部教養課）の『暁鐘』（一九四九・九）掲載の菊池祖による「読書放談　戦争記録文学書について」を紹介している。そのなかで古川成美の『死生の門』（『沖縄の最後』続編）や大岡昇平『俘虜記』について、菊池祖が「日本という国家の力に人間としての存在をすべて委ねていた日本人が、何の背景もない赤裸々な一個の人間として世界の中に抛り出された時に暴露するいろいろな欠点について私共に反省の資料を与え」（『占領と文学』法政大学出版局、二〇〇七・二、二九五頁）たと述べていることを浦田は報告する。

（10）無記名「編集後記」（『雄鶏通信臨時増刊　特選記録文学』一九四九・八）

（11）無記名「編集後記」（『雄鶏通信臨時増刊　特選記録文学　第二集』一九四九・一〇）

（12）『（考査事ム参考資料第四号）戦後記録文学文献目録　稿』（国立国会図書館一般考査部、一九四九・一二）

（13）前掲（12）書、『沖縄の最後』項には、「本書の前半は現広島文理大教官古川氏が、高射砲隊の幹候生として沖縄に上陸した昭和十九年八月十一日から二十年三月二十三日の大空襲、それにひきつゞく艦砲射撃による阿鼻叫喚、最後の完全なる陥落に至るまでの死の体験である。／後半は「ひらけゆく心」と題され、米軍進駐下の平和な俘虜生活の感激的な記録。前後、よき対照を形造つている」（一二八頁）との解説が付されている。

（14）中野好夫・新崎盛暉『沖縄戦後史』（岩波新書、一九七六・一〇、一三頁）

（15）仲原善忠「文化活動の一年」（『沖縄文化』第三号、一九四九／引用は『仲原善忠全集』第四巻、沖縄タイムス社、一九七八・三、四六九〜四七〇頁によった）

（16）比嘉春潮「『死生の門』を読みて」（『沖縄文化』第四号、一九四九／引用は『比嘉春潮全集』第四巻　評伝・自伝篇、沖縄タイムス社、一九七一・一一、一二〇頁）

（17）沖縄県公文書館の映像資料「映像番号 111-ADC-04826／海岸での火災 1945年6月2日、捕虜について 1945年4月19日」や「映像番号 RG107-1377／大量の投降者、沖縄 1945年」に見られる。

（18）玉城栄祐「読谷山（北）飛行場の建設」（『読谷村史』第五巻資料編4　戦時記録　下巻、二〇〇四・三、三三頁）

（19）玉城裕美子「読谷山村への日本軍部隊配備」（『読谷村史』第五巻資料編4　戦時記録　下巻、二〇〇四・三、

四〇～四一頁）
(20) 古川成美「死生の門　下」（「わが沖縄――その原点とプロセス　取材ノートを中心に」『琉球新報』一九七三・一〇・二七）
(21) 古川成美『沖縄戦秘録　死生の門』（中央社、一九四九・一）。本作は出版月からみても、一九四九年の記録文学ブームにおいて先駆けとなる作品である。また同年二月には「海外輸出記念新装版」として再版されている。
(22) 嶋津与志「沖縄戦はどう書かれたか」（『沖縄戦を考える』ひるぎ社、一九八三・五、一一〇頁）
(23) 仲程昌徳『沖縄の戦記』（朝日選書、一九八二・六、一二頁）
(24) 古川成美「沖縄の最後　上」（「わが沖縄――その原点とプロセス　取材ノートを中心に」『琉球新報』一九七三・一〇・二五）
(25) 古川成美「沖縄の最後　中」（「わが沖縄――その原点とプロセス　取材ノートを中心に」『琉球新報』一九七三・一〇・二六）
(26) 前掲（25）書
(27) 川津誠「ＧＨＱとプレスコード――占領軍検閲の実態」（『発禁・近代文学誌』學燈社、二〇〇二・一一、一二二～一二三頁）
(28) 十重田裕一「葛藤する表現と検閲」（『占領期雑誌資料大系　文学編Ⅱ』第二巻、岩波書店、二〇一〇・一、三頁）
(29) 前掲（25）書
(30) 前掲（20）書
(31) 岡本恵徳「「軍人」の眼による沖縄戦戦記」（『現代文学にみる沖縄の自画像』高文研、一九九六・六、三五頁）

（32）「初出版」には「鮫ケ井、私は、さがしても、さがしても分らぬお前の家族が、若し読んでくれたらと思ってこの筆を進めているのだ。／一緒に溝におちた三木少年が、鮫ケ井が死んだ日からまた私の生命の恩人となつた」（一三五頁）という記述があり、重要な戦友である点はうかがえる。

（33）「改訂版」においては、先に挙げた〈巨視的な視点〉の添加や時代に合わせた文章の洗練さなどが指摘できるが、一方で「初出版」におけるエピソードがくり返されている。例えば「初出版」では「ここは島の南端に近く、米軍の艦砲もまだ疎らであつたので、民家には避難民が住み溢れていた。軒下にも木蔭にも、憔悴と恐怖に青ざめた顔が、われわれの自動車のヘッドライトにまで怯えていた。幼児を抱えた女の姿が一入《ママ》哀れであつた」（八四〜八五頁）とあり、「改訂版」には「その夜おそく、われわれは山部隊戦闘指揮所を設営するため、さらに新垣に移動した。新垣は、もう島の南端に近い。敵の艦砲もまばらで、民家には避難民があふれていた。軒下にも、ガジュマルの木陰にも焦悴と恐怖に青ざめた顔が、われわれの車のヘッドライトにまでおびえていた。ことに幼児を抱えて地面に坐っている女の姿がいとおしかった」（一四七〜一四八）と記されている。

（34）宮永次雄『沖縄俘虜記』（国書刊行会、一九八二・二、二二六頁）

（35）山田潤治「〈脱周縁化〉する記憶――「ひめゆりの塔」の表象」（『大正大學研究紀要』二〇一〇・二、三頁）

（36）例えば「改訂版」には「このころ、困ったことに、住民のあいだに敵と通じ合うスパイがいるといううわさがあちこちに起こった。／夜、丘の上に立つと、あちらの山、こちらの海に、人魂のように灯がゆれて昇った。なるほど、海上の潜水艦となにか合図をしているのかとも思えた」（六四頁）という記述があり、沖縄戦下において、筆者が兵士の位相から住民を認識していた点がうかがえる。

（37）大田昌秀「沖縄戦」（『沖縄大百科事典』上巻、沖縄タイムス社、一九八三・五、五四六〜五四八頁）を参照した。

（38）仲程昌徳は「アメリカの兵士たちの行為への賛嘆が、日本（人）への批判につながる。その思考の単純さを指摘することは簡単であるが、その大真面目さには、戦争のもたらしたものが、何であったかを問うことすらはばからしめるものがある。というより、そうした問いを発することすら、むだに思われてくるほどである」（前掲（23）書、二五頁）と問題点を指摘する。また山田潤治は「作品後半は、捕虜としての収容所生活がえがかれているのだが、古川の奇妙なヒューマニズムに基づいたアメリカ人賛美も、沖縄人の不信を招いた点である」（前掲（35）書、三頁）と指摘している。

（39）例えば宮永次雄は先述の『沖縄俘虜記』において「人間と人間だ。言葉が通じるとか通じないとかは末節である。必ず分るのだ。分れば良さも悪さも感じるであろう」（二六〇頁）と、米人との関係について述べている。またそういった両局面を理解しない日本兵について、「米兵たちの明朗な日常を見、そのスマートな容姿に接すると、一も二もなく心酔してしまう者である。相手の人格や教養に就いては少しも考えようともしないで、色の白い背の高い外貌が、そのままその人の内容の具象ででもあるかのような錯覚に陥るのであろう」（二五六頁）と記述している。

（40）復帰後の一九八八年新装改訂版の「重版に際して」には「折りしも時の流れに癒されて、戦火に焼かれ砕かれた沖縄の山河はいまは深く緑を吹きかえし、珊瑚礁に囲まれた美しい島の上には不死鳥の様に蘇った沖縄県民の平和な生活が築かれつつあります」（二五二頁）と記されているが、ここでの言説の中には、戦後沖縄の個々の歴史は消却される。やはりここでも、古川のまなざしは沖縄そのものへと向けられていないようである。

（41）冨山一郎『戦場の記憶』（日本経済評論社、二〇〇六・七）の二章「戦場動員」を参照した。

（42）大岡昇平「俘虜記」（『文学界』一九四八・二／引用には『大岡昇平全集2』筑摩書房、一九九四・一〇、八頁を用いた）

第二章 古川成美『死生の門』におけるテクスト生成と作品企図
――「形容の脚色」を帯びた物語の行方

一、「手記」を元にした『死生の門』

アジア・太平洋戦争後の出版業界に記録文学ブームが起こったことはよく知られている。戦争体験者の「語る」欲望と、銃後にいた人々の「聞く」欲望が互いに引き合いながらブームを牽引したといえるだろう。浦田義和は、一九四九年頃から記録文学が全国各地、さまざまな雑誌で肯定的に捉えられていった状況を指摘している。(1)「『今年の流行はロングスカートと記録文学だ』(2)」と言われるような状況の下に数多くの記録文学作品が刊行されたのである。例えば『月刊タイムス』の募集した「沖縄戦記録文学懸賞」の〔題材〕規定には「自分の経験した生々しい記録」とある。自己の体験に根ざした記録の集積が多角的に戦争を描き出すと考えられているのである。だが、未曾有の戦争体験が戦後の記録文学の流行を下支えするとき、それが戦場への郷愁へとつながることには注意が必要である。

沖縄戦を軍人の視点からではなく、県民の体験として捉えた『鉄の暴風』[3]監修の豊平良顕は、「而して文学というからには、作者が事実をどのようにうけとり、いかに自分の血肉と化したかを考えなければならない。しかし主観が働き過ぎてはいけない」、「記録文学たり得るのは、記録の基礎である事実に、どれだけ作者の精神が参加しているか」が問われるべきだと指摘する。[4]

前章で問題にした古川成美の二冊目の著書『死生の門』[5]は、沖縄戦軍司令部の八原博通高級参謀から提供された「手記」を底本として書かれている。作品内に古川は登場せず、名前を八原から置換された〈三原〉高級参謀の視点を通して沖縄戦が捉えられているのである。三人称を用いた作品であり、それゆえ古川の想像がテクストに反映されることにもなる。

本論では、『死生の門』テクスト生成の過程について提示し、そこに現われる作品の企図を元に、テクストを分析する。八原博通の「手記」や刊行物との関連性を通して、古川作品に特有の問題点を示し、作品解釈の可能性を考察する。

二、『死生の門』テクスト生成と作品の企図

古川成美は、一九一六年和歌山県に生まれ、一九四一年に広島文理科大学史学科を卒業、一九四四年に沖縄に渡り野戦高射砲第八一大隊、球一二四二五部隊に配属された。沖縄戦に従軍した一兵士で

あり、また大学を出た知識人であった点は前章で指摘した。

古川が最初の著書『沖縄の最後』(6)（「第一部　運命の兵士」、「第二部　ひらけゆく心」）を書き始めたのは、一九四五年の初秋、屋嘉収容所であった。(7)本作品には複数の問題が内在していた。その「自序」には、「ここに、太平洋戦争の大詰となつた沖縄戦の真相を記し、今は亡い将兵たちがすごした島の生活辿つた運命のあとを伝えると共に、不思議にも生命を永らえた後、米国人よりうけた数々の厚遇を述べるのは、全くこの趣旨に外ならない」（三頁）と述べられている。だが「沖縄戦の真相」は古川の経験した視野に限定され、「島の生活辿つた運命」への言及はほとんど見当たらない。

『沖縄の最後』初出版冒頭には「著者に対するクレマ中尉の推薦状写し」が付されている。そこには〈He has served me well, and has never committed any act which caused me to distrust him（彼は、信頼を欠く行為もせず、よく働いた（拙訳））と書かれ、古川の収容所内での従順な態度がうかがえる。また「第二部」は「米国人よりうけた数々の厚遇」への感謝の記述に費やされている。分量の面からも、本作の力点は「米国人の美点の認識に寄与」（「自序」、三頁）することに置かれているといえるだろう。

もちろんここには古川自身が述べるように、「用紙の破局的窮乏状態」とGHQ検閲による「発禁のおそれ」という問題がある。古川は、前章でも指摘したようにGHQ検閲（正確には内閲）で、「ここも駄目」「ここも不適当」と満身創痍、語り部が流れるように歌い上げた筈の私の叙事詩は、「米国に対する敵愾心をあふる」の理由でチェックされ、各頁共赤インクと警告の付箋つき、哀れな姿で帰ってきた(8)」と証言していた。このようなチェック体制を通過するために米国米軍への親和性が前景化した点は考慮されるべきかもしれない。

一九六七年一二月に河出書房による「太平洋戦記」として発表された改訂版『沖縄の最後』には、初出版における「第二部」が削除され、全体としても大幅な書き直しが行われていた。しかしここでも、戦場となった沖縄への関心は薄く、また植民地的なまなざしが継続されていた。それゆえGHQの検閲だけを問題にすることはできない。

『沖縄の最後』は初出版、改訂版ともに〈一兵士の視点〉を用い記述されている。それに対し『死生の門』は三人称が使用されている。戦争に関する作戦の立案や、遂行の困難が高級参謀〈三原〉の視点として記述されるのである。

続編という形式で発表された『死生の門』（続沖縄の最後）の装幀は『沖縄の最後』に続いて向井潤吉が担当している。『死生の門』表紙には、悲しそうな表情で、ひとり砂浜に佇む、軍服が破れ右手を包帯で吊るした兵士が描かれている。赤字で記されているのは、主タイトルの「死生の門」（横に黒字で「沖縄戦秘録」とある）と、横書きの「続沖縄の最後」の文字で、砂浜の向こうの海が青色に塗られている。裏表紙は、表紙から風景が続き、砂浜に工具がうち捨てられている。海の向こうには、丘がみえる（摩文仁の丘が想起される）。一目見て、敗戦、敗残の印象を与える表紙、裏表紙である。また、『死生の門』には一九四九年二月再版の「海外輸出記念新装版」(9)があるが、表紙には摩文仁の丘が意識された断崖と海が描かれている（装幀は同じく向井潤吉が担当）。裏表紙には〈Printed in occupied Japan〉の文字が見られるものの記述内容は同じである。

前作『沖縄の最後』について古川は、前章でふれたとおり「出版社は三版、五版と版を重ね、海外同胞からも求めがあって北米、ハワイ、南米へも送られた。その中の幾冊かが占領下の沖縄へも届いたらしい」(10)と述べている。「海外輸出記念新装版」は、日本が敗戦し占領下にあることを視覚的に示し、新たな、あるいは親米的な日本の出発を印象づけるテクストであることが企図されている。そのような役割は続く『死生の門』にも与えられており、古川自身は「新日本再建への反省」(11)の思いを本作に託したという。

本作は、四章立て、「第一章　緑の島」、「第二章　鉄火」、「第三章　後退」、「第四章　末期」で構成されている。その「まえがき」には次のようにある。

さきに一生還者の悲願から公にいたしました『沖縄の最後』が、はからずも多大の共感をうけ、遠く海外にまで輸出せられて、国際的反響さえもよびましたことは、著者としてまことに望外の結果で感激にたえぬところであります。／ところがその後、数多くの読者の方々から、心をこめた便りをいただき、そして更にくわしく沖縄戦全般の真相を知りたいとの御質問や御要望に幾千となく接しました。今にして思えば、前著は、主として私一個人の体験を中心とした記述でありましたため、これはまことに尤もな次第であります。／そこで私は、奇蹟的に生還した一人として、あの悲劇の全貌を、始終にわたり更に深く掘りさげて記録することが、前著の性質からも当然の義務であり、また一歴史学徒としての本務にもそうものであると思い、同時

に今は会うすべもない多くの犠牲者たちを甦らせる道でもあると考え、早速この仕事にとりかかったのであります。（二頁）

ここでは戦争をめぐる「私一個人の体験を中心とした記述」に徹したという反省は述べられているが、同時に沖縄そのものへの視点が欠落していたことにはふれられない。古川はここで、「予想をこえた貴重な資料、特に当時の真相と状景を広く深く知りぬいておられる立場にあつた一生還者の、至宝的な、本書記述の骨幹となるべき資料」（二頁）を入手したと述べる。その資料を与えたのは沖縄防衛にあたった第三二軍高級参謀八原博通である。この経緯について古川は以下のように述べている。

二十二年の末、沖縄守備軍の高級参謀八原博通氏が中央社を訪れ、沖縄決戦の手記を提示、出版の意向を述べられた。沢本社長は早速ＧＨＱと交渉をはじめたが、二十三年四月に至り、職業軍人のものはどうしても出版を認めぬという結論が出た。

高級参謀の八原氏は沖縄敗戦の責を問われる立場にあったが、自分の立てた作戦は決して誤っていない。中央部の現地状況把握が不充分で、面子にこだわって無理な作戦を強いられたため、現地軍が敗戦の時期を早めてしまったことを訴え、洞窟軍司令部首脳陣の暗闘対立も含めて、戦の真相を専門家の立場から後世に伝えたい強い意志を持っていた。(12)

そこで古川は八原の「沖縄決戦の手記」を「本書記述の骨幹」として『死生の門』を書きあげたのである。ところで本書「まえがき」には、以下のような記述も見受けられる。

かえりみれば、あの戦は、混乱と困苦と果てなき悲しみを残して、悪夢のように歴史の彼方にすぎましたが、この深刻な悲劇のあとに、新しい生命の芽吹くもの、萌えいずるものは何一つないのでしょうか。いや、決してそんな筈はありません。／かつて流された血潮、いま流されている暗涙、すべてが、正義、仁愛、自由の実在する「より美しい世界への道しるべ」となることを私は確信いたします。／世の新しい指導者を以て任ずる人々の多くは、故意に戦の回想を避け、永久に救われぬ戦の犠牲者の運命にまでも、目をそむけようとするかに見えます。しかし私は、沖縄の戦が「強いられた忘我の心」から「ありのままの人間の心」を発見した偉大な精神革命の端緒であつたことを、身を以て知つた一人であります。あの世紀の悲劇が、散つた十万の人々の「死の門」であつたと同時に、よりよき日本、よりよき人類への「生の門」となつて、新日本再建への反省につながることを信じます。ひたすらそう念じつつ、この貧しい一書を世に捧げるものであります。（二～三頁）

つまり古川は〈奇跡的生還者としての悲劇の全貌の記述〉、〈前著の個人的体験から沖縄戦全般への視野の拡充／歴史学徒の本務〉、〈多くの犠牲者の鎮魂と新国家への希望〉という三つの課題を本書に託したということになるだろう。ところが『死生の門』には、〈三原〉という高級参謀の作戦の立案（また時局に対する作戦遂行の困難）を軸に、軍司令部周辺の出来事が記述されているに過ぎない。〈悲劇の全貌〉を描こうとしながらそこに古川自身の批評は加えられず、〈歴史学徒の本務〉として作戦遂行困難な戦史の実相を明らかにしてはいるが、それは言うまでもなく八原の視点を主としたものであり、テクストでは沖縄戦における悲劇への内省は行われない。また三つ目〈多くの犠牲者の鎮魂〉に関しての記述は乏しい。

そこで次節ではこれらの点をふまえながら、テクストの分析を試みたい。

三、ふたつのテクストをめぐって

『死生の門』をめぐっては、喜友名英文編集の雑誌『若い人』（第二号、一九四九年一二月号）において「秘められた戦の真相遠く海外にも大量輸出して国際的反響をまき起した不朽の名著！」（三頁）と紹介されている。

また『（考査事ム参考資料第四号）戦後記録文学文献目録　稿』（「第十三部　硫黄島と沖縄」）においては、「本書は、「沖縄の最後」につゞく古川成美氏の第二次の戦争記録」と紹介され、さらに「この戦記では、三原という高級参謀を中心とし、作戦主脳部の側から沖縄敗戦の実態を掴もうとしている。資料もよく整い、叙述も前書よりは一段の進境を示し、相当読みごたえのある作品となつている。特に作者が追求している三原高級参謀を始めとする軍首脳各将校の死を前にした心理描写にはなかなかにすぐれたものがある」と好意的に捉えられている。[13]

一方、比嘉春潮は『沖縄の最後』への批判と合わせて、「が、「当時の真相」というのは防備戦略の決定に関する軍司令部内の内輪喧嘩が主なもので、米兵上陸前後から軍崩壊までの戦いの経過は大体わかるが、その間に三原高級参謀の自己弁護的見解と著者のなくもがなの心理描写がいやになるほど出て来る」[14]と述べる。悲劇として解釈される沖縄戦の全貌を捉えるという意味では、本作は軍司令部周辺に限定的に視点が置かれ、また視点人物〈三原〉を通しての著者の戦争への内省、あるいは軍司令部を描きながらも、そこへの批評は見受けられない。

『死生の門』では作戦立案をめぐる軍司令部の衝突は描かれるものの、戦争が進行する中での、下級兵士や住民に関する記述は乏しい。それは前作『沖縄の最後』でも問題として浮上していた。著者古川のまなざしは〈沖縄〉で行われた戦争という個別性の、その表層にのみふれるばかりで、住民の犠牲の意味は深化されない。「死の門」よりも「生の門」が想起され、新しい日本を描くという著者の意志は「まえがき」に現われてはいたが、高級参謀〈三原〉という視点をかりつつ、戦争への批判（例えば、降伏を認めない日本軍の方針）そのものは〈三原〉から語られるという構造が維持される。軍司令部付の高級参謀が戦争批判を行うことで責任問題の所在は霧散し、また責任そのものは棚上げされるのだ。

なお古川は本作品について「あくまで当時の歴史的真実を忠実に記述した」としつつも、「ただ二、三の現存者の名を別名にした外、書中の人物の心理描写等については、あるいはいくばくの距離あるを恐れます」と断りをいれている（「まえがき」三頁）。作戦中枢に関わった八原は〈三原〉、陸軍中佐であった神直道は〈龍〉に名前を変更し、また戦争へ向かう心理については想像の部分があることが示唆されるが、その点からも著者古川の沖縄戦への視座は、下級兵士や住民の側にはないことがうかがえる。

一九四四年一〇月一〇日の那覇の空襲に関して、古川は『沖縄の最後』に「島の軍事施設はすべて壊滅的打撃を受け、われわれの守つた北飛行場数百の友軍機は、燃料弾薬の貯蔵所と共に全滅の悲運にあつた」（二四頁）と記している。つまり、一兵士の体験した視点に依拠して描かれているのだ。それに対し、『死生の門』では著者の経験しえない風景が描出される。


深刻な衝撃と、長い不自然な緊張から、漸く解放された軍司令部の将兵たちは、女子勤務員も交えて、誰からともなく、暮色しのびよる丘上に相寄つた。軍司令官、参謀長の顔もみえる。眼下の那覇市は、いまや殆んど紅蓮の焔に包まれ、僅かに残る東南の一角にも、悪魔の舌を思わせるが赤黒い火焔が蔽いかかろうとしている。夕闇と共に火はいよいよ紅く猛り、埠頭に集積の爆弾、ガソリン缶が相ついで引火爆発して虚空におどる。目もくらむ閃光、その間にも誘発する小銃、機銃弾の豆を煎るような狂躁音。／家族の安否も知れず、業火に焼け滅ぶわが町を茫然と見守る女子勤務員の姿に、ふと目をやった三原は、やがてはつと視線をそらせた。一人の少女の、か弱くおののく肩の線に、その恐怖を胸の中に押し止めようとする痛ましいあがきを見たからである。（三七〜三八頁）

「軍司令部の将兵たち」が目にした「眼下の那覇市」の惨状は、北飛行場勤務の古川が見たものではなく、八原博通の手記を元に書かれたものであることは言うまでもない。八原には「幸い戦時中ならびに戦争直後にかけて書き溜めておいた記録があ」り、それを根拠に「敢えて沖縄戦の実相をここに訴えんとする」目的で刊行された『沖縄決戦――高級参謀の手記』（以下『沖縄決戦』）がある。[15] ここに書かれた内容と、戦後すぐ刊行を目的に中央社に持ち込んだ原稿[16]とがどこまで一致するのかは詳らかではない。しかし、『沖縄決戦』に関して「端的に申して、資料のほとんど全部は、私の記憶によるものである。作家ではないから、もちろん創作に類した部分は全然ない[17]」と言い切る八原にとって、一次資料として古川に提供された「手記」から大きく逸脱するような記憶の再構築と記述があるとは考えにくい。つまり、まず八原の「手記」があり、それを根本資料として『死生の門』が書かれ、沖縄県本土復帰の一九七二年、「手記」と記憶をふまえた『沖縄決戦』が書かれたと考えられるのである。[18]

すると、八原『沖縄決戦』における、古川『死生の門』と類似した記述は、「手記」を底本としたもの、つまり自身の記述の再構成として捉えられるだろう。件の空襲に関して『沖縄決戦』には次のようにある。

敵機ことごとく退散して暮色迫るころ、軍司令部の将兵や勤労奉仕の娘さんたちは、申し合わせたように司令部北側の小高い丘に集まっていた。皆ほっとしたような顔だが、深刻な打撃から急に解放された故か、足元がよろめき加減である。群衆の中に軍司令官、参謀長、そして経理部長の姿も見える。那覇市は、今やほとんどその大部が火焔に包まれ、わずかに焼け残った東南部の一角にも燃え移ろうとしている夕闇が濃くなるにつれ火焔はいよいよ真紅に猛り狂い、那覇埠頭のあたり、大型砲弾がひっきりなしに大轟音を発して爆発、冲天に舞い上がり、各所に集積された小銃や機銃の弾丸が誘発して豆を煎るようだ。人口七万の都市が、一挙に燃え熾る光景は実に凄惨だ。猛火に包まれた、わが家を眺めている少女の一団の、身も世もあらぬ悲しげな顔が目について仕方がない。（五六～五七頁）

『沖縄決戦』が、自らの「手記」に記された内容の再構成と考えるなら、「手記」に類似した『沖縄決戦』の内容を『死生の門』がふまえているということになる。すなわち、古川は八原の「手記」(『沖縄決戦』)の多くを利用しているのである。もちろんここには参謀クラスの将校が、GHQの検閲下において出版に容易に関われなかった点や、それでもなお軍司令部の内実を世に問うという目的で、八原と古川、出版元の中央社の間に合意があった点が考えられる。それゆえ八原との類似した記述について問題にすることには意味がない。むしろ古川が『死生の門』の「まえがき」に述べた三つの問題点、とりわけ〈多くの犠牲者の鎮魂と新国家への希望〉に関するテクスト内での記述の分析を通して、大学卒の知識人兵士がどのように沖縄戦を捉えたかを考えるべきである。

ところで、八原博通は『沖縄決戦』を通して、沖縄戦の三つの問題を挙げている。

第一は、空中決戦が決断されたことの問題である。航空機保有数が少ない状態で飛行場を死守するのは本末転倒であり、その守備に人員、物資を割くことで犠牲が膨らみ、たとえ守りきれたとしても飛び立つ戦闘機が皆無では意味がない。「日本軍は、その空中戦力の日増しに劣勢となる実情認識が、不十分」だったことが痛手だったと回想する。

また第二として、敵の用いる火力に対する価値判断を問題とした。米軍の圧倒的火力の前では、怯むことなき「攻撃精神」は役に立たない。米軍の火力は、日本軍の一〇倍、二〇倍であるから、「従来の攻撃精神一点ばりの戦法は通用しない」と述べるのである。

そして第三点として、非戦闘員の処置をあげる。八原は沖縄作戦の目的について、「本土決戦準備のための時間を稼ぐ。沖縄本島をなるべく長く我が手に保持し、敵に本土攻略の足場をつくらさない。なるべく多くの敵を沖縄に牽制抑留し、これに最大限の出血を強要する」としている。さらに「沖縄県民、特に非戦闘員の取り扱いは、この作戦目的に合する範囲内に於て、最善に処理された」とつづけるのである。(19)

これら沖縄戦が孕む問題は「手記」にも記述されていただろうし、それを根本資料として用いた古川にも伝達された可能性は高い。例えば『死生の門』には〈三原〉の否定する「航空優先思想」のはびこる様が次のように書かれている。

時既におそい。しかも、この時期はずれの航空優先思想が、今所きらわず幅をきかせて、却つて地上作戦の邪魔ものとなつている。沖縄に於いて、せつない勝利への夢につながる洞窟陣地構築の努力をしばしば中絶せしめたのも、時宜を失して中央部にはびこつたこの航空第一主義であつた。（三二一頁）

また「生来の明晰な頭脳と、アメリカ留学の経験」により、「冷静で合理的な作戦思想の持主」[20]であった八原をモデルとする〈三原〉は、合理性ゆえに死が条件とされた運命としての戦争観に与しない。

日本の道徳、それは自已欺瞞のかたまりではないか。日本人の生活、それは、表裏二面、二重帳簿の複雑怪奇さだ。割り切つていない、何一つ。奥歯にもののはさまつた生活だ。理性の伴わぬ、感情だけの人生観。地震、雷、火事、おやじといい、泣く子と地頭と、あきらめて、かなわぬと見れば、あつさり屈従する。今度の戦だつてそうだ。軍司令官も参謀長も、つきつ

めて見れば運命だとあきらめているのだ。だが、俺はあきらめ切れぬ。ただ死なんがために死にたくはない。（六一〜六二頁）

さらに第三点「非戦闘員の処置」については以下のように語られる。

最後にとりあげられたのは、住民の戦力化であつた。／（中略）／「降伏という言葉に拘泥して、非戦闘員を強制し、無意味な玉砕をさせてはならぬ。米軍は文明国の軍隊である。一部に宣伝せられているように、非戦闘員を憂目にさらすようなことはないと思う。」／かくて、非戦闘員は戦場外へ、ときまつた。（七二〜七三頁）

もちろん非戦闘員の「戦場外」への退場は、南部の戦場化に伴いその安全性が無化される。〈多くの犠牲者の鎮魂〉が『死生の門』刊行の目的の一つとされながら、戦闘員も含め、沖縄戦で亡くなった人びとへの言及は少なすぎる。代わりに高級参謀〈三原〉の苦悩と作戦立案の正当性に焦点が当てられていく。ここでは〈三原〉の起案した作戦遂行の困難こそが問題の要因であり、軍隊という集団の体質、「日本の道徳」の欺瞞性に〈悲劇の全貌〉が昇華されている。一兵士として戦闘に参加した古川の視点は、『死生の門』には活かされず、「血肉と化した」「作者の精神」（豊平良顕）の現われとしての批評性や内省は試みられていないのである。

四、作品解釈の可能性――戦史と「形容の脚色」

古川『死生の門』と八原『沖縄決戦』の記述の類似箇所の事例は枚挙にいとまがない。『死生の門』の資料的価値について、八原自身は「本書は自分が書き綴つて居る回想録を材料として古川氏が編集したものである／本書の内容中史実に関する件は自分の立場に於て真実であることを保証し得る但し形容の脚色は古川氏の創作である史実に関する限り戦史の資料として（八原氏供述の）公的に引用せられて差支ない」と述べている。[21] 戦史資料として引用される価値があることを認めたうえで、「形容の脚色は古川氏の創作」であるとしているのだ。では、両テクストの明確な差異（「形容の脚色」）、すなわち底本とした資料を逸脱している点はどこにあり、あるいは古川自身の沖縄戦への視野、まなざしはどこに向けられているのだろうか。古川は次のように述べる。

〔…〕将軍と参謀と兵と、そして殺伐な洞窟生活に彩りをそえる軍司令部奉仕の女性群にも光をあてて、沖縄決戦という一大悲劇の中で、軍の運命を握る人物がそれぞれどう考え、どう動き、そして敗戦という冷酷な現実をどう迎えるか、さらに生き残った者はそこで何を悟るかを描こうと努めた。[22]

『沖縄の最後』が男性の視点で男性の戦争を描いたのに対して、本作では「軍司令部奉仕の女性群にも光をあて」たという。軍司令部では、数人の女性たちが働き、また死生の運命を共にしており、八原『沖縄決戦』にもその点に関する記述が数多くみられる。[23]ところで、古川の述べた「女性群にも光をあて」るとはどういうことなのだろう。

（一軍の作戦を義し、死の命令を起草する参謀室に、かようななまめかしい風情の存在が許さるべきであろうか。作戦室は終始おかしがたい森厳の気に充たさるべきである。女性のために、一瞬といえども真摯な気分を奪われては、第一線の将兵に相すまない。）／三原は、メロドラマ的雰囲気を愛せずにはおられない自己をおそれて、女性当番の廃止を参謀長に申し出た。（一三六頁）

「私たちは、はじめから皆様といつしよに死ぬ覚悟でしたのに、今になつてあとにさがれとは、あまりのお言葉です。」／「私共はもう、自分達を女性だとは思つておりません。皆様はこの際になつてもまだ女と思い、私たちを差別なされるのですか。」／と、喜名、崎山、與儀など、口々に三原の前で（最後まで従軍できない―引用者）うらみを述べた。（一六二頁）

ここでは軍の方針に従順であり、死をも恐れない女性たちが描かれる。男性中心の軍隊内において従順で立派な志を持つ彼女たちは、死による奉公の決意が固く、後退命令には涙の抵抗を行う。従軍を強いられた現地女性との関係性に、「メロドラマ的雰囲気」を見出し、躊躇する〈三原〉だが、これに類似した八原の証言はない。つまり古川に創造された人物像の前景ということになる。また『死生の門』には以下のような記述もある。

同じ五月十日、首里洞窟から姿を消した別種の人々がいた。それは軍司令部に異彩を放つていたあの若き女性の一群である。(中略)花の如く粧うていた彼女たちも、いつしかなりふりに構わなくなり、泥のついたままの顔も見かけるようになつた。この女性たちを後退させる意見は、副官部の坂口大尉から再三出されており、三原もいよいよその宿志を果すことにきめたのである。／(ここで殺してはあまりにかわいそうだ。早く後方にさげて、傷兵の看護でもさせ、その最後の運命は天に任そう。)／後退の命が伝えられると、彼女たちは声をあげて泣いた。(一六一～一六二頁)

この箇所と類似した記述は『沖縄決戦』にも見られる。

神参謀の東京派遣と相前後して、首里洞窟内を彩っていた女性たちの撤退が始まった。五月四日の攻撃失敗後は、若い娘たちもいつしかなり振りをかまわぬようになった。化粧どころか、顔に泥のついたままの者もいる。将兵は首里の陣地を枕に討ち死にすべきであるが、彼女たちをここで殺すには忍びない。速かに戦線後方に退けて、悲劇の舞台外において静かに傷兵の看護をさせ、その最後の運命は天に任すべきであろう。／女性総撤退の命、全洞窟に伝わるや、彼女たちの大部は声をあげて泣いた。（二六四頁）

『死生の門』を記述するため、伝聞された軍司令部の様子はディテールを構成する重要な要素となっただろう。そのうえで、未見の軍司令部や女性群の実相は古川にどう受容されたのだろうか。

副官部には、ほかに彼女らとは別種の女性がいた。辻町の遊女たちであつた。三原は、それを知つたとき、何ともいえぬ汚辱と嫌悪を感じたけれども、やがて最後に直面した人々の心理は、こうもあるのかと思いなおした。（二一六頁）

軍司令部奉仕の女性の中には空襲で焼け出された「辻町の遊女」もいた。古川はここで〈三原〉を通して「汚辱と嫌悪」という感情を示す。崩壊していく軍司令部の多様な人間集団にあって、性をふくみこむ女性への古川のまなざしは、軍の体面への「汚辱」と、「嫌悪」の対象となる遊女への蔑視観として現われる。

『死生の門』には〈喜名〉という女性が登場する。〈喜名〉は古川の創作した女性である。沖縄ネイティヴと思われる彼女は、軍司令部、なかでも〈三原〉との関係を主として描写される。「軍司令部勤務の女性は、いずれも素封家の娘であつて、それぞれに、美点を持つていたが、三原は何故かこの喜名に一等好意を感じていた」（五九頁）とあるように、従軍女性たちの中にあって、〈喜名〉には他の女性とは違う役割が与えられている。

縁先に立つて、思いつめたような喜名の面ざし。陽はやわらかく庭に注いで、小鳥の産毛の地に落ちるのも聞えそうな静かな朝。しばらく無言の彼女は、やがて思い切つたように、／「高級参謀殿、どうか今度の戦に勝つて下さいませ、お願いいたします。」／黒いつぶらな眸には涙があつた。そのまま身をひるがえして、庭をかける。ひらりと空をきつた紫の袖に、花の雫か、葉の露か、キラリと一滴、水玉が椿の枝をはなれるのを三原は見た。今の彼にとつては、大きな衝撃であつた。／（戦に勝ってくれという。）／そうだ、自分は、前途を悲観して、如何に死ぬかということにとらわれていた。（六〇頁）

自らの「手記」を底本としたであろう『沖縄決戦』の記述は、古川の『死生の門』構成において基底となるものであった。そのうえで、八原博通に「形容の脚色」があると認識される箇所があるのなら、それは八原が戦史資料として引用さえ認めている軍の作戦立案、遂行、衝突、司令部の退却などの様子ではなく、女性をめぐる記述にあるだろう。作戦をめぐる大本営との齟齬に対して焦燥と苛立ちを抱く〈三原〉は、縁先に〈喜名〉を見つけ、彼女の涙の訴えを聞く。戦争における死の覚悟は〈喜名〉の哀願を通して揺らぐ。好感を持った〈喜名〉を息子の嫁に考えている〈三原〉だが、その息子はまだ幼く、現実感を伴わない感想である。
確かに、ふたりの関係は高級参謀と軍司令部勤務者という枠を超えることはない。だが密かに〈喜名〉を心配する〈三原〉の内面をテクストに垣間見ることができる。

やがて、けわしい山道に友を見失うまいと互に呼び合う声が聞えた。その声の一つに、三原は、はつと息を呑んだ。りんりんと鳴りひびくような、清い張りのある声。／（喜名だ。彼女たちが来たのだ。）／しかし、彼は、わきあがる情感を頑固におさえて、だまつて暗い岩かげに立つたまま、その列をやり過した。そして参謀室に帰ると、早速、女性は参謀室に入れてはいけない、と堅く部下に申しつけた。（二一五頁）

この箇所は八原『沖縄決戦』には次のようにある。

この明暗相次ぐ高地の麓から、蕭々として登ってくる一列側面縦隊の一隊がある。よく看ると、大きな荷物を背負った娘たち総勢約三十名だ。翁長さん！　渡嘉敷さん！と呼び交わす声に、ははーん、例の一行だなと察したが、黙ってやり過ごした。／私は首里以来の方針を堅持して、参謀室への女性の出入りを厳禁した。（三四二頁）

ここには〈喜名〉を想起させる人物は現われない。〈喜名〉が創作された人物であり、また多数の声の中に彼女を発見する〈三原〉からは、言外に彼女への愛着、好意がみてとれる。古川は、このようにふたりの心的なつながりをテクストに暗示するのである。[24] やがて軍司令部が砲撃を受けると、多数の犠牲者が出てしまう。

三原はふと、うす暗い片隅に、仲本という娘がきちんと腰をかけ、両手の拳を堅く握り、泣けてくるのを懸命にこらえているいじらしい姿を認めて、／〈喜名がやられたな。〉／と、直感した。（二五九頁）

〈喜名が死んだ――喜名は俺が殺したのだ。〉／時々、かすかに遠くでそんな思いがもつれ合っていた。そして、やがて、／〈俺は前から何か大事なことを考えつづけていた筈だつた。そうだ、軍のことだ。この軍という無情な、横柄な、頑固な怪物と取つ組んで、何とかしてその無慈悲な言いつけからのがれようともがいていたのだ。〉（二六〇頁）

〈喜名〉の死に直面して、〈三原〉は彼女の死の責任を自分に向ける。外側で起きている巨大な戦争と、〈喜名〉という女性の死が相対化され、「無情な、横柄な、頑固な」軍隊の批判が語られる。だが、沖縄戦全体の作戦に責任を持つべき高級参謀の、メロドラマ的な悔恨は、戦争責任の所在を無化してはいないだろうか。軍に奉仕した女性の死への同情を通して、その根本の沖縄戦への視野は狭められる。「どうか今度の戦に勝つて下さいませ」（六〇頁）と願う無垢な女性の死として〈喜名〉が語られるとき、他の多くの〈死〉は捨象される。ここでは「まえがき」で提示された〈奇跡的生還者としての悲劇の全貌の記述〉には程遠く、また〈多くの犠牲者の鎮魂〉も矮小化されている。その意味で、「まえがき」の企図から逸脱した、「形容の脚色」の物語として『死生の門』は解釈できる。

五、回避される戦争責任

『死生の門』には沖縄県民の描写が、前作に引きつづきあまりみられない。南部への撤退の最中に、二度ほど住民が描写される程度である。(25)

ふと気がつくと、この荒涼たる野辺に子供の泣き声がきこえる。度々の故障で車はのろのろとそれに近づいてゆく。よくみると、七、八歳の女の子が、避難荷物をこの島の風習のままに頭にのせて、両手で顔を蔽うて泣き叫んでいる。親が砲弾でたおれたのか、それとも夜道でゆきはぐれたのか。（中略）／（なる程附近には、まだ家族の者がいるかも知れない。それに摩文仁につれて行っても世話のしようもない。――これが感傷というやつか。）（一九七〜一九八頁）

途中、リユックを背負つた洋装の婦人に出会つた。あてどもない様子なので、彼が、／「ここはやがて激戦地になります。早く知念半島へ行きなさい。」／と、教えたが、気がすさんでしまつたのか、返事もせずに、すたすたと歩いていつた。（二〇〇頁）

高級参謀の「手記」を用いながら、古川自身も戦闘に加わった沖縄戦をめぐる国家や指令部への批判や内省はほとんどみられない。八原の「手記」を底本としつつ、架空の女性を設定し、メロドラマ的な死の物語により、司令部や参謀の責任の所在が霧消する。一兵士として沖縄戦に参加した体験が、作戦に携わった八原の「手記」を通して深化されたり、新たな意味を発見するということはないのである。

〈三原〉は牛島中将と長参謀長の願いを受け、自死をせずに逃走を試みる。その最中、「月の夜、海上を筏で突破――三原はふとロマンテイックな情感がわくのを覚えた」（二七七頁）とあり、さらに以下のように続く。

（生きたのである。確かに疑いもなく俺は生きているのだ。ああ生命とは、こんなにも美しい世界につながつていたのだ。）／海と空がつらなるところ、夥しい光が重なりあつて、白く煙つたように見えるあたりに、ポツンと浮ぶ一隻の銀色の船を、いつまでも茫然と眺めている三原の

そばに、勝山と新垣がまだ罪人のようにうなだれて坐っていた。(二八三〜二八四頁)

古川は沖縄での戦争を体験している。沖縄戦においては多くの味方の死があったはずなのである。そういった日本兵の死は棚上げされ、「生の門」の前で「美しい世界」を認識する高級参謀〈三原〉の内面が、ここでは記述されるのである。

『死生の門』は古川が「まえがき」(〈悲劇の全貌の記述〉、〈沖縄戦全般への視野の拡充〉、〈多くの犠牲者の鎮魂と新国家への希望〉)で示した意図に合致した作品とはいえなかった。陸軍高級参謀の資料を用いながら、戦争責任への批評はなされず、〈三原〉の逃走は「ロマンティックな感情」へと拡散している以上、「生の門」に直面した高級参謀を通して、どのように〈新国家への希望〉を抱けるのかは不明なままである。ここでも、兵士や住民の死は、軍権威者の生の前に捨象されているのである。

確かに軍司令部で推移した事態の流れが了解できるという意味では、刊行の一九四九年当時、『死生の門』が一定の役割は果たしたと評価することはできる。しかし、本作は生者への礼賛に重点が置かれ、死者へまなざしは向けられない。「太陽神の末裔たちが、その厚い迷妄の殻を破って、かの神兵の誇りに死することを断念し、ありのままの人間として虔しく生きる道を選んだこの日こそ、永く日本精神史の一頁を占めるであろう」(二八六頁)という一文で本作は終わるわけだが、生き延びた〈三原〉への責任の問い掛けがなされることはない。その問いが不在のまま〈犠牲者の鎮魂〉を行うことは不可能である。当時の一級の資料を用いながら、本作は感傷的に記述された作品だと言わざるをえないのである。

注

（1）浦田義和『占領と文学』（法政大学出版局、二〇〇七・二）を参照。
（2）無記名「編集後記」（『雄鶏通信臨時増刊　特選記録文学』一九四九・八）
（3）『鉄の暴風――現地人による沖縄戦記』（朝日新聞社、一九五〇・八）
（4）豊平良顕「〝鉄の暴風〟と記録文学――沖縄戦記脱稿記」（『月刊タイムス』一九五〇・一、三六頁）
（5）古川成美『沖縄戦秘録　死生の門』（中央社、一九四九・一）、本論では『死生の門』と記す。
（6）古川成美『沖縄の最後』（中央社、一九四七・一一）
（7）古川成美「沖縄の最後　上」（『琉球新報』一九七三・一〇・二五）を参照。
（8）古川成美「沖縄の最後　中」（『琉球新報』一九七三・一〇・二六）
（9）「海外輸出記念新装版」は『沖縄の最後』にも存在している。こちらも表紙に差異が見られた。
（10）古川成美「死生の門　下」（『琉球新報』一九七三・一〇・二七）
（11）古川成美「まえがき」（『死生の門』中央社、一九四九・一、三頁）
（12）前掲（10）書
（13）『（考査事ム参考資料第四号）戦後記録文学文献目録　稿』（国立国会図書館一般考査部、一九四九・一二、一二八～一三〇頁）では、沖縄戦を題材にした「記録文学」として『沖縄の最後』、『死生の門』の他に、宮永次雄「沖縄日記」、三木偵「沖縄敗戦記」、石野径一郎「ひめゆりの塔」、田村泰次郎「沖縄に死す」を挙げている。他に近接した時期の作品として元沖縄地区兵站本部員・三宅定雄「沖縄島玉砕記」（『小説ファン』一九四九・一一）があり、『月刊タイムス』一九五〇年三月特大号では「沖縄戦記録文学」として五作品が掲載されている。

(14) 比嘉春潮「『死生の門』を読みて」（『沖縄文化』第四号、一九四九／引用には『比嘉春潮全集』第四巻　評伝・自伝篇、沖縄タイムス社、一九七一・一一、一二〇頁を用いた）

(15) 八原博通『沖縄決戦——高級参謀の手記』（読売新聞社、一九七二・八）、また引用は「序」（五頁）によった。

(16) 古川は『沖縄の最後』（改訂版、河出書房、一九六七・一二）の「あとがき」において「昭和二四年には、沖縄第三二軍高級参謀、元大佐八原博通氏よりまことに貴重な一〇〇〇枚におよぶ手記の提供を受け、これを根本資料として、沖縄戦全般について詳述した『死生の門』を出版した」（二四九頁）と記している。この一〇〇〇枚の手記と沖縄戦をめぐる記憶を中心にして八原の『沖縄決戦』が書かれていると思われる。

(17) 八原博道《ママ》「沖縄決戦　上」（『琉球新報』一九七三・一〇・一八）

(18) 『戦史叢書　沖縄方面陸軍作戦』（朝雲新聞社、一九六八・一）には八原の手記を参考にした記述が散見される。また内閣府のホームページ内にある「沖縄戦関係資料閲覧室」には整理番号Ｂ０３―５―３１３「沖縄作戦記録（改訂版）に対する補備及び作戦に対する所見（八原博通）」、Ｂ０３―５―３１７「沖縄作戦元32軍高級参謀陸軍大佐八原博通記述」等の資料がある。

(19) 第一、第二に関しては、八原博道《ママ》「沖縄決戦　中」（『琉球新報』一九七三・一〇・一九）、第三に関しては八原博道《ママ》「沖縄決戦　下」（『琉球新報』一九七三・一〇・二〇）より引用した。

(20) 稲垣武『沖縄　悲遇の作戦　異端の参謀八原博通』（新潮社、一九八四・六、五頁）

(21) 「元第32軍参謀八原大佐に対するＧＨＱ戦史課の質問並びに回答（昭和24・4）」（内閣府ホームページ「沖縄戦関係資料閲覧室」所蔵、Ｂ０３―４―６８）記載の「最近古川成美氏著の名儀《ママ》で発行せられた

〝死生の門〟は八原氏の執筆に成るものか此の資料は八原氏の供述として戦史の資料に公式に引用出来るか」という質問への回答。

(22) 前掲(10)書

(23) 例えば八原『沖縄決戦』には「洞窟内の異色ある存在は、女性の群れである。彼女らは、死なば諸共の平素の願いを許されて、平時態勢をそのままに洞窟入りをした。嗚呼、軍司令部のみならず、これら健気な沖縄の花ともいうべき幾百千の妙齢の子女が、全軍の将兵とともに、島尻の山野至る所の地下に潜ぐり、鬼哭啾々、悲歌断腸の運命を甘受せんとしつつあるのだ」(一七八頁)とある。

(24) ふたりをめぐっては他にも「「高級参謀殿。」/と、喜名があいさつをした。その声はかなしくふるえていた。三原は、彼女の頬に、白粉の代りに泥がついているのを、心にいとおしく眺めながら、わざと不機嫌にそこを通りすぎた」(『死生の門』、二二六頁)などの記述がみられる。

(25) ここでのふたつの引用と類似した文章が八原『沖縄決戦』にも見られる(「津嘉山から摩文仁へ」、三二一〜三二八頁)。

第三章　石野径一郎『ひめゆりの塔』論——作品の周辺と内容をめぐって

一、〈ひめゆり〉をめぐる物語

アジア・太平洋戦争における沖縄戦は、日本領土内における陸上戦であり、多くの住民が徴用を受け戦闘行為に参加し、またとくに沖縄本島南部で犠牲になった膨大な一般市民の数に特徴を見出すことができる。(1)沖縄戦は大本営と現地沖縄との意思疎通が図れないままに進行し、学生や一般住民が次々に徴用され、多くの混乱と無残な死の連鎖がとめどなくつづいた。まさに沖縄は「太平洋戦争で灰燼に帰した」(2)のであった。(3)

このような環境を受けて、戦後には沖縄戦を題材とした〈戦争文学〉作品が発表されていった。仲程昌徳はその期間について、新崎盛暉の考察をふまえつつ「沖縄が「相対的独自性」を持って歩まざるをえなかった占領下時代の歴史を作ったのは、戦争であったわけであり、占領下時代は、またそういう意味で言えば、見えない戦争の継続した期間である」[4]と指摘する。沖縄の文学をめぐっては、戦争／戦後／占領下という事態を抜きに思考しえないのである。野呂邦暢は、自己の考える〈戦争文学〉について、「今次大戦で戦争に参加した日本人が、戦争について書きしるした文章」[5]全般だと述べる。それを受けて仲程は一九四五年以降から五〇年代の作品に関して、「敗戦から一九四九年までは、沖縄の戦闘を体験した本土人の作品が刊行されて、現地沖縄在住の体験者による作品は刊行されてない」が、五〇年代には「沖縄タイムス社の『鉄の暴風』を皮切りに、沖縄における戦いの恐らく最も貴重な記録作品であり、歴史的価値を持つと考えられるものが相次いで刊行されている」とした。そして、なかでも『鉄の暴風』、『沖縄の悲劇』、『沖縄健児隊』は、「いずれも体験者によって書かれ、編まれたものであると同時に、沖縄の人によってみつめられた戦争」を記した文学作品として高く評価した。[6]

仲宗根政善が記した『沖縄の悲劇』は〈ひめゆり学徒隊〉をめぐる手記である。〈ひめゆり学徒隊〉は、沖縄戦において看護訓練を受けた沖縄県女子師範学校と第一高等女学校の生徒たちを指している。言語学者である仲宗根政善が〈ひめゆり学徒隊〉の引率教員であったのは周知のことであるが、本書には教え子を戦場へと導いたことへの深い後悔と懺悔が記され、また戦場に臨んだ学徒隊の生存者の手記も掲載されている。[7]〈ひめゆり学徒隊〉の顛末は沖縄戦のひとつの象徴的な出来事として文学作品、映画や演劇を通し広く知られていくが、そこで大きな役割を果たしたのは、沖縄県那覇市出身の石野径一郎が記した『ひめゆりの塔』であるといえる。[8]

石野径一郎『ひめゆりの塔』は、一九四九年に少女向け雑誌『令女界』に四回掲載された（「死の行進」（九月）、「雨降り止まず」（一〇月）、「戦火と青春」（一一月）、「花散り花咲く」（一二月））。挿画を担当したのは向井潤吉である。後に、「ガジュマル樹と塩の山」を加えて単行本化された。(9) 石野は執筆動機について「この運命の小羊の真相をありのままに描き出すことは死んだハラカラへの生き残れる者のツトメ」だと述べている。(10)

石野は兵士としての戦争体験を通して『ひめゆりの塔』を書いたわけではない。一方、吉村昭『殉国』（筑摩書房、一九六七・一〇）や曾野綾子『ある神話の背景――沖縄・渡嘉敷島の集団自決』（文藝春秋、一九七三・五）に関しても戦記文学として列挙する仲程は、興味深いことに石野『ひめゆりの塔』についてはふれていない。一九五三年に公開された映画『ひめゆりの塔』の「資料協力」にもなった石野『ひめゆりの塔』とはいかなる作品であったのか。

そこで本論では、『ひめゆりの塔』が石野によって、どのように構想されたのかを指摘し、「記録文学」という領域との関連から考察を加える。また、これまであまり顧みられることのなかったその内容に関して分析することを目的とする。

二、石野径一郎『ひめゆりの塔』の周辺

石野径一郎（一九〇九～一九九〇）は沖縄県の首里士族の両親のもとに生まれた。旧制沖縄県立第一中学を卒業後、一九二六年に東京の叔父をたより上京している。法政大学国文科で学び、在学中に「夢を写生する」（一九三二）を発表、同人誌『玄鳥』や『作家群』にて執筆活動を行う。『三田文学』に「独白の図」（一九三九・七）、「両国界隈」（一九四〇・六）を発表し、一九四二年には帝国教育会出版部編集員を務め、同年『南島経営』（帝国教育会出版部、一九四二・一〇）を出版している。この頃、比嘉春潮、宇野浩二らと交流する。[11]

石野径一郎の名を知らしめたのは長編小説『ひめゆりの塔』である。先述のように『ひめゆりの塔』は一九四九年九月号から一二月号まで『令女界』[12]に連載、一九五〇年に単行本化され、[13]大きな反響を呼んだ。例えば嶋津与志は、当時「東京の方では石野径一郎氏の小説『ひめゆりの塔』が出版され、今井正監督による同名の映画がヒットして、いわゆる〝ひめゆり伝説〟が流布しはじめていた[14]」と指摘する。

だが一九五三年公開の大ヒット映画『ひめゆりの塔』[15]（今井正監督、水木洋子脚本）作品内のクレジットをみると、石野『ひめゆりの塔』は「資料協力」の一作品扱いであり、沖縄タイムス所蔵「沖縄戦記」、「生存者の教官、女学生、軍人の談話」とともに、「資料協力」の筆頭に記されているのは仲宗

根政善『沖縄の悲劇』であった。石野『ひめゆりの塔』は本映画において、内容的には補助的な役割でしかなく、仲宗根政善『沖縄の悲劇』が全体的な枠組みを提供している。[16]

仲宗根は、『沖縄の悲劇』の「まえがき」に〈ひめゆり学徒隊〉の「この悲劇が戦後、或は詩歌に詠まれ、或は小説に綴られ、演劇舞踊になって人々の涙をそゝっている、ところがその事実は次第に誤り伝えられ伝説化しようとしている」[17]と記し危惧を現わしている。涙の物語として定説化してしまうことで、個々の学徒隊、仲宗根にとっては大切な学生一人ひとりの個別の死が捨象されることに対しての危機感が執筆の動機といえるだろう。

『ひめゆりの塔』は改訂、再版を重ね、二〇一五年には講談社文庫から新装版として出版されている点からも、息の長い作品だといえる。新装版では一九九五年の映画化[18]の際に、学徒隊員を演じた中江有里が「ひめゆりの少女たちは、戦争に蹂躙されていった。その中で生き延びたものが、後ろめたさと申し訳なさを抱えながら、あの戦争を今に伝えてくれる。（中略）／本書は戦争を知る手がかりになる」[19]との「解説」を記している。確かに本作は、沖縄守備軍の南部への撤退に伴い、傷を負った兵士だけでなく、病院業務の従事者たちの生命をかけての移動の様子を描いている。しかし後述するように、『ひめゆりの塔』という作品は、石野の想像が介在し、正確な〈ひめゆり学徒隊〉の「記録」とはいえないため、生存する〈ひめゆり学徒隊〉の「メッセージ」と本作とを、その創作性、フィクション性を問うことなく接続させてしまう、中江のような語りには注意が必要である。[20]

沖縄戦では〈ひめゆり学徒隊〉に限らず、他の学校の学徒も日常的に兵士と接する役割を担っていた。[21] またその過酷で残酷な体験は多くの証言として記録されている。[22] 一方で〈ひめゆり学徒隊〉をめぐる言説は女学生たちの実体験とは別の場所、米軍の捕虜収容所内で生成されてきた点も見逃してはならない。[23]

収容所内の「物語」伝聞をめぐっては、宮永次雄が『沖縄俘虜記』のなかで、「ずっとあとになってこの（「姫百合の塔」—引用者）原作者が、小禄収容所にいる三瓶という三十三になる人であることを知ることが出来た。読みものに飢えたP・Wたちのために、彼が作業場で、島の娘から聞いた話を綴ったもので、小禄で毎週一回ずつ開かれた朗読会で好評を博した」[24]と証言している。宮永が自著に引用した三瓶達司「姫百合の塔」では、最後の場面にのみ学徒隊の姉妹の名前（信子、貞子）が記されている。三瓶本には「彼女たちは純粋にこれ（勝利—引用者）を信じ、日本のために死ぬことを、この上もない美しい感情として疑わなかった」、あるいは「私は、彼女たちの純真に国を愛する祖国愛に、ただただ頭を垂れるばかりである」との記述[25]がみられ、さらに以下のように記される。

彼女たちは歯をくいしばって泣いた。兵隊たちも泣いた。この世にある限りの最も美しい涙が暗い洞窟の中を一杯に充たした。／「立派に死んで参ります。」（三瓶本、一二一頁）

ここでは〈ひめゆり学徒隊〉が殉国美談として扱われ、兵士たちの同心円上に配置されつつ「美しい」死を体現する。それは生き残った兵士たちが達しえなかった未完の死の代理としての完結を物語り、収容所内の聞き手の敗戦の無力感を緩和していく素材になりえただろう。

ところで三瓶、宮永本に共通する信子・貞子姉妹について、仲田晃子は「姫百合の塔を建立することになる金城和信、文子夫妻の娘[26]」がモデルであるとし、『墓碑銘――亡き師亡き友に捧ぐ[27]』を参考にしながら、その実際の最期の場面が三瓶本と異なる点を指摘している。また、三瓶本、宮永の記した三瓶本の引用文には以下のような文章がみられる。すなわち「昔の武士が死装束を身につける、それと同じように、姉妹は乙女の純潔の象徴でもある、よごれなき女学生服を身にまとった」(三瓶本、二二四頁)、「その中から出て来たのは一度も手を通した事のない制服……これこそ少女達の純潔の象徴」(宮永本、二三八頁)と記された両作品においては、「制服」と「純潔」が接続し、その「死」の残酷さが後景化されるのである。

ここに現われた姉妹という設定は、次節で述べる与那城勇「ひめゆりの塔」を経て、石野『ひめゆりの塔』にも踏襲されていく。「夜明けの風にあたらうとして伊差川カナは土嚢を積んでせまくした壕の口から、足をひきずるやうにして出た」(「死の行進」、一五頁)、「カナはお化粧がすむと、妹のミトをさがして壕内を歩いてゐた」(「死の行進」、二一頁)とあるように、カナとミトの姉妹が登場する(以下、引用には初出誌を用いた)。

石野『ひめゆりの塔』では、この姉妹の姉を中心に、荻堂雅子、波平暁子といった〈ひめゆり学徒隊〉の面々が描かれる。本作では、戦争という個人では抗えない巨大な暴力の前でいかように生きるかが記されているといえる。

「私は重傷しても、重病になつても、決してぢたばたしないつもりよ。たとへば、ドカンとくるでせう? 瞬間、私の心の中は、空気か、水かが流れてゐるわ。ひよつとしたら、何んにもないわ。ゼロの世界よ。そこで、出来たら、冗談の一つくらゐ云つておさらばするとい丶んだけれど——」/づけりと云つてのけた。(「死の行進」、一八頁)

カナの親友雅子の言う死に臨む際の「心構え」。この納得できないゼロ/空白への焦燥から、戦場において自らの「生/性」の意味を見出そうと躍動する少女たちの戦場での軌跡が、石野『ひめゆりの塔』には描かれていくのである。

三、「軍国主義」批判の系譜

石野『ひめゆりの塔』が発表された時期は、アジア・太平洋戦争後における出版界の「記録文学」ブーム期と重なっている。「『今年の流行はロングスカートと記録文学だ』」[28]という状況の中で公刊されたのである。本作が作者の想像を用いたフィクションであることは言うまでもない。視点人物である〈ひめゆり学徒隊〉女学生の内面、家族関係、ときに甘い男女関係を示唆する内容は、石野の想像により創作されたものである。国立国会図書館一般考査部が編集した『戦後記録文学文献目録 稿』は、石野『ひめゆりの塔』を記録文学の範疇に入れながら、「この作品には相当な誇張もあり、記録としての信憑性には疑いを持つ向きも多い[29]」と記述している。『ひめゆりの塔』を「記録文学」として配置しながら疑義をさしはさむ点からは、戦後において、戦場の実相を知りたい、あるいは戦争体験者たちが語りたいという欲望の混濁とした出版状況がうかがえる。

ところで石野径一郎はどのような経緯で〈ひめゆり学徒隊〉の物語を書くに至ったのだろうか。石野は戦時中、石川県に疎開しており、戦後に東京へ戻っている。疎開先から東京に戻った石野は、沖縄戦後に同地を訪れたクリスチャンの比屋根安定[30]と会う機会を持ち、その際に、「糸満教会の与那城牧師のかかれた短文[31]」を手に入れたと述べている。ここに記される与那城勇[32]は、戦中に北支蒙疆厚和市で歯科医院を開き、戦後の引き揚げ後はキリスト教伝道の仕事に従事、雑誌『ゴスペル』を編集発行している。石野が手にした与那城の「短文」とは、石野『ひめゆりの塔』よりも数か月早く発表された『ゴスペル』創刊号（一九四九・五）掲載の「ひめゆりの塔」（記名「よなしろいさむ」）か、あるいはその構想段階の原稿であったと推測される。仲田晃子は、「「調査報告記事」として掲載された与那城の「ひめゆりの塔」は、「この洞窟より奇跡的に生還せる二、三人の姉妹より直接其の真相を聞」いて書かれており、生存者に取材して書かれた「ひめゆり」のさきがけとなったものである[33]」と指摘する。

与那城は、「沖縄戦最後の土壇場島尻の一角に「ひめゆりの塔」としるす碑の立てる自然洞窟がある。この洞窟には未だ人生の穢れに染まざりし乙女たち幾十の霊が眠つてゐる」「が巷間に伝へられたさま〱な有害無益な物語りを糺す意味に於て更に新しい沖縄の建設のため私のこの度の企てが意義を有することを信じ敢えて禿筆に鞭うつ」[34]と記している。「人生の穢れに染まざりし乙女」という解釈は三瓶本とも共通しているが、「巷間に伝へられたさま〱な有害無益な物語り」へのカウンターとして構想された点は見逃せない。つまり、仲宗根政善が『沖縄の悲劇』執筆にあたり、学徒たちの具体的な足跡を追い、個別的人物像を前景することで、抽象化された「物語」への抵抗を試みたように、与那城にも通底する意識が働いているのである。

与那城「ひめゆりの塔」は、六月一八日に発せられた「解散命令」後を中心に、学徒隊の足跡を記述している。それは、後年確認された〈ひめゆり学徒隊〉関連の犠牲者である一三六名のうち、一一七名が死亡したとされる、まさに悲劇の圧縮された数日間だったからであろう。

> 暫らくの後重苦るしい沈黙を払ひのけるように誰かが「私たちは今日まで軍と行動をともにして来ました。これからも軍と運命をともにします。」と云つた。あちらからもこちらからもそれに同意の声が起つた。乙女たちの心の隅に生への執着の声がきこえる、しかし誰もこうした場所では云はないものである。国に殉ずると云ふ悲壮な感動が彼女たちの生への本能の声を圧倒して沈黙させた。それは全く催眠術をかけられた者が誘導■問に答へるやうに、将校や兵隊たちはこの乙女達の返辞を心から満足して受け入れた。かくて未だ人の世の穢れに染まぬ乙女たちは「お国のために」と云ふ魔法の呪文に縛られていよ〱最後の関頭へ追いやられつゝあつた。

（九頁）

「解散命令」を受け、殉国思想に抵抗できない「乙女たち」は「未だ人の世の穢れに染まぬ」と表現される。ここでは軍に対置される「乙女たち」の無垢性を担保に、「軍国主義」が批判されるのである。「乙女たち」は、「世の穢れ」を知らない存在として捉えられ、そうであればこそ「軍国主義」の「催眠術」への批判が際立つのである。そして与那城本を受けて執筆された石野『ひめゆりの塔』からも、「軍国主義」批判という側面が見出せる。

石野『ひめゆりの塔』における中心人物のカナは、軍部寄りの看護婦長から「生れつきの自由主義者」（「死の行進」、一七頁）だと批判される荻堂雅子と親友関係にあり、ともに学校での人気者であった。この雅子の姉は伊波普猷の女子啓蒙活動[35]の実践者として設定されており、小説や芝居に関心を示していたと記される。ここでは「自由主義者」の根拠が姉妹家族の中に見出され、その「自由主義者」を抑圧する「軍国主義」が相対化されているのである。

あるいは「海行かば」が歌われる壕内の場面（「死の行進」）において、「暴虎馮河の梟勇を誇示する」（二四頁）兵隊に対し、テクストには「それ等の無智な軍国主義どもは、カナの目から見ると、まるで狂犬であつた。人間の顔をしてゐる非人間であつた」（二四頁）と記される。さらにカナと心的な接近を示していた負傷兵細川三之介は、「絶対に死をもとめてはいけません。求めなくても、死は来るべき時に来ます。生き抜けるだけ生きなければならない義務があることを、あなたは知らなければいけません。兵隊の道づれなんて、それこそとんでもないことです――」（二四頁）と「生」を肯定することで、死を強要する「軍国主義」を拒絶している。

また自由主義者である雅子が軍人のやり方に毅然として抵抗を示す場面も描かれる。それは乳を求めて泣き叫ぶ赤ん坊と困惑する母親を壕から追い出そうとする上級軍人への〈怒り〉として現われる。

「あきれたもんだ！　とにかく、穴からは出て行って貰はう。軍人の生命は大事なんだ。内儀さん、お前出て行ってくれ！」／雅子はかっとなって、その声の方を見た。左右に部下を控えた若い将校であった。軍刀を横たへ、柄の所を膝の上でいぢくってゐた。横顔に古い疵痕があった。雅子はその横顔に唾でも吐きかけてから、大声で喚き散らしてやりたい衝動にかられた。（この人非人奴、どうしてくれよう！）と、がたがた顫え出したのを、ミトがぐッと手頸を握った。

（「花散り花咲く」、二二三～二二四頁）

横暴な軍人による住民への態度に〈怒り〉の心情がぶつけられ、さらに母子を誘い、ミトとともに壕を出ていくのである。そしてここでは、「雅子とミトは彼（少佐―引用者）が壕の口まで来る間に早くも森を離れてゐた。振り返ると、木の間に隠顕して、小太りの将校が口惜しさうな目つきで睨んでゐるのが見えた」（「花散り花咲く」、二二四頁）とあり、その将校の身体を戦時下に似つかわしくない「小太り」として表象している。軍人への抵抗を直接的態度で示す場面は、本作品に特徴的なものであり、また与那城本や三瓶本では過酷な運命と非道な命令下においてけなげに生きる生徒が描写されていた。ここに「軍国主義」を象徴する軍人への抵抗と身体的特徴をかさねながら批判の目が向けられている様が読み取れるだろう。

さらにはカナによって、学校の責任者への批判も加えられている。「――だけど、雅子さん！うちの校長先生なんか、日本主義者でも、親軍教育者でも、なんでもないのよ。自分が出世するためには、三段とびでも、宙返りでもするといふやうな、ピエロさんよ。単なる日和見主義者よ！」（「雨降り止まず」、一一七頁）と語られるのである。「岡西校長」に対して、従軍しない「日和見主義者」として批判する視座には、戦場における〈ひめゆり学徒隊〉の無縁の孤独に寄り添う語り手の意志が読みとれる。

石野は『ひめゆりの塔』について「私の書いたものすべてが事実に正確であるとは言い切れない」と述べつつも、一方で「私の書いたもの、内容全部が純粋な意味の記録文学とはいわない、だが手元に集まつた種々のデータ」(36)をもとにして作品を書き上げたことが強調されている。ここでの石野の語りは、作品内の「岡西校長」と実在する西岡一義とのモデル問題をめぐるものであるが、石野は『ひめゆりの塔』の創作性を認めつつ、「種々のデータ」に依ることで、作品が現実と連動していることを示している。与那城本以外にも集めた「種々のデータ」を元に、実在の「軍国主義」者を「追放」するという強い意志の現われをここでは見出すことができると同時に、沖縄出身である石野は、〈ひめゆり学徒隊〉の悲劇を「軍国主義」教育に見出しているのは確かであり、それが『ひめゆりの塔』

にも反映されているといえるのである。

四、戦場の「恋愛」をめぐって

石野は、戦時中のナショナルな語りとしての「軍国主義」を学徒隊の女学生と対置させながら、公式な場での死を強要する「軍国主義」的身体を救済するために、「恋愛」という〈可能性〉を物語に持ち込んだと考えられる。しかし、悲劇の物語として「死」という結果が内在された女学生の「生」の軌跡としての「恋愛」は、「戦争も友情もさほどの問題でなく」（「戦火と青春」、八九頁）してしまうことを可能にしえたのだろうか。

石野は戦場の過酷な環境の中に、「善意や愛情が温和に匂ふやうで、壕内の空気に一抹の活気を与へ」（「死の行進」、一五頁）る者として、〈ひめゆり学徒隊〉を描いており、その中心にいるのはカナと荻堂雅子、波平暁子たちであった。「死の行進」には、次のようにある。

今、彼女たちは名前だけのお化粧をしてゐるが、夜が来れば闇に乗じて野良に逼ひ出し、もぐらもちのやうになつて甘藷や野菜を見つけに行かねばならぬのだ。――若い男性の道づれは、少からぬ原動力だつたのだ。／カナはお化粧がすむと、妹のミトをさがして壕内を歩いてゐた。

（二一頁）

過酷な環境であるはずの壕内のカナが「お化粧」（単行本化以降、削除）をするのは意外な描写だが、戦後の『令女界』読者の現実感や皮膚感覚に合致したものとして「お化粧」の表記は在りえただろう。中江有里が本作における「少女たちの精神の自由さ」(37)と評するのは、視点人物が抱え込む「恋愛」感情の発露に見出せる。カナが救済を試みる負傷兵の細川三之介は、金沢から移動してきた兵隊で、国民学校の教員だった。カナにマスコット人形を託して死に臨む細川との別れは、南部への撤退（「死の行進」）により引き起こされた。「周りの目を気にする心持は、どこにもな」（二八頁）いカナは、涙のままに壕を出ていく。辛い感情の重なりと別れを戦争の不合理の中に記すことで、読者の物語への感情移入が促されていく。それこそが『令女界』という媒体に掲載された『ひめゆりの塔』の特徴なのである。

「戦争の残虐さ」を現わすように「目にふれた死体」（二八頁）のある場所を移動するカナは、やがて本隊に合流し、「ママ先生」と呼ばれる「生徒本位」の石川先生の死を知る。『ひめゆりの塔』には粗暴な日本兵が登場し、女性教師を死に追いやったり、女学生に無情な仕打ちを行う場面が表象される。

「城野の奴が君たちのクラスメートの一人に或る夜怪しからんことをしかけたんだ。南風原の壕での出来事だよ。その時石川先生が生徒をかばつてやつたのがいけなかつたのか、かはいさうに彼奴の恨みを買つちやつたんだ。奴は石川先生に凄い荷を背負はせたり持たせたりした上に、絶えず附きまとつて鋭どい監視をしやがつたんだ。――たうとう来るところまで来たんだな――」／カナの胸は煮えたぎつた。何んといふ侮辱であるか！（「死の行進」、三三頁）

ここでは善と悪が明確に対比され、画一的に「軍国主義」が捉えられており、発表誌『令女界』の読者層をふまえるなら、三瓶や与那城が書こうとした〈物語〉と別の文脈が浮かび上がる。戦場には似つかわしくない「お化粧」や「恋愛」の前景化は、「軍国主義」に象徴される戦場のナショナルな語りを相対化するのである。例えば、戦場で偶然に再会したカナと従兄の真也との関係に嫉妬し苦悶する雅子の内面は次のように描かれている。

雅子は真也とカナとの間が単なる従兄妹の関係で割り切つてゐるかどうか、得てして恋愛になりやすい間柄であり、許婚者である場合も少くないと思つた。さすがの彼女もカナの存在が気になつた。恋慕と嫉妬が燃え立つと、彼女の気持はじやじや馬のやうにはやり、ふと戦争も友情もさほどの問題でなくなつた。（「戦火と青春」、八九頁）

カナと真也が熟睡してゐるのを見て、雅子は小屋をとび出して来たのである。なぜさうしたのか。二人は親友の間柄ではなかつたか。だから友情を裏切りたくなかつた、と云へば平凡で、通俗で、

簡単だが、事実は簡単でなかつた。（「花散り花咲く」、一六頁）

戦場での「恋愛」を志向する三角関係は、本隊とは離れた洞窟や家屋で進行する。それは「生／死」が密接に関わる沖縄戦の緊張感からは逸脱した描写であり、戦場の悲惨な現実を捨象しているといえる。つまり石野が描こうとしたのは、「お化粧」や「恋愛」を通して見出される女学生たちの〈日常性〉であり、それは『令女界』読者層として想定された同世代の女性たちに、鮮烈な印象をもって読まれただろう。[38] もちろん〈ひめゆり学徒隊〉の誤った伝説化に対して、仲宗根政善は悔恨と無念をもって「乙女らは沖縄最南端の喜屋武の断崖に追いつめられて、岸壁にピンで自分の最後を記していた[39]」と述べねばならなかった。一方で石野径一郎の〈ひめゆり学徒隊〉物語形成の背後には、与那城本から受け取った郷土の戦時下の状況への関心があった。またナショナルな、定式的「軍国主義」への抵抗として「恋愛」が持ち込まれていた。「彼女たちの青春は悲しくも無残な春に花開いた。身も心も若い気にはちきれるほど豊満に成熟し、処女の幸福を待ちうける時期に達していた」（「雨降り止まず」、二二六頁）が、「軍国に生れた者の、刑罰」（同、二二六頁）という不幸が「幸福」を遮る。その境界線上で、テクストでは「若い気にはちきれる」「処女の幸福」が見出されるのである。

ネルソン・グッドマンは唯一の世界の存在という考え方を排して、複数の「ヴァージョン」によって世界は「制作」されるものとした。[40] 萩原康一郎はグッドマンの「「ヴァージョン」がつねに人為的・文化的な所産である」とし、ポール・リクールの「交叉」概念をふまえながら、「過去の現実世界がテクストの読解のうちで制作され、理解され、認識され」、「歴史世界は根源的には虚構を地盤として成り立っている」と指摘する。[41]『ひめゆりの塔』は、石野自身認めているように「真実に正確」な作品ではなく、実際の過去の出来事としての「正しさ」だけに回収されることを目指していないことは明らかである。『ひめゆりの塔』は、女学生の「恋愛」や「お化粧」を用いることで、戦争と「軍国主義」によってもたらされた〈ひめゆり学徒隊〉の「死」という確定的な契機に異なる契機、つまり別の「ヴァージョン」の可能性を示しているともいえるだろう。石野『ひめゆりの塔』は創造のための想像の物語として読むことが可能であり、複数的にありえた「ヴァージョン」として、「軍国主義」への抵抗を〈ひめゆり学徒隊〉に与えるのである。

そして「恋愛」の他に、石野『ひめゆりの塔』には次のような特徴が見出せた。すなわち、記名された女学生たちへの焦点化、戦場における軍国主義者の太った身体、容易になされる生徒たちの別行動、若い男女間で親密に維持される数日間、「大君の御盾となる覚悟」を持ちながら活発に話される自由な会話、篤志看護婦でありながら病棟や壕における活動の描写の希薄さ、などであり、ときには具体的な戦場の深刻さの描写に成功もしている。

しかし、これらを作品内に持ち込む試みは、戦争の〈実相〉としての過酷さを後景化させてしまってもいる。とりわけ「恋愛」などは、異なる「ヴァージョン」に従属するための舞台装置ともいえ、〈少女趣味〉的な側面の表出にみえる。一方で本作が、「記録文学」としてのコンテクスト上に配置され、その側面から読まれることで、仲宗根政善が懸念した〈涙〉を喚起する物語としての「伝説化」

を支えてしまった側面は否めない。

例えば、終章「ガジュマル樹と塩の山」には米軍の「降伏勧告文」が現われ、テクストは、その勧告を反故にした第三二軍司令官牛島満を通して、破壊された故郷の山河への嘆きを示している。「日本の武士道とはこれなのか。ついに最後まで人を救わないのか」（二三七頁）と考えるカナは、「軍人の体面、武士の意地」（二三八頁）に疑問を呈して、「それでいいのか?」（二三七頁）と自問する。だがその思いは、洞窟の中に投げ込まれた米軍の黄燐弾、窒息性ガスによって無化されてしまう。五三年版映画『ひめゆりの塔』の最後の場面においても、同じガス弾の投入が描かれるが、石野『ひめゆりの塔』ではカナだけが生き残る。妹のミトは、恋心を抱いている吾妻教諭に抱きつくようにして死んでおり、荻堂雅子は、これ以前にすでに死亡していた。カナは「頭髪と顔面に焼け傷が残っていないのは、頭からかぶっていた濡れタオルで救われた」（二五五頁）。そして、「彼女はよかったと思う。ありがたいとも思う。するとあたたかいものが胸にこみあげてきた。それは彼女の全身をゆすぶり、やがて弾むような歓喜に変わ」（二五五頁）っていき、「カナの耳には、どこからともなく、明るい美しい音楽がきこえ、そのほおはさえ、表情は明るく晴れていた」（二五六頁）として物語は結ばれる。

ここに容易に読み取れるカナの未来への期待は、妹の死を代償としている。テクストで何度も言及された家族関係[42]、姉に大切にされる妹[43]、カナと母[44]という関係は顧みられず、「生」と未来への律動のみが強調されるのである。ここでは悲惨な戦争、無残な死を乗り越えるカナを通して、出来事の深い陥穽の描出は回避されているのである。読者は、生き延びたカナへの感情移入を軸に、戦争の悲惨な出来事を後景化してしまう可能性を与えられるのだ。
未来への期待は、沖縄戦における〈ひめゆり学徒隊〉の犠牲の緩和剤となり、仲宗根が戦場で見た〈実相〉や与那城の伝聞を用いた記述とはかけ離れた「物語」を生成していくのであり、まさにその側面を石野『ひめゆりの塔』は持ちえているのである。仲宗根は『沖縄の悲劇』において次のように記している。

今次の戦争で人間の修行とか、智慧とかゞ、どれほど生死を左右したかに疑問を抱いたのは私ばかりではあるまい。或る生徒は祖先の位牌と観音様を懐にしていた。その母は観音様の御慈悲で娘は助かったと涙を流して感謝していたが、生き残った者は殊勝であったとか、死んだ者は勇敢であったとか、臆病であったとか、盡忠報国の精神に燃えていたとか、信仰が浅いとか深いとか、一体そういうことが今次沖縄戦においてどれほど生死と関係があったろうか。人間の個々の力はこの戦の前には殆ど零に近かった。(45)

意味を剥奪された「死」の連鎖を目の当たりにし、引率した生徒への懺悔とともに戦後を生きた仲宗根の『沖縄の悲劇』との落差を推し量ることは可能だろう。
石野『ひめゆりの塔』では、「軍国主義」からの解放の手段として「恋愛」が描かれた。それは異なる「ヴァージョン」の可能性を引き出しつつも、細部の出来事が従属的にしか示されていないため、

「涙」を喚起するだけの、また悲惨な出来事を後景化させてしまう可能性をもった「物語」になっているのであった。

五、「軍国主義」批判の限界の物語

与那城勇は、娘や親族が犠牲になった遺族の声を反映しようとして『ゴスペル』創刊号掲載の「ひめゆりの塔」を書き上げた。キリスト教的博愛による「軍国主義」批判は、戦後沖縄の統治者たる米国と親和性を保つ言説だっただろう。

一方、石野径一郎『ひめゆりの塔』は「軍国主義」批判を継承しつつも、女学生の無慚な死と「恋愛」の葛藤を主題化していた。だがそれは仲宗根政善が危惧した「伝説化」の要因ともいえた。石野径一郎は、沖縄戦を引き受けながら学童疎開船対馬丸の撃沈や、郷土沖縄の歴史、文化についての著作を数多く残している。石野径一郎における沖縄をテーマとした他の作品分析考察は今後の課題としたい。

注

（1）比嘉春潮、霜多正次、新里恵二『沖縄』（岩波書店、一九六三・一）、大田昌秀編著『これが沖縄戦だ――写真記録』（琉球新報社、一九七七・九）、新崎盛暉『沖縄現代史』（岩波書店、一九九六・一一）などが参考になる。

（2）岡本恵徳「沖縄における戦後の文学活動」（『沖縄文化研究』一九七五・一〇、一九一頁）

（3）川島正樹は沖縄戦について、「大本営が直前まで「決戦」と「陣地持久戦」の間で揺れ動く中で、八原高級参謀を中心に第三二軍は、現地住民を徴用しつつ飛行場建設の傍ら短期間で首里城周辺に強固な地下陣地を建設する一方、一七歳から四五歳までの男子約二万人を防衛隊に組み入れ、法的根拠のないままに「志願」に基づいて中学生や女学生および師範学校生二〇〇〇名以上からなる学徒隊を立ち上げ、米軍への出血を最大限強要することで本土決戦の準備の時間を稼ぐという「戦略的持久戦」の大方針を立て、米軍が沖縄本島に上陸する一九四五年四月一日を迎えた。この作戦案には戦中および戦後長らく批判が多かった」（「「米兵は鬼畜ではなかった」のか――沖縄戦をめぐる記憶の共有をめざして」『史苑』二〇一五・一二、一一五～一一六頁）とまとめている。

（4）仲程昌徳「沖縄戦記録・文学試論――時期区分について」（『沖縄文化研究』一九八〇・六、一五〇頁）

（5）野呂邦暢「はじめに」（『失われた兵士たち――戦争文学試論』芙蓉書房、一九七七・八、一〇頁）

（6）前掲（4）書、一五二～一五三頁

（7）仲宗根政善『沖縄の悲劇――姫百合の塔をめぐる人々の手記』（華頂書房、一九五一・七）。本書はその後、何度も改訂出版される。

（8）例えば松鷹彰弘は、石野『ひめゆりの塔』の影響について、一九五一年に日本交通公社が扱った沖縄慰霊団が戦後の海外観光渡航の嚆矢とし、「石野径一郎の小説『ひめゆりの塔』の影響なども大きかったらしい」（「観光の発展段階と旅行商品についての考察――沖縄本島と慶良間を事例として」『沖縄短大論叢』一九九五・三、八七頁）と指摘する。

（9）石野径一郎『ひめゆりの塔』（山雅房、一九五〇・九）

（10）石野径一郎「作者の言葉」（『令女界』一九四九・九、三三頁）

（11）三好行雄他編『日本現代文学大事典　人名・事項篇』（明治書院、一九九四・六）、また石野自身による「年譜」（『ひめゆりの塔』講談社文庫版、一九七七・六）などを参照した。なお「年譜」では『三田文学』（一九三九年）に「呂律」「両国界隈」を発表とあるが、「呂律」は誌上に見当たらず、「両国界隈」は一九四〇年六月号に発表されている。

（12）『令女界』は宝文館から発刊された雑誌である。二上洋一は「「令女界」は二二年（一九二二年―引用者）四月創刊、四四年三月で休刊、四六年四月に復刊して、五〇年九月で終刊。最初は少女雑誌であったが、しだいに女学校上級生対象に変わり、独自の華麗な世界をつくりあげた」（日本児童文学学会編『児童文学事典』東京書籍、一九八八・四、六八〇頁）としている。

（13）石野径一郎『ひめゆりの塔』（山雅房、一九五〇・九）、また明治図書（一九五二・一〇）、金剛社（一九六二・三）、旺文社（一九七二・一）、講談社（一九七七・六）にて出版、戦後七〇年にあたる二〇一五年にも講談社文庫から再版されている。本論における「ガジュマル樹と塩の山」の引用は、講談社文庫二〇一五年版を用いた。

（14）嶋津与志「沖縄戦はどう書かれたか」（『沖縄戦を考える』ひるぎ社、一九八三・五、一一一頁）

（15）『クロニクル東映――1947-1991［Ⅱ］』（東映株式会社、一九九二・一〇、一六頁）では「撮影日数102日を費やし、苛酷な撮影を敢行して完成させた「ひめゆりの塔」は、それまでの邦画・洋画の最高配収記録を塗り替える1億4969万円の配収をあげ、日本映画史上、空前の大ヒットとなった」と紹介されている。

(16)仲程昌徳は〈ひめゆり学徒隊〉をめぐる映画の脚本について考察を加え、仲宗根政善『沖縄の悲劇』との関連を指摘している(「「ひめゆり」の読まれ方――映画「ひめゆりの塔」四本をめぐって」『日本東洋文化論集』二〇〇三・三/『沖縄文学の沃野』ボーダーインク、二〇〇三・六所収)。

(17)仲宗根政善「まえがき」(前掲(7)書、頁数表記無し)。例えば、「演劇舞踊」としては都立白鴎高校演劇部が一九五一年に初演、石井みどり舞踊団の公演は沖縄でも行われている。また、例えば仲宗根は『ひめゆりの塔をめぐる人々の手記』の「まえがき」(「昭和五十七年四月」執筆)には、「映画」も追記し「人々の涙をそそっている」(『ひめゆりの塔をめぐる人々の手記』角川文庫、一九九五・三、三頁)と記す。ここでは今井正監督『ひめゆりの塔』が視野に入れられている。

(18)『ひめゆりの塔』(神山征二郎監督、加藤伸代脚本)

(19)中江有里「戦争を知るために」(『ひめゆりの塔』講談社、二〇一五・一二、二八九頁)

(20)また、石野『ひめゆりの塔』に関しては、初出誌で〈白百合部隊〉と表記されたものが〈ひめゆり部隊〉と変更されていたり、初出誌において「白百合の名は、彼女等の校友会雑誌『姫百合』から出てゐるので、ほぼ二十歳から十七歳までで出来た隊員は、およそ百四五十人だつたと云はれる」(「死の行進」、一五頁)が、「十六歳から二十歳までの女生徒で編成された隊員は、職員生徒で二百人をこしていたといわれる」(前掲(19)書、九頁)と訂正されるなど、本文の異同に関する論考も必要であるが、これは別稿にゆずりたい。

(21)沖縄県女師・一高女ひめゆり平和祈念財団立　ひめゆり平和祈念資料館編『沖縄戦の全学徒隊』(ひめゆり平和祈念資料館資料集4、二〇〇八・六/二〇二〇・大改訂版発行)参照。

(22)内閣府ホームページ「沖縄戦関係資料閲覧室」(https://www8.cao.go.jp/okinawa/okinawasen/)には「ひめゆり戦記」本が多数紹介されている。

(23)〈ひめゆり学徒隊〉の物語生成については、仲田晃子「「ひめゆり」をめぐる語りのはじまり」(屋嘉比収編

(24)『友軍とガマ――沖縄戦の記憶』評論社、二〇〇八・一〇）が詳しい。また大胡太郎「収容所の〈ひめゆり言説〉――ヴァリアントとしての三瓶達司「姫百合の塔」と宮永次雄「姫百合の塔」とをめぐって」（『琉球アジア社会文化研究』二〇〇一・一〇）や尾鍋拓美「「ひめゆり」はどのように表象されてきたか――創成期の「ひめゆり」表象を中心に」（『沖縄文化』二〇〇九・三）も参考となる。

(25) 宮永次雄「姫百合の塔」（『沖縄俘虜記』国書刊行会、一九八二・二、二二六頁／初出は一九四九）

(26) 三瓶達司「姫百合の塔」（『具志の青嶺――沖縄捕虜収容所の中から』近代文藝社、一九八三・三、二一六頁、二二〇頁）

(27) 仲田晃子「「ひめゆり」をめぐる語りのはじまり」（屋嘉比収編『友軍とガマ――沖縄戦の記憶』評論社、二〇〇八・一〇、一一五頁）

(28) ひめゆり平和祈念資料館建設期成会資料委員編『墓碑銘――亡き師亡き友に捧ぐ』（ひめゆり同窓会・ひめゆり思想樹会、一九八九・七）

(29) 無記名「編集後記」（『雄鶏通信臨時増刊　特選記録文学』一九四九・八）

(30) 「第十三部　硫黄島と沖縄」（『（考査事ム参考資料第四号）戦後記録文学文献目録　稿』（国立国会図書館一般考査部、一九四九・一二、一二九～一三〇頁）

(31) 比屋根安定（一八九二～一九七〇）は宗教史学者であり、青山学院大学教授をつとめた。『日本宗教史』（三共出版社、一九二五・四）や『世界宗教史』（三共出版社、一九二六・五）などを著している。

(32) 石野径一郎「沖縄の戦中」（『ひめゆりの国――沖縄の戦前　戦中　戦後』朝日書院、一九六八・一二、二二六頁）

(33) 与那城勇については、『琉球エデンの園物語』（琉球エデン会、一九七四・八）、また雑誌『沖縄春秋』記事などを参照した。

(34) 前掲（26）書、一二三頁

(34) よなしろいさむ「ひめゆりの塔」(『ゴスペル』創刊号、一九四九・五、五頁)

(35) 高良倉吉は「沖縄学の父」とされる伊波普猷の女子啓蒙活動について、「封建的な家族制度に拘束されていた女性たちは、みだりに男の人と口を聞くことは許されていなかったし、結婚も親兄弟が決めるのが当然だとされていた。その女性たちに向かって伊波は、まず「何よりも先に迷信の牢嶽から自らを解放」(『沖縄女性史』)しなければならないと説いた」(金城正篤、高良倉吉『伊波普猷』清水書院、一九七二・一二、四四頁)と述べる。

(36) 『読売新聞』(一九四九・九・七)。ここでの「記録文学また波紋　西岡氏(学芸大学分校主事)を排斥　虚か実か沖縄の『白百合部隊』当時の行動　学園の紛争に油を注ぐ」という記事では、「岡西校長」のモデルとされた西岡一義の排斥運動が報告される。石野『ひめゆりの塔』において、「冷酷無惨な軍国教育者として描出されている」西岡が、「実在するうえに、現に東京学芸大学追分分校主事兼東京第二師範女子部長(文京区東片町)という要職にあるため紛糾、以前から同氏を〝学園のボス〟視してきた一部教授とPTAの間ではこれらの記録文学によつて西岡氏排斥運動が具体化され」ていると報告され、一九四九年当時に教育現場にいた西岡一義の排斥運動とモデル問題が指摘されている。さらに取材した石野について、「「ひめゆりの塔」(某少女誌連載)の作家石野経《ママ》一郎氏は〝私の書いたものすべてが事実に正確であるとは言い切れない―〟と率直にノン・フイクシヨン(非小説)であるべき「記録文学のウソ」について認めているが、教育者である西岡氏の場合、その記録文学の虚構はあまりにも影響が大きかつた」と記し、作中で女子生徒を顧みない「岡西校長」の姿勢と、実際の西岡一義の排斥運動の関係性が語られる。

(37) 前掲(19)書、二八七頁

(38) 三嶽公子は「石野は沖縄戦の詳細な情報が入っていたとしても、事実を事実のままに書いただろうか。この作家にとって、あくまでも大切なのは、非戦と沖縄の禁武政策の肯定であり、それに対する沖縄の無惨な敗北への悲しみだったただろう」(「「語り」のパワーゲーム――石野径一郎「ひめゆりの塔」を読む」『叙説ⅩⅤ』一九九七・八、一〇〇頁）と指摘している。
(39) 前掲（7）書、「まえがき」頁数表記無し
(40) ネルソン・グッドマン／菅野盾樹、中村雅之共訳『世界制作の方法』（みすず書房、一九八七・一〇）
(41) 萩原康一郎「ポール・リクール『時間と物語』の虚構論としての可能性と限界」（『藝術研究』二〇〇七・七、九頁、一〇頁）
(42) カナ、ミトの祖父は社会主義的傾向を持ち、父は牧師であり、母との関係に関しても何度も言及される。
(43)「怕い所を歩く時は足音を高くするミトの癖で、カナはミトに違ひないと思」（「花散り花咲く」、三〇頁）い、再会後には「カナはミトの疲れた躰を支へ」（同、三二頁）て励ましていた。
(44) カナは母と行った芋掘りの経験を大切にしており、労働を通して、父が不在の家を支える役割を分有する身体を、「百姓女の掌」（「花散り花咲く」、六頁）から確認している。
(45) 前掲（7）書、二七五頁

第二部　米軍占領下の文学作品——大城立裕を中心に

第四章　峻立する五〇年代〈沖縄〉の文学
――大城立裕の文学形成と『琉大文学』の作用

一、戦後初期の沖縄文学――大城立裕と批評の不在

大城立裕は「沖縄は文学不毛の地か」[1]と問われるその地に、一九六七年、最初の芥川賞をもたらした作家であるが、そのキャリアは戦後早い時期に始まっている。一九二五年に生まれた大城は、一九四三年に沖縄県費派遣生として東亜同文書院大学予科入学のため上海へ渡り、四四年に予科修了、学部入学後に勤労動員を経て、四五年に独立歩兵一一三大隊に入営した経験を持つ。引揚げ後、一九四七年に戯曲「明雲」で沖縄民政府文化部芸術課の脚本懸賞に当選し、戯曲「望郷」（四七年執筆、四九年にコザ地区教育連合会脚本募集当選）、戯曲「或日の蔡温」（四八年に沖縄教育連合会懸賞募集当選）を執筆した。小説においては、一九四九年に『月刊タイムス』[4]の小説懸賞募集に「老翁記」[5]が当選し、同年一二月号に掲載された。大城は戯曲から小説の執筆へと書く幅を広げていったのである。

戦後の沖縄では発表媒体、若い書き手の不足があり、大城は「作家と呼ばれるにはまだ青く、だけど沖縄ではもう祭り上げられてしまっ(6)」たとの実感を語っている。また、大城は戯曲を発表していた当時について「なにしろこれから先文学作品を書き続けるという気持はさらさらなかっ(7)た」と述懐する。それが韜晦的な意識を含んでいるにしろ、沖縄においては書く〈場〉そのものが限られ、また米軍占領下に置かれた政治的社会的位相など、沖縄に特有の戦後的モチーフは散見していた。一方で、当時の書く〈場〉に身を置いた大城自身は「或日の蔡温」と「老翁記」の「両方に共通するモチーフがありまして、それは私の父のことなので(8)す」と述べている。「或日の蔡温」では沖縄の歴史と自らの父を重ねていた。また「老翁記」においては身辺に起こる出来事と老翁としての父を通して見た沖縄が示されており、自らの感情を吐露した〈私小説〉と認めているところなのである(9)。

大城は戦後初期の沖縄の〈文壇〉において書き手として認められ、一九五一年に「馬車物語」や「夜明けの雨」、一九五三年に新聞連載小説「流れる銀河」(『沖縄タイムス』)、一九五四年に「晴着」他、一九五五年に「凪」、一九五六年に新聞連載小説「白い季節」(『琉球新報』)、一九五七年に「二世」、「青面」、一九五八年に「棒兵隊」、一九五九年には新聞連載小説「小説琉球処分」(『琉球新報』)など、ここに挙げた作品以外にも書きつづけた。その中で、〈私小説〉をもって登場した大城は、沖縄の文化や歴史を扱う作品を作り上げていくのである。

沖縄の文学状況には批評の不在という問題があった。その間隙を突くのが一九五三年七月創刊の『琉大文学』である。この雑誌に拠った若い書き手たちは、大城を含む先行する作家を、社会性の欠落から批判する。したがって、先行作家である大城の一九五〇年代の作品形成において、『琉大文学』との関連を見逃すことはできない。すでに「政治と文学」の観点から両者の論争を並べ検討した呉屋美奈子や、『琉大文学』を中心とした我部聖の論考[10]があるが、本論では、大城と同人との論争を手がかりとし、該当時期に書かれた大城作品を俯瞰することで、〈私小説〉からどのように脱し、文学形成に沖縄という〈場〉が影響したのかを検討、論争の作用を見出すことを目的としたい。そのためにまず、『琉大文学』の言論形成と、大城の関わりを確認していく。

二、『琉大文学』の生成と葛藤

一九四九年六月二八日の軍政府布令「刑法並びに訴訟手続法典」は沖縄の法制度を示したものである。その「第二部　罪」「第一章　安全に対する罪」における「二、二、二一」では「合衆国政府又は軍政府に対して誹毀的、挑発的、敵対的又は有害なる印刷物又は文書を発行し配布し、又は発行或は配付せしめ又は発行又は配付の意図で所持する者は、断罪の上五万円以下の罰金又は五年以下の懲役又はその両刑に処する」、また「二、二、四一」では「軍政府発行の許可書なくして新聞雑誌、書籍、小冊子又は廻状を発行又は印刷する者は、断罪の上五千円以下の罰金又は六月以下の懲役又はその両刑に処する」[11]とあり、〈検閲〉が法制化されたことがうかがえる。[12]このような状況下で「占領初期の沖縄の新聞は、権力への直接批判を避けることによって、（中略）権力に迎合していった」[13]という側面は見逃せない。植民地的な様相を示しながら戦後沖縄の言論は推移していたのである。

一九四九年七月、米国は沖縄の軍事施設に対して五千万ドルの予算を投入し、本格的な基地建設を開始する。そこで焦点化されるのが土地問題であった。戦後の土地調査により「土地台帳」が整備され、それを基に米軍側から軍用地使用料が支払われる。一九五三年四月、米民政府は布令一〇九号「土地収用令」を公布し[14]、真和志村安謝や銘刈（五三・四）、小禄村具志（同・一二）を強制収容し、さらに一九五五年には伊江村真謝、宜野湾村伊佐浜を接収していく。[15]ここに見られるのは沖縄の植民地状況であり、中華人民共和国の成立、朝鮮戦争、サンフランシスコ平和条約による日本本土の独立といった出来事と関連しながら軍事基地としての重要性が増していくあり様である。そして、沖縄住民の意志が反映されないこのような環境の中、『琉大文学』は準備、刊行されていったのである。

琉球大学は一九五〇年五月、米国施政権下において設立された。琉球大学をめぐっては、一九五三年四月に「琉球大学学生四名が大学当局により六カ月間の謹慎処分に付され、更に越えて五月、これら四学生は大学を追放され学籍を奪われた事件」[16]、所謂「琉球大学事件」が発生していた。これは政経クラブの機関誌『自由』発刊や「原爆展」開催、また一九五二年六月の琉大生による総決起大会への軍情報部の干渉と政経クラブによる質問状への制裁的色合いが強い。

その琉球大学において、一九五三年七月、「琉大文芸クラブ」が発刊したのが『琉大文学』である（四号より「琉球大学文芸部」）。ここからは、新川明、川満信一、岡本恵徳、喜舎場順など、「今日に至る現代沖縄の文化や思想を語る上で欠かせない重要な人物を輩出[17]している。『琉大文学』発刊前の新川や川満は、「琉球大学事件」に象徴される言論の自由が封殺される現状をみていたことになる。琉球大学側は「学生準則」で対応、大学当局による事前検閲を行い、出版には顧問教員の許可制をしいた。鹿野政直が指摘するように、『琉大文学』は当初、「一九五〇年代初期の、占領下の沖縄という状況に根ざす無力感と拒否感のはざまに、おのがじし位置を定め、思想と表現をきたえあげてゆくための場[18]」であり、作品には「死の主題化」がみられる。各作品には、例えば、きしやば、じゅん「死」(三号)にみられるように、自殺や死を通しての現実への拒否が表現されている。

ところで『琉大文学』は六号において重要な展開を行う。それまで小説や詩を中心に掲載していたところに、六号(一九五四・七)には新井晄(新川明)「船越義彰試論――その私小説的態度と性格について」、川瀬信(川満信一)「「塵境」論」が、七号(一九五四・一一)には新川明「戦後沖縄文学批判ノート――新世代の希むもの」、川瀬信「沖縄文学の課題」が発表され、批評が登場することになる。[19]批評の必要性は、例えば四号(一九五四・一)「編集後記」(四一頁)に「本当を云えば、批評もまた、ほんとの意味で人々の心を動かし、深い影響を与えねばならないものだと思う。そのためには、やはり批評も文学でなければならない」と告げられていたが、創刊以来、一年の時間を経て『琉大文学』に登場した批評は、戦後に形成された沖縄〈文壇〉への批判を試みるのである。

新川や川満が想定するのは、沖縄が抱える植民地的状況への抵抗の文学であるといえる。新川(新井晄名義)「船越義彰試論」は船越を例にとり、文学においては主体性の確立が重要であるが、現状は自我放擲状態にあるという批判を展開する。[20]作品における私小説性とは、逃避的な態度を指すのであり、現実に背反する態度が否定されるのである。新川は沖縄の植民地状態、検閲体制がつづく限り、文学の可能性は狭められ、一定限界内に押しとどめられると述べながら、「そのような限界を越える試みは、生活の剝奪をさえ意味しなくはないのであってみれば、充分に心すべきではある」（三八頁）と指摘しつつ、しかし、「二十世紀に生きるものとして現状に安易に背反したり、無関心を装ったりすることは、少くとも詩人の責任としても許せない」（三九頁）とし、「今日の社会的諸機構によつて律せられる必然的な明確な原因」（四二頁）を詩人は意識すべきだと訴える。例えば、新川の北谷太郎名義で発表された長編詩「「みなし児」の歌」[21]は次のように書き出される。

何ケ月か　こゝには破壊だけが生きていた。／正確に「死」を把える照準器／正確に「死」を刻む弾道／悉くの瞬間は「死」のためにのみあつた。／その呪しい季節が去つて十年／今日も亦爆音きこえる／そしてうつすらと硝煙が流れる。（二七頁）

新川は沖縄戦から継続する「破壊」の痕跡を「爆音」と「硝煙」に見出す詩を著すことで、自らの批評との連関性を『琉大文学』に刻印したといえる。

同じ六号で川満信一[22]（川瀬信名義）は、戦前から活躍する山里永吉の「塵境」に関して「リアリズムを抜きにした社会性のない真の風俗小説などあろうはずもな」（四五頁）く、「戦後の新しい社会の動きの中に問題を把えていない」(四五頁)と批判する。さらに「歴史の進歩途上からふり落され、社会的現象の底深く流れる真実の動きを知覚し得ない」(四六頁)と述べ、「この作品に現れる人物なるものが、一人として戦争を体験していないという事」(四七頁)を問題視するのである。戦争との連続性、現実としての基地の島を視野に入れない山里作品への批判は、新川の社会性への提言と通底する。[23]

新川の指摘は、雑誌外部の作家への批判に止まらない。[24] 五号掲載の川瀬信「流れ木」に対しては、「思想性の稀薄、或いはそれへの無知」(七八頁)ゆえに「作者一人の捏造的な、一般性をともなわぬ、空虚な社会性に終つた」(七八頁)と指摘、また池澤聡の創作態度に関しては「主人公、或いは登場人物に言わせている多くの観念論哲学めいた言葉、章句」(七九頁)によりかかる「これまでのこの作者の作品は僕としては否定的な見方しか出来ない」(七九頁)と述べ、「琉球に於ける新しい文芸の開拓え《ママ》の努力も、既成文壇え《ママ》の反発と抵抗も」(七九頁)、『琉大文学』の目標であることを確認している。

ここで大きく展開されたのは、作家の社会性の不在への批判だといえる。琉球大学という〈場〉において先鋭化する事前検閲や島を巻き込んだ米軍への反対行動は、表現の自由という主題と関連せざるをえない。沖縄の社会が含み込んだ不自由さは、検閲との格闘の臨界点において権力主体者をあぶり出す作業に顕在化する。そのような〈場〉から志向された文学において、先行作家、作品が内在する、沖縄の社会や現実性からの乖離は、『琉大文学』同人にとって許容されるものではなかったのである。

三、大城立裕の論争と作品形成

『琉大文学』と大城の論争は、雑誌刊行第一期[25]における重要なトピックとなる。大城は『琉大文学』創刊号、五号、七号、九号、一二号へ寄稿しており、大城が第一期『琉大文学』の〈同伴者〉であった点は否めない。彼は毎号を丁寧に読み解き、小説を中心に雑誌に対して内容的返答を行っている。例えば、五号（一九五四・二）では「現段階の言葉」として、次のような指摘を行う。

技術は主題に先行する。勿論、意欲は更に先行する。／確実な意欲―確実な技術―確実な主題。これのたしかな　把握が　文章を文学にする。（五頁）

確実な意欲とは　真似事でない意欲だ、更にまた　思いつきに止らない意欲だ。自分のものをあたゝめつくしたとき、それが意欲になる。読んで得たものは　肥料であるが　種子ではない。感覚《センス》は種子、それは自ら生むべし。（五頁）

構成とは何か。その意味が分るまで二年かゝつた。筋の経過だけが構成ではない。が、筋を無視して構成はない。／人物の性格、環境、事象―それらの発展相互関係、それらのあくまで

も有機的な捕捉、そこに構成がある。更に、それはモチーフへのたしかな解釈から生れる。（五頁）

ここで大城は、文学作品として提示できるものを端的にまとめ、自己の内部から発する〈意欲〉を重視している。社会的な問題意識（モチーフ）も内部において「有機的な捕捉」がなされ、自らの「解釈」として発せられるところに文学作品を見出し、その過程において、〈主題〉は最後に置かれるものだとする。これはまた『琉大文学』に発表された同人たちの作品に対応して述べられたものでもある。そこではローカル性、沖縄に固有の言語、「純文芸と大衆小説との区別は、絶対的なものではないのではないか」（七頁）といった問題が提起される。そして、新井晄「暗い水」（二号）では人物の掘り下げの不足を、池澤聡「静かな嵐」（三号）ではモチーフに対して「解釈」が不足している点を、嶺井正「片雲」（三号）では視点人物の主体性の欠如を、同じく嶺井正「こがらし」（四号）では構成の不備などを指摘していく。そして池澤聡の「弱き者」（創刊号）と「或るセンチメンタリストの話」（四号）においては、会話により構成された人物解釈の不足を述べ、〈主題〉先行への難を挙げる。これは六号「同人室」において新川が指摘した「観念論哲学めいた言葉、章句」による人物造形への批判と大きく違わない。観念論の排除は、新川においては沖縄の現実との性急な対峙を、大城においては社会的問題意識の「有機的な捕捉」による主題の提示を目指していたといえる。

『琉大文学』七号は前号につづき新川、川満の批評を掲載していた。新川は戦前から戦後の文壇の連続性を次のように指摘する。

「沖縄の大家」たち（山里永吉、新垣美登子ら―引用者）は戦争―敗戦の傷痕はおろか、安逸と懶堕の上にねそべつている、およそ文学とは無縁の、そして沖縄に生活する人民の一人としても否定されるべき存在なのだ。／そして猶悪い事には、戦後出て来た若い作家たちまで意識してか、無意識にか―僕の見る所では前者だ―これら「大家」に文学的方法と態度を倣いつつあるということだ。[26]

また川満（川瀬信）は戦後沖縄の〈文壇〉に関して、「孤立」「文壇」という矛盾した語句を接続し、集団性の欠如した作家たちの作品が、個別的に新聞に連載されるといった限定的な状況を指摘する。川満は、「社会と作者との連帯は日本中央の文壇人と比較にならぬ程密接な関係にある」[27]ものの、社会との連帯意識はその作品中に投影されないという文学場への焦燥と苛立ちを現わしている。

同じ七号には「戦後沖縄文学の反省と課題」と題した既存の作家へのアンケート結果が掲載されている。ここで太田良博は、沖縄の社会同様に、文学にも批評精神が欠けている点を指摘した。船越義彰は「評論家の輩出を希み、その仕事に期待したい」（九頁）とし、嘉陽安男は新聞という発表媒体の限界を指摘した。

ここで大城立裕[28]は「文芸サロン出身の嘉陽、渡久地、そしてわたし（大城）は、まだテーマにも表現にもスタイルがついていない。琉大文学の諸作品は、多くが観念過剰に見えてその実観念の貧しさをむき出した文学以前の作品」だとし、「文学の伝統」形成への「自覚」の欠如を指摘し、「その自覚への兆し」として「文芸サロン出身のひとたちは、沖縄の歴史や現代を整理しにかかっているし、だいいち琉球大学の歩みが如実にそれを示している」とした。その上で「われわれはもっと文学のために思想を練らなければならない」と結んでいる。大城は自分自身も「まだテーマにも表現にもスタイルがついていない」という発展期であることを述べ、文学への「思想」の必要性を説いていくのである。大城はここで『琉大文学』同人に対して、「観念過剰に見えてその実観念の貧しさをむき出した文学以前の作品」と指摘している点は重要である。先の「現段階の言葉」では「自分のものをあたゝめつく」すべきだと述べ、そこに生成される〈意欲〉を基に作品に取り組むべきだとした。観念性に委ねられない実感こそが社会的問題意識と結びつかねばならず、いわば『琉大文学』の作品には、その実現をみていないのである。

ところで『琉大文学』は事前検閲を受けたにもかかわらず八号が発刊後、回収されることになった。(29)川瀬信は「前号（第八号）がおカミからちよつとお目玉をくらつた」とし、「雑誌は顧問教授の認印と学生準則の規定の手続きを経、副学長の認可を得て出版されたのだから今さら回収とは話が通らない。当局に外から圧力がかゝつた」と述べている。(30)

また、米国占領者への批判を含んだ新川の「『有色人種』抄」や、「有刺鉄線が囲む「立入禁止」の境界点で」の思いをつづる濱丘獨「『息子の告訴状』(31)」などを掲載した一一号（一九五六・三）は、事前検閲を受けなかったという直接的な理由から発刊停止となる。ここにおいて〈外部〉圧力が明瞭に働き、表現の自由を簒奪する状況が可視化される。同人が抵抗すべきは、これら権力機構に象徴される〈植民地〉の在り様であるが、大城は復刊した一二号掲載のエッセイで、『琉大文学』同人の文学創作における主体性、自律性の表出を求める発言を行う。[32] 既存の〈主義〉を軸に思考することを批判する大城は、「自分の内部を主体的に処理しえない者が、社会の現実に真に肉迫しうるはずはない」（八頁）と指摘し、「個の歩みを無自覚的に他のイズムで人工ふ化さすべきではないでしょう」（九頁）と述べる。つまり、自らの内部から立ち上がる問題意識やその関連性（〈意欲〉）を基にした社会への接続の手順を確認し、〈概念〉ばかりが先行してしまうこれまでの同人作品を再批判する。大城は小説が社会性にだけ依存した宣伝になるのではなく、個人を契機とする自律したものであることを訴えるのである。対して同人である新川明は、検閲する権力主体への大城における問題意識の不在を批判していく。[33]

ここで大城が希求し、また発言することで自らにも課すのは、自律的であることを基礎としながら、個人に根ざした問題から出発して、その上での政治性を帯びた文学であるといえる。それは一九五〇年代の一連の大城作品の中に見出せる主題やモチーフともいえるのである。

四、一九五〇年代の大城作品

『琉大文学』九号に掲載された民族の伝統に関する座談会には大城、太田良博、新川、川満らが参加している。[34]ここで川満は「現在は民主々義でカムフラージユされた植民地的な支配、と云うように沖縄の民衆と云うものは常に権力の支配に馴らされ」（一二頁）、民衆意識は「大かた諦観的」（一二頁）であるとし、それゆえ「意識を変革して正しい意識のもとで伝統を見るべき」（一二頁）だと述べ、それを受け新川は「文学芸術の新しい創造の問題も、このような権力への強烈な批判と抵抗を前提と」（一二頁）するべきだと展開した。対して太田良博は「文学と政治と混動して居るのではないか」（一二頁）と難を示すが、新川は「正しく民族的であるのは正しく政治的であり、正しく政治的であるとは、全人民と共に政治に対して正面から取り組」（一三頁）むことで、「社会権力への無関心から」（一三頁）乖離した文学を想定しており、権力への抵抗という問題が文学と関わりながら、民族意識へと昇華されることが意図されているのである。

大城と新川は『沖縄文学』[35]創刊号（一九五六・六）の座談会[36]（「出発に際して――戦後沖縄文学の諸問題」）にも出席している。ここでは本土での「主体性論争」[37]を念頭におきながら、沖縄では「つまり意識の主体性が確立出来なかつた」（太田、七頁）、「沖縄の戦後文学の空白も帰する処、文学する者の主体性の確立がなされてなかつた」（新川、七頁）と述べたのに対し、大城は作家としての主体性の確立の問題が、座談会参加者の池田和と同じく「進行形にある」（七頁）と返した。ここに明確に現われているのは、新川の、戦後沖縄の文学への性急な〈回答〉の要求であり、植民地的状況とを切り結ぶ文学を生成できなかった先行作家への批判の目である。対して当事者的立場にある大城は、自らの〈私小説〉的履歴をあえて述べた後、常に現在に視点を置いた〈出発〉の重要性を指摘する。その上で池田和と同様に、『琉大文学』の「時代主張の観念性に倚りかゝり過ぎた」（九頁）文学の在り方を批判するのである。

では大城は『琉大文学』同人との論争の期間、どのような「小説」を発表して来たのだろうか。「風」[38]はある中堅小説家（上地貞雄）の歴史に対する不誠実を主題としている。「組踊」創作者玉城朝薫の弟子筋でもある平屋敷朝敏が、王府への反発を示したことで一味徒党の一五人が死罪となる、その名前が上地の『黄金時代』に記されている。ある日、文学青年が上地を訪ね、その名前の出所を知りたいという。文献にも見当たらない名前を「必要上やむを得ずフイクシヨンで書きあげた」（二五三頁）上地は、これより以前に歴史家のK氏に作品を見せた際に、K氏が一五名の名前の載った史料を見せ、さらに東京のE教授からも問い合わせがきた。彼らが物故したので問題は立ち消えになったが、いま青年が訪ねてきたのである。事情を告白した上地は、「人間によってつくられる歴史と歴史記述、それから歴史文学、それらが人間によって疑われたりすることが」（二五四頁）、「あたかもいま彼の声を吹き流していった庭前の微風のようにはかな」（二五四頁）く、「人間の心の歴史を命のように大事に一心不乱に書きつゞけてきた業績のおかげで小説家という地位に安住している彼のその業績や地位こそが、まさにそのように他愛ないもの」（二五四頁）だという感慨にふける。この作品で大城は上地という中堅作家を通して「人間の心の歴史」を「大事に一心不乱に書」くことの他愛なさを示すのである。

その一方で「人間の心の歴史」を創作スタイルとして取り入れていたのが「青面」[39]である。先の平屋敷朝敏と友寄安乗らの処刑執行前の様子を描いた本作では、朝敏の〈内面〉が告白される。琉球の業平と称された朝敏の行動や著作物（「手水の縁」）をふまえ、敵意を示す三司官具志頭親方への葛藤を主題としている。同時に注目すべきは、具志頭への反抗を画策した盟友・友寄が「手水の縁」を読んで抱いた、「権力へ反抗する波平山戸の精神をわが党の旗じるしにする」（二六一頁）という感想である。友寄が中心に据えるのは「権力への反抗」であるのに対し、朝敏は「政治権力への抗争は二番目」（二六三頁）であり、自分より俊才である具志頭が優位な体制をくずす、それが大きな目的であった。

「青面」では、「風」に示された歴史事項へのフィクション性は極力排除され、「心の歴史」が焦点化される。それは歴史小説「小説琉球処分」に代表される大城の〈スタイル〉の萌芽であるといえるだろう。また〈権力〉と〈文学〉をめぐる問題が、友寄、朝敏、具志頭の三点に集約され描かれている。ここで友寄の権力闘争は破れ、朝敏に関しては沖縄の歴史文化として、「組踊」において「手水の縁」が演じられていくという、その事態そのものが作品を通して示唆される。「手水の縁」に対する友寄の権力性の見立てに反して、恋愛を主題とした「手水の縁」は伝統文化に刻印されるのである。

社会性にだけ依存した作品ではないからこそ、刑場に散った朝敏の血潮が消えても、作品は残るのであり、その文化伝統と作品の内容との関連に置かれた視点こそが大城には重要なのである。

大城と『琉大文学』(新川)との論争で問題となったのは「権力」への態度であった点は述べた。それが性急な〈告発〉というスタイルをとらなくとも、大城の「白い季節」では、コザの街に生きる人々の「悲哀と恥部」[40]が主題化されていた。新川による、「商業ジャーナリズムに迎合的な態度で自らの文学をおしすすめ」[41]たとの大城への批判はこれら新聞連載小説を指しながら、同時に自らの標榜する「社会主義的リアリズム」[42]への拘泥が露見し、大城からは、権力との闘争という問題ではなく「基本的に自分の文学を自分でさぐる態度」[43]の必要性を呼びかけられる。

大城自身が述べるように、一九五〇年代は模索の時期といえる。そのような環境下において、大城は戦争と米軍支配の現状の〈複雑〉さに対面するときには、「他者との関わり」をふまえ、「つねに他者を意識してきた」と言う。[44]

『新沖縄文学』三号(一九六六・九)に掲載された「逆光のなかで」[45]は、すでに一九五六年に『新潮』の「全国同人雑誌推薦小説特集」のために執筆されていたが掲載には至らなかった。[46]本作は、沖縄へ帰郷した語り手が、共産主義者の友人がいたために当局に拘束され尋問を受ける、という内容である。尋問のための施設は、終戦後も帰ることがかなわなかったS村の語り手の屋敷の上に建っている。次に示すのは、尋問者の質問が語り手の「本籍地」に至る場面である。

「ここだ！」と叫んだとき、この言葉だけは自分にとって理由があると、とっさに信じた。この地点に現在自分がいることは、大きな意味をもたなければならないし、いまはみえないが本来あるはずだった家や木や石の姿をよみがえらせることは、いまの自分の行動の理由でなければならない――というより、その明確な理由によって、明確な意味をもった行動を自分はとらなければならない、と考えた。／「そうです。ここは私の家です！」といったつぎの瞬間、自分の手は扇風機のスイッチを切り、からだ全体は、バンジローの枝をみるために起ちあがっていた。

（八六頁）

ここには立脚点を他者に簒奪されたことへの静かな怒りと、自らを沖縄という場につなげる「理由」の発見がある。大城の政治性とは物語の必然性や運命の帰結として現われるのであり[47]、その点を作品として追究することが、『琉大文学』との論争から明確に自覚された、大城の一九五〇年代の文学であった。

また、「二世」[48]で示されたのは、沖縄出身者の二世米国兵・当間の抱えた戦後の葛藤であった。「作品とおなじ立場におかれた人の挿話を聞く機会」[49]を得たことを〈意欲〉とし、また二世米兵の視点を相対化する新崎を設定し、血を分けた兄弟の断絶を、戦争の傷跡として〈主題〉化した作品といえる。当間は父母と共に戦前にアメリカへ移住しており、戦後米兵として沖縄に赴任し、戦禍で連絡の途絶えた弟を探している。ハワイ育ちの当間の記憶の中の弟は日本・沖縄の習慣を体現する異質の存在にも思えた。「弟は、はだしで部落じゅうをかけまわって遊び、帰ってきてはおそれげもなく裸になって祖母に身体を洗わせ、夜は父母よりも祖母と、その匂いをかぎながら眠るのを好」(一一頁)み、天皇を崇拝する。弟は日本の習慣に馴染み、日本の「神」を〈崇拝〉する存在であり、また当間自身の「アメリカ」への帰属の間に〈亀裂〉として横たわる。

大城が五〇年代を通して記した作品は、決して「無政府主義的自己至上に根ざした芸術至上主義」(50)との批判だけにおさまるものではない。大城は観念性を否定し、沖縄の文化をふまえ、また沖縄の社会を米軍への〈抵抗〉とは違う視点から描いてみせたのであり、そこには作品を書くための技術＝構成が意識されている(「二世」の米兵当間と新崎の相対性や、「棒兵隊」における「訛り」を軸にした老兵の虐殺という物語の流れなど)。

一九五〇年代における新川の大城への批判は、芸術性に特化した、権力と抵抗しえない作家だという点に集約できるだろう。それは、大城のエッセイでの発言をみるとき、妥当な側面が多々ある。同時に作家として表現していく小説作品には、沖縄の複雑さを意識し前景化した作品が多く、それはまた、『琉大文学』との論争を通して、意識化、内面化され、作品に投影されたという側面を有しているだろう。

五、大城文学と〈沖縄〉の自覚

本論の目的は論争における一方の優位性を問うものではない。大城は戦後に沖縄に帰還し、そこに広がる戦争の痕跡に目を閉じたわけではなかっただろう。作品に現われるまでの内面化（〈意欲〉）を基軸にしながら、複層的な社会を見出す準備をし、またそれは沖縄戦や米軍占領下の被害者だけではなく、加害者としての視点を加味した「カクテル・パーティー」に結実していく。大城は新川らに一九五〇年代を通して、先行作家と位置づけられながら、自らの模索をくり返した。

大城は戦後の沖縄の現状への批判を含んだエッセイを記している。(51) 社会から隔絶した「芸術至上主義」者とは直ちに断言はできない側面を有する。

しかし『琉大文学』同人は、目の当たりにした「琉球大学事件」、二度の雑誌回収問題、米軍による強権的土地収用の現実が本土の「国民文学論」「社会主義的リアリズム」といった文学理論と相まって、抵抗の文学を求めたのである。一方で〈同伴者〉といえる大城は、各号を丁寧に読み、ときに批評を加えているが、そこでは小説の在り方が真摯に語られていたのである。

強権力を対象としたとき、それへの抵抗から発する『琉大文学』同人の批評や作品（新川自身、成功していない点も認めている）は終わらない〈戦争〉と米軍支配に常に自覚的であった。(52) 対して大城は、戦時下における外地での体験を経ながら、沖縄の歴史に自覚的になり、基地化とともに変貌する沖縄の複層的位相へ視野を広げようと試みた。その複層的位相の発見に、『琉大文学』との論争が関わったといえるのである。

注

（1）『新沖縄文学』創刊号（一九六六・四）での「紙上座談会」のタイトル。参加者は池田和、嘉陽安男、矢野野暮、船越義彰。ここでは、「沖縄の特殊性と文学」「過去の政治、経済、文化とのつながり」「地方性（離島）と沖縄の文学」「先輩作家の活動と挫折」「作家の輩出について」「戦争文学について」「沖縄文学のめざす方向とはどんなものか」のテーマで話がすすみ、本土で活躍する作家の登場が期待される中で船越は「ぼくは、沖縄で文学が育たないとは思わない。必ず育つ。しかも、舞台も与えられた。だから、これからは力いっぱいにそこで書きまくることである」（一九八頁）と述べている。

（2）大城立裕「カクテル・パーティー」は『新沖縄文学』第四号（一九六七・二）に掲載、一九六七年に第五七回芥川賞を受賞する。

（3）ここでは大城自身の手による「年譜（試案）」を参考とした（『青い海』一九七八・一）。

（4）沖縄の戦後文学の出発として『月刊タイムス』、『うるま春秋』の発刊を挙げることができる。岡本恵徳は大城を含むこの時期の書き手の作品について、「自らの体験あるいは見聞した事柄を、明確な方法や文学的な態度を持ちえないままに、小説化したものであった」（「「沖縄返還」後の文学展望」『沖縄文学の情景』ニライ社、二〇〇〇・二、一〇頁）と指摘する。

（5）「老翁記」は『月刊タイムス』（一九四九・一二）に城龍吉の名義で掲載されている。

（6）大城立裕「文学的思春期に」（『琉大文学』創刊号、一九五三・七、五頁）
（7）大城立裕「文学初心のころ」（『新沖縄文学』一九七七・五、三七頁）
（8）前掲（7）書、三七頁
（9）大城は、『新沖縄文学』に再掲された「老翁記」のあとがきにおいて、「農村で生きる知識人として、当時の父と私たち兄弟とには、この作品にそのままあらわれているような鬱屈があった。（中略）それをなにかのかたちで吐きだしたいと思っていたわけで、私小説というものは元来そうしたものなのだろう」（「あの頃のわたしと作品――はずかしかった」『新沖縄文学』一九七七・五、八四頁）と述べている。
（10）呉屋美奈子「戦後沖縄における「政治と文学」――『琉大文学』と大城立裕の文学論争」（『図書館情報メディア研究』二〇〇六・九）、我部聖「継続する戦争への抵抗――池沢聰「ガード」論」（『日本近代文学』二〇〇八・五）、我部聖「「日本文学」の編成と抵抗――『琉大文学』における国民文学論」（『言語情報科学』二〇〇九・三）、我部聖「占領者のまなざしをくぐりぬける言葉――『琉大文学』と検閲」（田仲康博編『占領者のまなざし――沖縄／日本／米国の戦後』せりか書房、二〇一三・一二）などを参照した。
（11）『アメリカの沖縄統治関係法規総覧（Ⅱ）』（月刊沖縄社、一九八三・五、四五頁、四六頁）
（12）門奈直樹は布令第一号が「総体的に「戦時刑法」的であり、また「軍事刑法」的色彩をもっていた」（「反共軍事基地としての沖縄の言論」『アメリカ占領時代沖縄言論統制史』雄山閣、一九九六・六、七五頁）と指摘する。
（13）前掲（12）書、七二頁
（14）儀部景俊、安仁屋政昭、来間泰男『戦後沖縄の歴史』（日本青年出版社、一九七一・八）、新崎盛暉『戦後沖縄史』（日本評論社、一九七六・一）、中野好夫、新崎盛暉『沖縄戦後史』（岩波新書、一九七六・一〇）を参照した。
（15）阿波根昌鴻『米軍と農民――沖縄県伊江島』（岩波新書、一九七三・八）を参照。

(16)「琉球大学事件」(『祖国なき沖縄』太平出版社、一九六八・一一、二二八頁)
(17)我部聖「『琉大文学』解説」(『琉大文学』解説・総目次・索引』不二出版、二〇一四・一一、七頁)
(18)鹿野政直「「否」の文学――『琉大文学』の航跡」(『戦後沖縄の思想像』朝日新聞社、一九八七・一〇・一二二頁)
(19)この転換に関しては、呉屋美奈子(前掲「戦後沖縄における「政治と文学」――『琉大文学』と大城立裕の文学論争」)、我部聖(前掲「「日本文学」の編成と抵抗――『琉大文学』における国民文学論」)の指摘を参考とした。
(20)新川(新井)はここで、「沖縄の文学人すべてが、現在痛感しているのは専門文芸批評家がおらぬ事」(「船越義彰試論」『琉大文学』六号、二六頁)が危機的だと述べている。
(21)北谷太郎「「みなし児」の歌」(『琉大文学』八号、一九五五・二)
(22)川瀬信「「塵境」論」(『琉大文学』六号、一九五四・七)
(23)『琉大文学』同人は、「独立」や「解放」に力点を置く国民解放の文学として「国民文学論」や、「社会主義リアリズム」の語句を批評、座談会で用いている点から、当時の文学的視野をうかがうことができる。
(24)新井晄「同人室」(『琉大文学』六号、一九五四・七)
(25)我部聖は刊行時期を三区分し、その第一期を創刊号から第一一号、すなわち一九五三年から五六年とし、「沖縄に生きる人どうしを争わせる植民地的な分断化に抗う文学的抵抗」(前掲「『琉大文学』解説」、一一頁)を同人たちの活動に見出す。本論での第一期には我部の「第一期」を援用し、さらに第一二号も視野に入れる。
(26)新川明「戦後沖縄文学批判ノート――新世代の希むもの」(『琉大文学』七号、一九五四・一一、三〇頁)
(27)川瀬信「沖縄文学の課題」(『琉大文学』七号、一九五四・一一、五一頁)
(28)大城立裕「これからだということ」(『琉大文学』七号、一九五四・一一、一〇〜一一頁)

（29）喜舎場順は八号に掲載された自身の「惨めな地図」をめぐり、「これ（第二次琉大事件）には伏線があって、一九五五年の琉大文学8号に書いた僕の詩が、反米的というので、ディーフェンダファー教育部長の指示で、安里源秀学長に呼ばれて、謹慎処分の言い渡しを受けた」（琉球新報社編『世替わり裏面史――証言に見る沖縄復帰の記録』琉球新報社、一九八三・一一、三四八頁）と発言している。
（30）川瀬信「一歩前進しよう」（『琉大文学』九号、一九五五・七、四一頁）
（31）『琉大文学』一一号目次には、「浜丘独」「息子の告訴状」と表記されるが、本文（三六～三八頁）には「濱丘獨」「『息子の告訴状』」とある。
（32）大城立裕「主体的な再出発を」（『琉大文学』一二号、一九五七・四）
（33）新川明「文学者の「主体的出発」ということ――大城立裕氏らの批判に応える」（『沖縄文学』一九五七・一一）
（34）仲宗根政善、嘉陽安男、大城立裕、新川明、玉榮清良、太田良博、川満信一、池澤聡（司会）「〈座談会〉沖縄に於ける民族文化の伝統と継承」（『琉大文学』九号、一九五五・七）
（35）『琉大文学』（一一号、一九五六・三）目次の前頁に掲載された、『沖縄文学』刊行母体である「沖縄文学の会」の創立趣意書（代表者・太田良博）には、「沖縄の現状をかえりみたとき、われ〳〵は沖縄の文学的空白が余りにも長く、そして大きいのを悲しまずにはおれない」と記され、「既成の文芸人」、「琉大文学」、「各高等学校の文芸誌」、「勤労者一般」、「良心的インテリ層」の参加を求めている。
（36）太田良博、大城立裕、新川明、池田和「〈座談会〉出発に際して――戦後沖縄文学の諸問題」（『沖縄文学』創刊号、一九五六・六）
（37）例えば、岩佐茂は主体性論争の背景に六つの点、すなわち「第一に、敗戦による価値体系の崩壊」、「第二に、戦争反省」、「第三に、「封建遺制」の批判・克服による近代的自我・主体の確立の要求」、「第四に、敗戦後、生活防衛と民主主義的諸要求を掲げて急速な拡がりをみせていた大衆運動・労働運動の高揚」、「第五に、（中略）自己の「実存的支柱」を確保したいという要求」、「第六に、敗戦直後のマルクス主義のおかれていた状況」を見出している（「主体性論争の批判的検討」『一橋大学研究年報・人文科学研究』一九九〇・一一、一七八～一七九頁）。

（38）「風」（『近代』一九五五・六／引用には『白い季節』（沖縄風土記社、一九六八・七）を用いた）
（39）「青面」（『自由』一九五七・一二／引用には『白い季節』を用いた）
（40）『白い季節』（沖縄風土記社、一九六八・七）、帯に記載。
（41）前掲（33）書、三七頁
（42）北谷太郎名義で記された「批評・その位置と態度――われわれの内部の問題（三）」（『琉大文学』一〇号、一九五五・一二）における言及（五二頁）を参照した。
（43）前掲（32）書、九頁
（44）大城立裕「動く時間と動かない時間」（『大城立裕全集』第九巻、勉誠出版、二〇〇二・六、四六七頁）
（45）大城立裕「逆光のなかで」（『新沖縄文学』一九六六・九／引用には『大城立裕全集』第九巻を用いた）
（46）「年譜（試案）」（『青い海』一九七八・一、一九三頁）。
（47）大城立裕「現段階の言葉」（『琉大文学』五号、一九五四・二）を参照した。
（48）大城立裕「二世」（『沖縄文学』一九五七・一一／引用には『大城立裕全集』第九巻を用いた）
（49）前掲（44）書、四六七頁
（50）前掲（33）書、三三頁
（51）例えば「学童を政治に使うな」（『沖縄タイムス』一九五三・一一・二四）では国家を越えた全人的モラル形成を訴え、「〝感傷〟の塔」（『沖縄文学』一九五六・六）、「御恩と発言」（『沖縄タイムス』一九五七・四・三）では感傷による戦争の語りを批判している。
（52）新城郁夫は新川をめぐり、戦争を「過ぎ去った過去の「悲劇」として語ることを回避しつつ、それを、敗戦―戦後という連続のなかに見出していくという過程のなかで、「自己に対してより厳格な批判と反省」へと再編していく現在的契機」(「戦後沖縄文学覚え書き――『琉大文学』という試み」『沖縄文学という企て――葛藤する言語・身体・記憶』インパクト出版会、二〇〇三・一〇、二三頁)を見出している。

第五章　大城立裕「棒兵隊」論——沖縄戦をめぐる内部葛藤の物語

一、初期大城作品の動向

大城立裕は一九六七年、沖縄県に最初の芥川賞をもたらした作家であるが、小説作品の発表は一九四九年の「老翁記」にさかのぼる。[1]「老翁記」は自らも認めるところの〈私小説〉作品であり、[2]それゆえに後続する一九五〇年代の『琉大文学』同人の批判の対象となった。そこでは自らの周囲に目を向け、沖縄の社会問題、社会性を顧みない小説への焦燥と苛立ちを同人たちは表明していた。大城の作家としての初期作品群は、『琉大文学』との論争をふまえながら執筆されたといえるのである。

本論で扱う「棒兵隊」は『新潮』一九五八年一二月号、「全国同人雑誌推薦小説特集」の一篇（『沖縄文学』推薦）として掲載された、実質的な本土文壇デビュー作である。小島信夫は『新潮』に掲載された一〇篇に対して「小説になっていないものは一つもない」が、結末に関しては「新人作家がいきおいこむ認識が自分の物」になっていないとし、苦言を呈している。[3]また日秋七美は「賑々しく揃っているが、いずれもパッとしない」と述べ、個別に「棒兵隊」にふれることはない。[4]大城は芥川賞を受賞する一〇年ほど前に全国誌に登場しており、沖縄戦という主題を扱うも、時評においてその点への言及はみられない。

第三章でふれたように、一九四九年に発表された石野径一郎『ひめゆりの塔』は、物語の記録性（校長のモデル問題）について『読売新聞』[5]が問題化するも、その後の沖縄戦の語りを形式化（悲劇の少女像）する側面を有した。「ひめゆり」学徒隊が多くの犠牲を出した第三外科壕は「ひめゆりの塔」として観光地化し、少女の像が建立される。大城はエッセイ「〝感傷〟の塔」において、その像が「いわゆる少女趣味の感傷」であるとし、「義理も人情も祖国愛も同胞愛もうつくしいとおもう。だが、それに涙して文化の認識をあやまりたくない」と述べている。[6]またエッセイ「御恩と発言」では、「感傷の押し売り」を受容するのは「「よそさま」（日本本土―引用者）の御恩を被っているものだから、卑屈な思いが手つだ」う状況もあるとし、沖縄の文化認識へ苦言を述べる。[7]ここでは大城が「ひめゆりの塔」をめぐる文化的コンテクストを受信しながら、「感傷」に流されない沖縄戦の描き方を意識し、「二世」（『沖縄文学』一九五七・一二）、「棒兵隊」、「亀甲墓」（『新沖縄文学』一九六六・七、大城は執筆時期を一九五九年だと述べる）、「逆光のなかで」（『新沖縄文学』一九六六・九、大城は執筆時期を一九五六年だと述べる）といった、沖縄戦と米軍の占領統治の問題を扱う作品を書いていく点は見逃せない。

本論では、大城立裕が〈私小説〉的だと認める最初期から、一九五〇年代の動向を確認する。そこで『琉大文学』との論争の中、大城が作家として自覚し内在化していく問題をふまえながら「棒兵隊」について考える。そもそも「棒兵隊」(「防衛隊」)とはいかなる状況下において沖縄で実施され、投入されたのか。その歴史的背景を明らかにし、大城が戦後沖縄の原点として位置づける沖縄戦と「棒兵隊」の関連性を見出したい。そのうえで「棒兵隊」の作品構造を分析し、その限界とその後の動向について、大城が提示した小説「スタイル」との関わりの中で、考察することを目的とする。

「棒兵隊」は、大城にとって習作的作品であり、また「沖縄の文化が歴史的に外力の影響を圧倒的に受けてきた[8]」ことから他者を意識して書かれたものである。「棒兵隊」における沖縄兵の立場は、〈日本兵〉の思考如何によって大きく変更されていた。戦場での生命危機を伴う水汲みは、壕内の力学に翻弄され、防衛隊の召集にも法的根拠が見出せないままの犠牲が描かれる。同時に、「棒兵隊」を含め、この時期の作品は〈主体性〉の問題を考慮しながら、次の時期の作品、例えば「カクテル・パーティー」へとつながる作品である点も指摘したい。

二、一九五〇年代の大城立裕と『琉大文学』をめぐって

大城立裕は沖縄戦の経験を持たない。第四章で指摘したように、一九四三年に沖縄県費派遣生として上海の東亜同文書院大学予科[9]に入学し、四四年に予科を修了するも、勤労動員により第一三軍参謀

部情報室蘇北機関に勤務、四五年には独立歩兵第一一三大隊に入営し訓練期間中に終戦を迎えた。戦闘への参加はなく、一九四六年一一月に姉のいる熊本経由で沖縄へ引揚げた。その後「老翁記」発表までに戯曲「明雲」で沖縄民政府文化部の懸賞に当選、「望郷」、「或日の蔡温」を書き継いでいく。

大城の最初の小説「老翁記」は〈私小説〉的作品であり、息子から見た父親と、沖縄の関係が描かれている。[10]「二人の息子が一緒に帰ってくるときいたとき、信平翁の喜びは一通りでなかった」（七八頁）。「長男の弘司が満洲次男の譲が支那」（七八頁）、「譲は学徒出陣で支那戦線」（七八頁）にいた。家族の再会、正月の宴が描写され、その間に譲の回想が語られる。勉強家の信平翁は沖縄人としての気概をみせ郷土のために尽すが、村長になれる人柄ではなく、「相手構わず放つ直言が彼を要職から遠ざけた」（八〇頁）のであるが、譲たちは「父大木信平の晩年を、通俗的な意味で美しく終らせたいと願」（八〇頁）う。信平翁は住民の土地や配給への不満に対し知識人の心理に準じて判断するが、「田舎では往々不穏を醸すもととな」（八一頁）る。時代の世知辛さもあり区長を退く意志を固めたところに、村の枯れ木伐採をめぐる事件が起こり、伐採者と結託した信平翁を糾弾する動きが起こる。区長会議の席で信平翁は自分の理を説き、当分職から退かない意志を示した。「誉も譏りも自分から出て自分に帰ってくると思ったけれども最近になって、それらはすべて息子達に照らされて現われ、息子達の生命につながってゆくように思われてならない。大木信平一個人の波瀾万丈の人生が息子達によって揚棄され、より高い次元の場において再生する」（八三頁）との感慨が記述される。引退した父は、「土」と生きる覚悟を説くのであった。本作では、一九四四年一〇月の米軍による空襲が二度記述され、父が文学哲学類の蔵書を失うことが分かる。信平の情熱と知識人の論理は戦後沖縄に生きる民衆感覚とずれ、やがて「土」と生きることが表明されるのだ。

戦後沖縄の文学は『月刊タイムス』や『うるま春秋』などの月刊誌の小説掲載、懸賞募集から始まり、発表の場が新聞媒体へ移行していくが、「この時点までにおける作品は大半が通俗小説の域を脱することができ[11]」ないものであった。これは文学状況への概観ではあるものの、「老翁記」は〈知性〉と〈俗性〉を分け、「晴耕雨読」的な人生モデルを生硬な哲学用語を用いて著わしており、大城自身が認めるように成功作品とは言い難い。[12]それでも、戯曲の創作から、小説創作へと転換する第一歩がここには記されている。

ところで戦後沖縄文学においては批評の不在という問題がある。[13]批評性の不在が受動的な民族精神構造を涵養したという視点から、思想性、社会性をふまえた作品の登場が待たれていた。[14]

一九五三年七月、『琉大文学』が創刊された。『琉大文学』同人は、当初、鹿野政直も指摘するように、「創刊当初の数号を特徴づけるのは、若者たちをおおう死の濃い影[15]」だといえる。死の主題化は、本土の作家太宰治の影響を挙げることもできるが、そこには「自己否定というかたちをとる自己貫徹との意味[16]」が見出せる。

第四章でもふれたように、大城は『琉大文学』各号の作品を読み解きながら先行作家として意見を寄せている。例えば五号掲載「現段階の言葉[17]」には「自らを何等かの概念にあてはめることをやめよう。同時に他人をも。芸術の進歩を信ずる故に」(六頁)との宣言がみられる。大城はここで小説作品には「確実な意欲―確実な技術―確実な主題」（五頁）が必要で、真似事ではない〈確実な意欲〉は「自分のものをあたゝめつくしたとき」（五頁）生成されるのだと説く。また「人物の性格、環境、事象―それらの発展相互関係、それらのあくまでも有機的な捕捉、そこに小説の構成がある」（五頁）のだとする。小説に現わすべきは「自己内部の矛盾を主体的に認識」[18]した問題であり、決して他律的に与えられるべきものではない。大城は〈確実な意欲〉、登場人物や出来事の〈有機的な捕捉〉、〈構成〉、〈主体性〉の確立を重要視しているのである。それを土台に『琉大文学』同人の理念先行を難じ、「文学的感動をはなれた政治的抵抗のおし売り」[19]といった側面への批判を重ねる。それは米軍の土地収用問題への積極的な関わり、『新日本文学』へ転載された池澤聡「空疎な回想」（七号、一九五四・一一）、喜舎場順「暗い花」（一〇号、一九五五・一二）などを対象とした「構成」の薄さという批判に見出されていく。理念先行の文学表現への懸念であり、「民族文化の伝統の継承と発展のためにも、現在は対米抵抗が必要であり、文学はその理念に奉仕することが必要だ」[20]という見解への違和感にもつながっていく。

一方、一九五〇年代の米軍による強権的支配が前景化する状況において、社会性を不問にした文学を『琉大文学』同人は批判するのである。同人である新川が、大城の態度を「無政府的芸術至上主義」[21]だと批判する背景には、権力へ抵抗する姿勢の不在への厳しい問いがあった。

だがここで注目したいのは、ここでの論争を通して認識、内在化、生成されていく大城自身の文学観である。大城の五〇年代の作品はいわば『琉大文学』同人との論争と並行して書かれている。大城は小説家として、作品に現われたものを正確に捉えようと試みる。理念や概念に先行され、作品の登場人物の生き方、会話が観念的になることを問題視する。[22] それら『琉大文学』への苦言は自らにも投影され、「老翁記」以後、一九五〇年代の作品に〈沖縄〉という問題とその歴史を刻印しながら、[23] 大城が書き継いだ作品が論争への〈回答〉となっていくのである。〈確実な意欲〉から生成され〈有機的な捕捉〉の元に〈構成〉、〈主体性〉をもって表現される作品は、必ずしも新川が否定したような「無政府主義的芸術主義」に陥らない。戦後、沖縄へ帰郷し、戦後における米軍の強権支配に接しながら、また〈沖縄〉固有の問題を意識に留め、小説がいかなるものなのかという論争の場において自己認識される、その軌跡のひとつとして沖縄戦が選択される。先に挙げた「逆光のなかで」や「二世」、「亀甲墓」といった作品は沖縄戦のドキュメントでも悲劇の告白でもない。論争から意識化された問題が含有された作品群だといえる。とりわけ「棒兵隊」は沖縄戦に徴発される住民の視点を用いた作品であり、大城自身が体験していない戦争をいかに描くかが問題となるはずである。

三、「棒兵隊」の背景——戦争と住民

「棒兵隊」[24] は、沖縄戦での〈防衛隊〉員の行動を描いた短編小説である。G村に群れていた避難民から召集された郷土防衛隊「二百名を五隊[25] にわけて、四十名の長にN村の国民学校教頭である」（三六

頁）富村が指名された。それは十日前のことで、富村は軍からの転属命令に従い、二五名の隊員を率いて移動先の壕を訪れるも、軍隊内での情報網はもはや寸断されており、将校は彼らを拒絶する。「一行は、それから二日間に五つの壕をのぞいて、そのつどしめだされ、二人の負傷者をだし」（三七頁）ながらも、Y岳の自然壕にいたある曹長に発見され、収容された。壕の部隊は「まだ学生気分の脱けきらない」（三八頁）佐藤少尉が率いているが、件の曹長が実質的な指揮者であった。富村たちは壕の外での水汲み仕事を引き受けるが、それは危険を伴うため回数が減らされる。だが壕に闖入した横暴な将校により、その回数は増やされることになる。やがて、〈防衛隊〉は「富村の案じた〝三人組〟」（四二頁）となり別の任務に従事する。壕から出ると、久場、赤嶺老人、仲田少年が「この島特有のトーチカ様の墓のなか」（四二頁）に隠れている場面に移る。墓を出た三人のうち、爆撃で仲田を失い、さらに狂気の敗残日本兵により赤嶺老人が射殺される。残った久場は「太陽が無数の避難民と敗残兵とを照らしてぎらつく下」（四五頁）をひたすら歩きつづけるのであった。

「棒兵隊」では〈防衛隊〉の中、富村、久場、赤嶺、仲田が中心的視点人物であり、また〈防衛隊〉を「ボーヘイタイ」、〈スパイ〉を「スバイ」と発音する赤嶺老人の沖縄口が効果的に機能する。ここには標準語と沖縄方言との、生活レベルにおける「音声」の差異、つまり標準語での「防衛」と、それを想起できないゆえに生活レベルに蓄積された言語として「棒」と「兵」が表出されるだけではなく、心的な隔絶も読み取れる。〈防衛隊〉として権力構造に取り込まれることへの素朴な違和感として、また銃器類の武器を持たず、〈棒〉を主力として戦う近代戦以前の兵隊状況の現実看取として、まさに〈棒〉を持つ兵隊という呼び方が赤嶺老人には受信されているのである。

ここで本作に登場する〈防衛隊〉について俯瞰してみたい。一九一〇年（明治四三）に軍の外郭民間団体「帝国在郷軍人会」が設立され、一九三六年九月二四日勅令第三六五号「帝国在郷軍人会令」が公布された。第六条には「陸軍大臣及海軍大臣ハ帝国在郷軍人会ニ対シ徴募、召集、徴発、防衛ニ関シ協力ヲ求メルコトヲ得」[26]とある。その後、「戦局の悪化に伴い、軍中央部において、軍隊配備のない離島および沿岸の警備が問題となり、特設警備部隊を編成するとともに在郷軍人会に対し、防衛隊を編成して軍に協力すること」[27]が要請され、「陸軍防衛召集規則」[28]（一九四二年九月制定、四四年一〇月の改正では一七～四五歳の国民の兵籍編入が実施）により召集された人びとをよぶ名称が〈防衛隊〉であった。規則制定趣旨として「長期戦ノ特質ニ即応スル為防衛部隊ノ戦力ノ発揚ニ支障ナキ範囲ニオイテ兵力ノ節用充用ノ合理化ヲ企図シ総力戦遂行ノ一助タラシム／郷土ハ郷土ノ兵ヲ以テ防衛セシメ郷土防衛ノ精神ヲ高揚ス」[29]とあり、「総力戦遂行」のため、また「郷土防衛ノ精神ヲ高揚」することが期待された。例えば林博史は防衛隊とその召集状況を以下のように述べる。

防衛隊とは、陸軍防衛召集規則（一九四二年九月制定、四四年一〇月改正）によって防衛招集された人びとをよぶ名称で、沖縄では約二万二千人あるいは二万五千人が防衛召集をうけ、そのうち約一万三千人が戦死した。すでに徴兵で兵隊にとられていた人以外に、一七歳から四五歳までの男子が対象とされ、本来なら兵隊にとられなくてもすむ人びとまで根こそぎ動員された。

しかも実際には人数をそろえるために一三歳から六〇歳くらいまでの人びとや病人までも召集された。すでに一九歳からは現役の兵隊にとられていたので、一九歳未満の青少年と三〇代・四〇代で家庭をもった人びとがほとんどであった。(30)

ここで林はおびただしい数の戦死者数を報告し、また「根こそぎ動員された」防衛召集の実状を述べている。日本領土内沖縄における陸上戦の惨禍は防衛召集された県民の犠牲によるものでもあるのだ。召集は一九四五年二月から三月にかけて、とりわけ三月六日には第九師団が台湾に移動したことにより、人員確保が急がれ約一万四千人もが召集されている。(31)「防衛召集された者は、いわゆる義勇隊や民間組織ではなく、法令に基づいて召集された正規の軍人であ(32)」り、また「その任務としても、兵員としての訓練も受けたが、作業補助等が主体であり、補助戦力として機能していた(33)」。

だが、ここで問題なのは、林博史が指摘するように、これら「正規」に召集された者以外に「戦闘が始まってから各部隊が使えそうな住民を勝手に徴用し、それらも防衛隊と呼ばれてい」た状況である。「防衛隊員は戦場で弾薬・食糧の運搬、陣地の構築などの作業をさせられたが、それだけでなく手榴弾や爆雷をかかえての斬り込みにも駆りだされた」と林は述べる。(34)また、河合正廣は「二十年以降においては在郷軍人会を主体とした義勇隊である「防衛隊」と「防衛召集兵」との区分が明確でなくなり、渾然一体化され、曖昧な存在として駆使されたのが実態(35)」であると指摘している。

住民の徴用と前線への配置は、訓練されていない者をまさに死地へ追いやるものであり、「その結果、防衛隊二万三〇〇〇名のうち約六割にあたる一万三〇〇〇名が戦死[36]」する結果を招いた。

ところで〈棒兵隊〉とは、武器を支給されず竹槍のような簡素なものを持参し戦場に向かった防衛隊の自嘲的な呼び方である。渡久山朝章によると、衛隊員には軍服などは一応配られたが、銃器などは一部にしか支給されず直接戦力としての前線投入は少なく、陣地構築、弾薬や糧秣運搬などの代用軍夫であった。「こうして大多数の武器も持たない兵隊たちは、後に自嘲気味に自らを「ボーヒータイ（棒兵隊）」といったが、それでも身分は一応軍人であり、最後まで部隊に従属しなければならなかった[37]」ため多くの犠牲者を出すことになった。実際的な戦力を持たず[38]、しかも場合によって前線に配置され、敗走する軍にあって水汲みなどの雑用を行う〈防衛隊〉員は、先述のとおり年齢も異なり[39]、従って教育状況にも差異があり、本土＝標準語を上手く使えない、本作の赤嶺老人のような者も多数含まれていたのである。住民は現前化する戦争において、「根こそぎ動員」され、米軍による攻撃だけでなく、スパイ容疑による無益な殺傷にも怯えなければならない。ここには戦争という出来事が含む多層的な問題がある。戦う相手から受けた犠牲だけでは語れない特殊性が沖縄戦には散見するのであり、それは本土兵士の〈まなざし〉と沖縄住民の〈まなざし〉の交錯点において、多様な出来事の渦を生成した。階層化された軍国的権威主義の〈まなざし〉と、例えば後述するように本作品の久場のような本土兵士へ向けた「断絶」の〈まなざし〉の接点において、犠牲は拡大するのであった。

そして大城立裕は、以上のような状況の伝聞に立ち合い、味方と敵の関係だけに還元できない沖縄戦の複層的状況をふまえながら、「棒兵隊」という作品を本土誌に投稿したのである。

四、物語の帰着をめぐって――作品の限界と新たな動向へ

大城は「棒兵隊」に書かれたような話を敗戦直後に数多く聞かされたと語る。それが「戦後沖縄の原点のひとつ[40]」として記憶され、終戦から一〇年以上の時間を経て作品化されたのが本作なのである。大城が沖縄を内在化するために時間が必要だったのは、例えば沖縄をめぐる戦争が、対米兵だけでなく、日本兵／沖縄現地徴発兵にみられる複雑な関係性の中にあったためであり、また戦後の沖縄が日本／米国との関係力学に翻弄される状況や、自らが上海という外地で〈日本兵〉として終戦を迎えたという事実の相対化のためであったといえるだろう。大城が敗戦直後に聞いたという「棒兵隊」創作の参考とした話は、沖縄戦の記録として編まれた『鉄の暴風[41]』からも見出せる。

> 部隊から編成を云いつかってきた一人の下士官が、「ぐずぐずすると、艦砲がくるぞ」と、叫びながら、二百人近い人員を三隊に編成し、平良教頭は、四十人の部下を与えられ、一方の隊長を押しつけられた。その中には六十近い、痩せた老人の姿も混じっていた。最初の命令は、「お《ママ》前達は、これからすぐ、八重瀬岳の部隊の壕へ行け、任務は行ったらわかるという風に下された。（中略）八重瀬岳の麓にある部隊壕に一同がいくと出合頭に、「お前たちを呼んだ覚えはない」と、頭ごなしに怒鳴りつけられて、壕に入ることを断わられた。（一五四頁）

背負袋にも詰められるだけの食糧弾薬が詰められた。生き残り隊員中の最年少者、十七歳くらいの少年もこの決死行に混じっていた。彼らは這ったまま危険地帯を突破した。（一五六頁）

以上の体験談をふまえて、「棒兵隊」の記述を以下に示す。

〔…〕G村に群れていた避難民のうち働けそうな男を二百名、民家という民家、壕という壕を、兵隊たちがかけまわって口頭で召集して、国民学校の校庭で艦砲弾が生木をつんざくのを目撃しながら編成したものだ。二百名を五隊にわけて、四十名の長にN村の国民学校教頭である富村[42]が命じられて、ちかくの壕にいたおよそ一個中隊ほどの高射砲隊配属。（三六頁）

咽喉仏の破裂しそうなしわがれ声が、富村の横にとびこんできた。赤嶺だった。その六十歳の痩躯が、ネトネトした粘土まじりの珊瑚礁岩盤につんのめった瞬間、一行は壕外で雨にうたれながら、息をのんだ。（三五頁）

久場が、十六歳という最年少の仲田の濡れ手拭から滴らす水にめざめて〔…〕（三七頁）

ここでは「棒兵隊」における登場人物の設定に関して、『鉄の暴風』との類似性をみることができるが、一方で、沖縄戦の実状をめぐる多くの証言の典型例といえる内容でもある。[43] 大城が「棒兵隊」に登場させた赤嶺〈老人〉や仲田〈少年〉の年齢での動員は「陸軍防衛召集規則」を逸脱したものであり、その意味で小説作品を通して沖縄住民の〈被害者〉としての位相が前景化するのである。

大城は本作に関して、「沖縄戦の体験がないので、臨場感を創るのに苦労した」[44]と述べる。例えば、友軍の戦果と相手の物量について富村と佐藤少尉が話しているところを、富村の隊員たちが聞いている場面。隊員の皮膚感覚に近い生活感と外部に鳴り響く艦砲射撃の交錯を大城は以下のように描く。

考えればおかしなことだが、あまりにも卑近な生活に肌を荒らされていたせいか、このような大局的な戦況報告が、いかにも遠くからきたという風で、しばらくは肌につかない感じでいたが、話がおわると急速度に現実感をもよおしてきて、鍬をうちこむような艦砲弾の断続する音が、いまさらのように予言的な雰囲気をともなってきはじめたのだ。（三九頁）

たとえ戦争未体験であっても戦後沖縄の原点を捉えるための〈意欲〉が、戦場の臨場感を伴いながら、日本兵と〈防衛隊〉との関係性を押し出している。だが、一方でそれは単純化された〈被害―加害〉の図式の中で日本／沖縄を対置しているに過ぎない面もある。

米須興文も指摘するように「加害者―被害者的図式はかなり陳腐な発想法で、われわれが平常、

「悲劇の島」とか、「歴史の重圧」というようなフレーズを口にする時の心底にあるもの[45]」なのである。そこで、大城自身が拘る〈構成[46]〉をふまえるとき、「棒兵隊」では沖縄住民を二種のタイプに分け、その葛藤を挿入することで相対化を試みているといえる。それは富村と久場の関係性に現われる。

富村は壕へ闖入した横暴な将校の態度を目の当たりにして、自らの役割が「国家のためだという論理は、もはや遠」（四一頁）くなるのを感じる。沖縄県民としてスパイの汚名をきせられることに嫌悪するのは、壕から脱走して命が助かる見込みがないからであり、死を仮定したとき汚名は受け入れられない。一方、国民学校教頭たる立場の富村は、佐藤少尉の命令した決死輸送の特務を「富村は、すくなくともこのしごとだけは国家のためになる、と考えてひきうけ」（四三頁）ることで、可能性ある自らの死の国家への還元を試みる。佐藤少尉の命令は〈国家〉と同等のものだとして引き受ける富村の中に、死をいかなる論理において引き受けるかという葛藤が見出せるのだ。

ここで闖入した将校は、サイパンの沖縄人捕虜がスパイ行為をしているという情報を持ちだし、スパイの特徴として「局部の毛がなく、赤いハンカチと小さな手鏡をもっている」（四一頁）ので、壕内の防衛隊の身体検査を佐藤少尉に要求する。[47]この屈辱的な身体検査は、久場をして〈国家〉に従属させる論理を破綻させる。久場は富村が「国家のためになる」と引き受けた佐藤少尉の命令を「狂暴な闖入者たちを説得するより、防衛隊を死地にだすほうが安易であった」（四三頁）と考え、〈国家〉に服して従軍することよりも、生きることが選ばれるのである。それは軍隊＝佐藤少尉との「断絶」であり、さらには「国家、故郷、同胞……などというものが」（四三頁）生み出す「徒労」への抵抗でもある。ここでは〈国家〉の含有する論理が〈故郷〉の自立性を剥奪するために、〈国家〉の戦争に抵抗できない〈同胞〉の無力さが久場に感知されている。富村と別れ、三人組で移動し、仲田少年を失い、赤嶺老人が敗残兵に射殺された後、「避難民がときに追いこしながら話しかけ」（四五頁）ても、久場はその言葉が耳に入らない。

作品の中盤まで富村を中心に戦争に向き合っていた〈構成〉は、後半は久場へと視点を移すことで〈国家〉の暴力への対置の仕方を複層化する。

赤嶺老人に象徴される言葉の〈裂け目〉は、言葉の訛りであるとともに、「棒兵隊」と「防衛隊」の実質的な差異を元にしている。前述したように、武器物資もなく「棒」を持つだけの「兵隊」として受信され、〈国家〉が想定した「防衛隊」としての役割から遠い存在であることに起因しているのである。この溝は、愚直なまでの赤嶺老人の発音の溝としても現われる。「防衛隊」と「ボーヘイタイ」、「スパイ」と「スバイ」の溝は、射殺という暴力にさらされることになる。(48)

また、仲田少年は、親切な面をみせる佐藤少尉を「スパイ」だと疑う。富村は否定しながら、少尉の親切の根拠に自信が持てない。少年の疑念は以下のような会話場面から生まれたものである。

「しかし、きみたちは沖縄人だからいいよ。この壕からわれわれが撤退することがあっても、きみたちは居残っておくんだな。米軍はけっしてきみたちを殺しはしないよ」／このことばは、なかなかまっすぐには受けとられなかった。大部分の者が鳥のようにきょとんとしているのを、富村はなにか救いをもとめるような眼でみわたした。久場は、富村がなにかいいだすかという顔で、富村に視線をとめた。仲田が、――この少年は、それまでの話を無表情で頭にながしこんでいたのだが、このときめずらしく、いきなり表情をひきしめて、少尉の顔をみつめた。（三九頁）[49]

首里の北にある仲田少年の家は戦火に巻き込まれているだろう。すでに沖縄は日本の一県なのだが、少尉の内面が吐露された言葉が示す、根本的な差異の対象として沖縄が認知されている事実は、仲田少年の不信を喚起し、戦争主体者としての〈国家〉への帰属をためらわせる。

言葉の溝と帰属への不信は、戦闘がすすむにつれて生み出される犠牲者の拡大の根底にあるものとして、大城は認識しているのである。沖縄戦の被害者の関係内部における相対化を試み、沖縄兵と本土兵、富村と久場の態度の在り様の対立的〈構成〉により、戦争で追い込まれていく防衛隊の内面がより広く捉えられていくのだ。

だがここで相対化された〈構成〉に〈主体性〉の問題は付されているだろうか。

〈国家〉への従属を肯定しうる富村にしても、また〈国家〉との「断絶」をみる久場にしても、沖縄戦という総体の中、被害者として描かれる。「戦後沖縄の原点」として大城がみたのは、後の米軍施政権へと連続する歴史であり、それは確かに被害者の位相を示すものでもある。だがその視点からのみ語ることでは、〈主体性〉ははかれない。それは、戦争において沖縄が如何なる役割を果たしたのかを、その歴史を問いながら両義的に捉える中で見出すものでもあるだろう。大城の視野は日本国民として自らを主体化していった沖縄の近代史を捉え、その共犯性を「カクテル・パーティー」（第六章でとりあげる）で問うことになる。

「棒兵隊」の限界は、沖縄内部に相対的視点を持ち込む〈構成〉をとりながら、被害者の位相に止まる点にあったといえる。大城自身が、「ひめゆりの塔」をめぐるエッセイで厳しく示した「感傷」の否定のためには、新たな視点の導入が必要であった。それがここでの〈主体性〉の問題なのである。

一九六七年の「カクテル・パーティー」は二部構成、とりわけ二人称で書かれる第二部では、「お前」である視点人物への詰問を伴う。米兵により娘が暴力被害にあう視点人物の犠牲者としての位相が、戦時下における中国戦線での加害者の位相を喚起しながら進行する物語は、米国と日本からのまなざしへの返答として自らの内部の問題に目を向けるものであった。ここでの相対化にみられる視点こそ、主体化とともに、内部を志向するものとして提示されたのだといえる。

五、沖縄戦をめぐる〈主体性〉の問題

「棒兵隊」は大城の「戦後沖縄の原点のひとつ」を現わした作品である。その原点を、大城は本土の主要誌『新潮』に投稿した。前年、「逆光のなかで」で落選していたが、ここで描いた米軍による

戦後の土地収用と思想検閲の状況下に生きる青年への抑圧と土地が含んだ歴史への愛着の物語ではなく、「棒兵隊」では沖縄戦そのものを主題としながら、戦争相手の米軍ではなく、日本兵の行為に焦点があてられた。

「棒兵隊」には言語発音の差異による悲劇が示されていたが、〈防衛隊〉という制度が沖縄戦において有名無実化した環境で、日本兵からの迫害を受け、それに関連した無益な死を拡大した点を本作は本土読者に示した側面がある。したがって富村や久場の標準語会話は、沖縄戦における住民の方言使用によるスパイ疑惑の問題を想起することはない。沖縄戦をめぐる登場人物の視点に重ねた言語使用については、大城の他作品との比較も必要となる点のみをここでは指摘しておく。

一九五〇年代は大城立裕の長いキャリアにあって、過渡期として位置づけることができる。それは『琉大文学』との論争から自らに内面化される、沖縄の作家としての自覚の涵養期であり、文学の在り方を論争の相対化によって実作に表出していく時期でもあった。

大城は当時の沖縄の現状を視野に入れながら、「現段階の言葉」で示した作品化の問題点を「棒兵隊」に積み上げていった。したがって本作は〈意欲〉、〈有機的な捕捉〉、〈構成〉をふまえ、沖縄戦の実相、視点人物の内面の動きと葛藤に焦点をあてた作品といえた。同時に、〈主体性〉の問題は、一九五〇年代を通して思考され、沖縄をめぐる歴史や文化においてどのように位置づけるかが重要な課題となった。本論では「カクテル・パーティー」における可能性を示唆したが、大城における、米軍施政権下から本土復帰への過程で示される〈主体性〉に関して、次章で考えていく。

注

（1）本論では「年譜（試案）」（『青い海』一九七八・一）、呉屋美奈子編「大城立裕　書誌」（『大城立裕全集』第一三巻、勉誠出版、二〇〇二・六）を参照とした。
（2）大城立裕「あの頃のわたしと作品」（『新沖縄文学』一九七七・五、八四頁）を参照した。
（3）小島信夫「文芸時評」（『週刊読書人』一九五八・一一・二四／引用には『文藝時評大系』（昭和篇Ⅱ第一三巻、ゆまに書房、二〇〇八・一〇、四九三頁）を用いた）
（4）横井幸雄、日秋七美「文芸時評」（『作家』一九五九・一・一／引用には『文藝時評大系』（昭和篇Ⅲ第一巻、ゆまに書房、二〇〇九・一〇、一二頁）を用いた）
（5）「記録文学また波紋　西岡氏（学芸大学分校主事）を排斥　虚か実か沖縄の『白百合部隊』当時の行動　学園の紛争に油を注ぐ」（『読売新聞』一九四九・九・七）
（6）大城立裕「〝感傷〟の塔」（『沖縄文学』一九五六・六、三四頁）
（7）大城立裕「御恩と発言」（『沖縄タイムス』一九五七・四・三）
（8）大城立裕「動く時間と動かない時間」（『大城立裕全集』第九巻、勉誠出版、二〇〇二・六、四六七頁）
（9）大城は「この学校をえらんだのは、たんに学資が助かる」（「年譜（試案）」『青い海』一九七八・一、一九一頁）からだと述べている。
（10）大城立裕「老翁記」（『月刊タイムス』一九四九・一二、筆名・城龍吉／引用には『新沖縄文学』（一九七七・五）を用いた）
（11）日取真俊「米民政府時代の文学」（『岩波講座　日本文学史』第一五巻、岩波書店、一九九六・五、一九五頁）
（12）大城自身は「それは表面上父への批判であるが、やはり愛情でもあった」本作の〈私小説〉的部分を認め、「はずかしい作品」であると回顧する（『新沖縄文学』一九七七・五、八四頁）。

(13)例えば、太田良博は戦後沖縄の文学状況について「批評」の不在と、社会性、思想性の欠如を指摘した「戦後沖縄文学の反省と課題」(『琉大文学』七号、一九五四・一一、四~五頁)を記している。

(14)大城自身はこの状況に対して「行政をふくめて、沖縄の生活万般に米軍基地の影が投じられているような日々であったが、このような事情が、文学に反映した。/いや、もっと正確にいえば、反映して然るべきだとして批判した人々がいて、その動きをめぐって、どうあるべきか苦悩していた」(「文学のたたかい」『光源を求めて――戦後五〇年と私』(沖縄タイムス社、一九九七・七、一五〇頁)と述べる。

(15)鹿野政直「「否」の文学――『琉大文学』の航跡」(『戦後沖縄の思想像』朝日新聞社、一九八七・一〇・一二〇頁)

(16)前掲(15)書、一二二頁、岡本恵徳が当時を語った内容。

(17)大城立裕「現段階の言葉」(『琉大文学』五号、一九五四・一二)

(18)大城立裕「主体的な再出発を」(『琉大文学』一二号、一九五七・四、八頁)

(19)前掲(18)書、七頁

(20)前掲(14)書、一五九頁

(21)新川明「文学者の「主体的出発」ということ――大城立裕氏らの批判に応える」(『沖縄文学』一九五七・一一、三九頁)

(22)大城立裕は前掲(17)「現段階の言葉」において同人の各作品に一言加え、主に視点人物の主体性の不在、モチーフの解釈不足、理念的言葉と実生活の解離に難を示した。

(23)例えば、前章でもふれた「風」(『近代』一九五五・六)は沖縄の歴史と平敷屋朝敏を、「青面」(『自由』一九五七・一二)は平敷屋の処刑と「組踊」をモチーフとした作品である。

(24)大城立裕「棒兵隊」は『新潮』(一九五八・一二)に掲載後、『カクテル・パーティー』(文藝春秋、一九六七・九)、『大城立裕全集』第九巻に所収される。引用には『大城立裕全集』を用いた。

（25）初出の『新潮』では、「二百名を四隊にわけて」（一三五頁）とある。
（26）防衛庁防衛研修所戦史室『本土決戦準備〈1〉――関東の防衛』（朝雲新聞社、一九七一・一一、一五八頁）に引用された「法令全書」（印刷局発行）の該当箇所を用いた。
（27）前掲（26）書、一五八頁
（28）「省令第五三号」（一九四二年九月二七日）、ここでの防衛招集に関しては、河合正廣「陸軍の防衛召集制度とその実態について――沖縄における防衛召集」（『戦史研究年報』二〇〇〇・三）を参照した。
（29）「防衛総司令部、内地、朝鮮、台湾各軍主任参謀等防衛召集に関する合同席上説明要旨」（引用には前掲（28）書（四三頁）を用いた）
（30）林博史「学徒隊と防衛隊」（藤原彰編『沖縄戦――国土が戦場になったとき』青木書店、一九八七・七、一一七頁）
（31）他にも、「第三十二軍においては、航空基地の急速設定時の特設警備工兵隊の編成、遊撃隊の編成などに防衛召集を実施したが、二十年二月中旬情勢が急迫を告げた際相当数の防衛召集を実施し、更に三月上旬約一五日間を目途として大々的に防衛召集が実施された。この際学徒の一部も動員された」（「第三十二軍の作戦準備と航空基地問題」『沖縄方面陸軍作戦』朝雲新聞社、一九六八・一、一七五頁）との記述もある。
（32）林博史「解題――防衛隊」（沖縄県教育庁文化財課史料編集班編『沖縄県史　資料編23　沖縄戦日本軍史料　沖縄戦6』沖縄県教育委員会、二〇一二・三、八〇三頁）
（33）前掲（28）書、四八頁
（34）前掲（30）書、一一九頁
（35）前掲（28）書、四八頁
（36）大城将保「沖縄住民が体験した「軍隊と戦争」」（『沖縄戦の真実と歪曲』高文研、二〇〇七・九、二〇一頁）
（37）渡久山朝章「防衛隊・男子学徒隊」（『読谷村史　第五巻資料編4　戦時記録　上巻』二〇〇二・三、三六

一頁)

(38)『読谷村史』の戦争「体験記」には「防衛隊員にも小銃一丁と弾三〇発、それに手榴弾二個が支給されていましたから、全くのボーヒータイ(棒兵隊)ではなかったのです。ところがその銃の手入れと厳しい点検には大層気をつかいましたので、厄介物を預かったようなものでした」(前掲(37)書、三七四頁)との証言もある。

(39)例えば、大城将保は「米軍が捕虜収容所で撮影した写真の中に七五歳の防衛隊員と一五歳の学徒隊員が並んで立っている哀れな姿が写っている」(前掲(36)書、二〇〇頁)と報告する。

(40)前掲(8)書、四六八頁

(41)『鉄の暴風——沖縄戦記』(沖縄タイムス社、一九五〇・八/引用には一九九三年七月の第一〇版を用いた)、また一九五〇年版の副題は「現地人による沖縄戦記」であり、朝日新聞社が出版元となる。

(42)引用に用いる『大城立裕全集』第九巻所収の「棒兵隊」では、この箇所の名前に誤字(「宮村」)がある。本論では「富村」と記す。

(43)大城は「棒兵隊」執筆に際して、「沖縄戦の体験がないので、船越義彰君に体験を語ってもらった」(前掲(14)書、一七〇頁)と述べている。

(44)前掲(8)書、四六八頁

(45)米須興文「沖縄文学の可能性」(『ピロメラのうた——情報化時代における沖縄のアイデンティティ』沖縄タイムス社、一九九一・一一、二一二頁)

(46)池田和と嘉陽安男は、早い時期の大城作品に「構成の妙味」や「綿密な構成」が組み込まれていた点を看破する(「対談・〝大城文学〟の周辺」『青い海』一九七八・一、一四一頁)。また大城の特徴として「ユーモア」を挙げ、初期の作品を評価した点も付記しておく。

(47)尾西康充はその根拠に関して『隋書』巻八一「列伝」第四六「東夷流求国」にみられる、「男子用鳥羽為冠、装以珠貝、飾以赤毛」、「男子抜去髭鬢、身上有毛之処皆亦除去」といった「差別的な身体観に由来するものである」と指摘する（「沖縄戦を書き継ぐこと——「棒兵隊」と「K共同墓地死亡者名簿」」『民主文学』二〇一二・五、一一四頁）。ここでは身体への差別意識が長い歴史の尖端に止まる点がみてとれるだろう。

（48）例えば、赤嶺老人は佐藤少尉に息子の姿を重ね「はい、隊長さま！　いっそうけんめいやりますです。どうじょ、隊長さまも、がんばって、おたっさで……」（三九頁）と言葉をかける。

（49）注記（42）に同じ。

第六章

大城立裕「カクテル・パーティー」論——沈黙をめぐる〈語り〉の位相変化

一、語り手の「位相」

大城立裕の「カクテル・パーティー」は一九六七年の『新沖縄文学』第四号に発表され、第五七回芥川賞を受賞した（『文藝春秋』一九六七・九）。「カクテル・パーティー」に関しては、大岡昇平が同年四月の『朝日新聞』時評において、「事実によりかかりながら、巧みに文学的に処理」され、「占領者と被占領者、被害者加害者の意識が問題となる」作品だと指摘している。[1]芥川賞選評では、史上初めて賞が沖縄に渡る点、また沖縄の現実にふれている点が評価されている。例えば、石川達三は、「沖縄らしい生活事情の理不尽さが書かれ、その理不尽が日常的であることもよく解るように思った。賞が遠い沖縄に飛んだことは面白い」と述べている。また瀧井孝作は「目下の米国占領治下の琉球人の、制圧された悲哀がよくわかつた」、舟橋聖一は「沖縄の占領下の苦しみは、私らが二十年前に経験した状況と似てゐて、いくらわめき叫んでも、どうにもならない重圧下の島民の生活を、勇気をもつて作品化した点に、好意をおぼえる」と評価する一方、石川淳が「なぜここを深く考えないで素通りしてしまったかとおもわれる部分」がある点を指摘、三島由紀夫は「主人公が良心的で反省的でまじめで被害者で……というキャラクタリゼーションが気に入らぬ」と述べた(2)。

「カクテル・パーティー」は、「前章」と「後章」に分かれ、前章は〈私〉という一人称で語られ、後章は〈私〉自身が「お前」と名指しされる形式をとっている。本作品は、「ペルリ来航百十年祭」が行われた一九六三年を物語内の時間として採用している。本土復帰へと機運が高まる六〇年代の沖縄と、米軍統治の強化という時代が舞台として選択されているのだ。前章では四人の登場人物のパーティーでの会話が軸となる。基地住宅におけるパーティー主催者のミラーはアメリカ人であり、弁護士の孫は中国からの亡命者である。本土の新聞記者の小川と、語り手である沖縄ネイティヴの〈私〉の四人が、明るい雰囲気の中、「中国語サークル」の仲間として会話を進めることになる。この四名を地理的、歴史的に置換することで可視化されるのはアジア・太平洋戦争の構図であるだろう。そのことを念頭に置くならば、四人の会話と立場には微妙な差異が生じることに気がつく。後述するが、とくに沖縄ネイティヴである〈私〉の〈語り〉の沈黙は、アメリカの植民者側の歴史、あるいは認識を拡張する行為への同意ととれる。

本論ではまず、語ること、あるいは〈語り〉の不可能性をテクストから抽出し、それが本作品に及ぼす結果について考察したい。その際、流動的に「動く」語り手の位相についても注目する。

二、基地の内部／市の外部

「カクテル・パーティー」前章の舞台は基地住宅である。そこは一般的な市民感覚からは切り離された場所として視点人物には感知されていた。アメリカ軍関係者の宿舎という特権的空間は、それに類しない者を簡単に排除する。逆にいえば、そこへの加入を許可された者は、特権的な位相を与えられたことを意味する。前章の視点人物＝語り手は、それを許可された、選ばれた沖縄ネイティヴである点は重要だろう。(3)

また、基地自体が可視的な特権性を保持している。基地の可視性とは、言葉における圧迫や抑圧とは違うコンテクストで、沖縄ネイティヴにのしかかる。米軍基地は「戦争の継続」を宣言する意匠であり、まさに「沖縄戦の痕跡、と言うより、沖縄戦の持続」(4)を伴い現前化するのである。大城は、五〇年代には復帰に懐疑的だったと告白する。(5)それは、例えば国会議員団訪沖時の学童による国旗の出迎えへの違和感に根差したものだ。(6)だが、度重なる米兵の事件を受け、復帰を望むようになった。大城は「つまり治外法権を撤廃するため、沖縄で日本国憲法を実現する」(7)ということが「カクテル・パーティー」執筆時期の思考であったと述べている。(8)国会議員団の沖縄訪問として、一九五四年当時、衆院議員だった稲村順三は次のような文章を残している。

疾走する自動車の乗心地から察するに、道路は見事に舗装されているらしい。また沿道の電燈や丘に輝く小独立住宅と覚束しき窓の燈、兵営らしい大建築、倉庫と思われる建物等から想像すれば、この間一帯が一大都市計画の中にあると思われる。まことに雄大。なるほど東洋一を誇る一大基地らしい。[9]

稲村は沖縄の後進性を戦後の本土の情景に重ねながら、多くの資料を用いて現状報告を行い、農業に依存した産業形態を持つ沖縄の風土、風景を、米軍基地が大きく変えてしまう点についてふれる。農耕地が軍用地へと転用されていくことは、日本に版図化された明治期からの「沖縄」的風土の変更への圧力として作用する。[10] 稲村はここで「基地の中に沖縄がある」（一一五頁）という指摘を展開した。基地により農地を失った農民は、その基地内において日雇い労働に従事しなければならないという構造に注目し、沖縄の経済は基地の消費に依存する構造におちいると報告する。またアメリカによる、占領地の安定化、行政執行の迅速化を図って投入された「ガリオア資金」[11]も、沖縄では純然に機能したとはいえない。米軍施設への多額の流用は、占領地沖縄の安定化を目指すのではなく、朝鮮戦争、ベトナム戦争へと向けられるのである。[12]

本作品に関して岡本恵徳は、パーティーが虚構の空間（「虚構性」）として存在するために現実の生活から切断されている点、また後章を支える「仮面の論理」の構造に言及している。[13] 沖縄を初めて訪問した画家の岡本太郎は、その旅行記『沖縄文化論』の中で次のような場面を記述している。

私はいま目の前に展開している、いわば作りあげられた見事なシーンを眺めながら、ただ奇異な感じにうたれる。この場所だけに限るなら、隔てなく和やかにうちとけている、この事実は認めなければならない。これは占領政策の転換によって強調されてきた「琉米親善」、アメリカの意志による交流である。だが政策であり、努力であるということを、まるで感じさせないほど人間的な、明るい肌ざわりなのだ。アメリカ人の、個人個人の持っている無邪気さ、素朴な誠実が、沖縄人の善良さとうまくかみあっているという感じだった。(14)

岡本は、アメリカ側の積極的な親善活動への、沖縄ネイティヴの態度に「明るい笑い」(15)を見出している。それは「ちゅらかさ」(天然痘)に対した沖縄の歴史的在り様と、それを受け入れつつ生きつづけた強さに照応された「明るい笑い」であった。ここには大城作品と通底するものが提示されている。「いわば作りあげられた見事なシーン」としての親善パーティーは、「この場所だけに限るなら、隔てなく和やかにうちとけている」ように認識される「奇異」なものなのだ。岡本の見た「琉米親善」は、表層を滑るようにして展開する。だが、岡本によって感受されたアメリカ人は、征服者の位相にいながらも素朴なものだ。それは彼が旅行者としてこの島を通過する人間だからこそ感じた一過的感想である。岡本のまなざしは、沖縄の文化的強度のほうへ向けられている以上、「親善」の本質は問われない。ここに「カクテル・パーティー」における「親善」への問いとの重要な差異が見出せる。「仮面の論理」に覆われた表層における親善の本質へと発せられた問いが、本作では追究されるのである。

三、記憶の想起／〈語り〉の停止

本作品はパーティー会場に辿りつく直前の視点人物の〈語り〉から始まる。[16] 基地住宅、通称「家族部隊」と、視点人物〈私〉が住む市との境界領域から〈語り〉は始まるのだ。「守衛」とのやり取りを済ませ、基地住宅の敷地内に進入する〈私〉は、同時に居住市街の外部へと出ていく存在である。そこである記憶を想起することになる。

この道路設計がくせもので、直線でなく曲りくねっているものだから、十年前にひどいめにあったことがある。やはり今日のように蒸し暑い午後だった。いまのように、このなかに知り合いがいるわけではなかったが、この近所まで所用できた私は、帰りにこのゲートの前まできて、出来心をおこした。（中略）外人やメイドたちは、私をみてもなんの表情もみせなかったが、道をみうしなったとき、ふと恐怖がきた。ここもやはり自分の住んでいる市のなかだという意識をにぎりしめようとするが、なんとも無理だった。（八八頁）

前章における〈私〉の「恐怖」感の表出の場面において、自分の妻と子供の存在、〈私〉から「家の裏座敷を借りて愛人を住まわせているロバート・ハリスという兵隊」（八九頁）を想起する。〈私〉が感じる「恐怖」は妻に言われた「用心」する心持ちへと変化し、また自己と同じような「恐怖」を、アメリカ人であるロバートは、「沖縄人ばかりの町内」（八九頁）で感じたことはないのだろうかと自問してみる。ここには女性登場人物の無記名性の問題や、男性視点である沖縄ネイティヴの視点人物〈私〉と、アメリカ兵のロバートの同心性が指摘できるだろう。[17]

十年前の〈私〉が目眩のような自己喪失感を味わった体験は、外傷的記憶としての痕跡を内面に深く残している。同時にここでの想起に付随して、後章で娘をレイプするハリスを意識化させたこと、つまり想起された外傷的記憶から意識的に思考する圏内において、後章の事件に関わる人物が現われていることは、物語の構造において暗示的である。

ところで「十年前の記憶」として語られる〈私〉と、現在の〈私〉との間には大きな差異がある。無名の市民として基地住宅に侵入した「恐怖」は、招待という手続きが媒介されることで、感知はされず、〈私〉は「でも、きょうはいい気もちだ。ミスター・ミラーのパーティーに招待されたのだ」（八九頁）と言い切るのである。ここで〈私〉は「選ばれた人間」として設定され、「無名性」から「有名性」への移行がテクスト内に示されることになるのである。だが、結論を先に述べれば、視点人物の〈私〉は役所勤務であり、中国語サークルの仲間として、基地住宅へ招待されることで、特権性を与えられるものの、後章においてそれは剥奪される。日中戦争下の無名兵士としての記憶が想起されることで、あるいは娘のレイプ事件をめぐり告訴の相談をしたミスター・ミラーから「拒絶」されることで、再び無名性の位相へ戻るのである。この位相間の移動の中に、「自分の住んでいる市」にいながら、喪失状態へと主導する、幾重にも蓄積された現実を指摘できるだろう。もちろん、沖縄が「大和世」、「戦世」から「アメリカ世」を経るという多層性を含有することはいうまでもないが、ここで注目したいのは「移動性」、あるいは非固定的であるがゆえに、〈私〉に揺らぎが生じる点なのである。

　では〈私〉は、アメリカ人ミラー主催のパーティーで、どのようにふるまうだろうか。ここで〈私〉は、意識的に何度か〈語り〉を停止し、沈黙する様子をみせる。

> 「あの本は（『琉球の歴史』—引用者）……」私は言いさして、よどんだ。あの本は、アメリカの政策のためにしようと書かれた本か——とは、さすがに口にだしかねた。「あの本は……きわめて多くのアメリカ人の沖縄観を育てています」（九一頁）
>
> 「沖縄にもありましたよ」私は小川氏にむかった。「沖縄戦では、そういう事例はざらにあったということを、私はきいています。しかも……」私は、またよどんだ。ときには日本兵がやったのだ、といおうとしたのだ。が、「ま、よしましょう。酒をのみながら、どうも戦争の話は」／ほんとうは戦争の話ではなく、その奥にもうひとつの核があるのだ、と思いながら、このさ

いそこを避けて通りたい気もちがあった。（九三頁）

ここに告白された「もうひとつの核」とは、戦争の記憶をめぐる〈核心〉だと解釈できる。それは後章で明らかなように、日本兵による沖縄人赤子の殺害を示唆してもいるだろう。同時に、ここでそれらの記憶を含みながら、戦後に展開される沖縄の植民地的状況を包括しているといえる。継続する戦争、継続する支配構造。だがこの点は、〈私〉において「避けて通りたい気もち」から、言語化され表出されることはない。また、「アメリカの政策のため」という告発そのものが、〈私〉から言葉として発せられないということは、その政策を暗に承認していることになるだろう。躊躇され、言いよどまれた、沖縄ネイティヴとしての〈私〉の〈語り〉は、「場」――カクテル・パーティーの虚構的な空間の雰囲気を維持する。支配構造や戦争を象徴する基地の存在それ自体が日常化するということである。ここでの〈語り〉の沈黙化は、支配者との「共犯」関係を生成するだろう。

ところでジョージ・H・カーの記した『琉球の歴史』[18]は、英語から翻訳され普及することで沖縄ネイティヴの読者層へ伝わり、「アメリカの政策のため」という実感を生産する。『琉球の歴史』が提示するのは、日本施政下の「大和世」から「アメリカ世」への移行の正当性であった。

琉球神道のような組織のないものを、政治化された国家神道の一翼として利用することにはしかし、問題があった。とくに沖縄のように儒教的な道徳観と祖先崇拝が東京で企画され、東京

からの指令によって行われる国家神道の神秘的な儀式よりも重んじられた社会では、これが痛感された。(19)

　ここでは、〈私〉によって〈語り〉として停止された、言語化されなかった内容との関連性が見出せる。一八七九年の所謂「琉球処分」以降に明治期日本政府が推進した歴史的文化的な同化政策、戦後における琉球沖縄の再出発の指導者、あるいは同伴者としてのアメリカという図式が『琉球の歴史』には散見する。ここで「痛感」される痛みこそ、強調し共有されねばならない本書の目的なのである。『琉球の歴史』は、戦後の占領者であるアメリカと沖縄との「融和」への志向性、つまり戦前の指導者であった日本こそが「痛み」をもたらした者として〈告発〉するのである。そして、戦後にアメリカがもたらした「融和」とは言い難い現実の言語化は、〈私〉によって回避されるのである。

　あるいは、このカクテル・パーティーでの会話がある政治的な重みを生み出すとき、偏りの無効化、不可視化として機能するのが「笑い」であった。沖縄文化論や政治的な話題にのぞむとき、それぞれの立ち位置には明確な差異がある。その差異をその都度無化させるために、「笑い」が機能する。本質への回避として機能しながら、登場人物の〈語り〉が上滑りしているだけだという印象が、後章で、その本質へ到達しようとする物語を際立たせるのである。

四、植民地支配／男性中心の語りと女性の沈黙

次の引用は、文化交流に潜む虚偽性を、中国人弁護士の孫が申し立てる、本土の新聞記者小川との会話の場面である。

「倭寇はね、孫先生。中国を荒らし沖縄を荒らし、日本を荒らした。荒らしたという点で民族的差別がなかったといってよい。そしてかれらは、文化の交流に役立った」

「危険思想だ、それは。侵略礼賛ではないか」孫氏が即座にコメントした。

孫氏のそのコメントを頭のなかでふり払い、私はふと、アメリカがこの沖縄にいろいろの文化をもたらしたことを思いうかべて、ミスター・ミラーをかえりみた。ミスター・ミラーは、いつのまにか私たちのそばから姿を消していた。他の客たちの喧騒があらためて耳についた。（九七頁）

「国際親善」パーティー上、唯一意見を押し通したのは中国人の孫であった。孫は親善の場の話題として提示された「倭寇」が、表層としての暴力の他に、深層の部分において「文化交流」に貢献したという論理を拒絶する。表層の戯れ（「仮面の論理」）としての会話から明確に逸脱したことが、〈私〉

や小川には意外だっただろう。だがここで同時に進行しているのはアメリカ人、ミラーの不在だった。〈私〉は「アメリカがこの沖縄にいろいろの文化をもたらしたことを思いうかべて」いる。それは〈私〉の現状の位相を示す意識の現われでもある。つまり、特権的に基地住宅内部にいる〈私〉は、アメリカの抑圧、植民地的な政策の捨象が可能であり、アメリカの「侵略礼賛」のほうへ傾く可能性を内在する。したがって、〈私〉は「酔いがさめるのかな、という笑いに似た気もちと、孫氏の胸のなかにいまおよいでいるであろう本意をおしはかる気もちをおさえて、私はごまかすように、グラスを口へはこんだ」（九七頁）のである。ここで〈私〉が自分のふるまいを「ごまかし」だと告白するとき、孫の真意を「おしはかる気もちをおさえて」いることさえもが、「ごまかし」の射程内にはいってくる。ここでテクストは米兵モーガンの「彼の三つになる坊やが行方不明になった」（九八頁）との報告場面につながる。話題転換のために宙づりされた「ごまかし」はいうまでもなく、後章への伏線となるのである。

その後章において指摘すべきは、〈私〉の「十年前の記憶」と、孫の二十二年前の記憶の衝突である。戦時中、日本軍に包囲された町に孫の家族は取り残される。ある日、息子が行方不明となるが、もちろん安全な基地内でモーガン二世を捜索するような気楽さは、戦時下の孫の出来事にはない。同胞の犯行との疑心暗鬼、日本軍への不安感から、「これが自分の国のなかだろうか、軒なみの家々に住んでいるのは自分の同胞だろうか」（一〇〇頁）という同一性の危機にみまわれる。〈私〉が分析するように、〈モーガン二世＝占領者の子息〉と〈孫二世＝被占領者の子息〉という関係は可視的だが、

〈私〉は、その「占領者／被占領者」という関係の再表象性に意識を向けることはない。

モーガン二世誘拐事件はすぐに解決する。〈私〉はこの事件をメイドの「善」的行為がもたらした誘拐だと考え、再開されたパーティーでは明るい笑いが生起する。〈沖縄人＝「善意の人」〉という構図に満足しながら、〈私〉はメイドの連れ出しそのものを「好意」的に弁護する他の客へ耳をかたむける。

おもしろいことに、私はその時までなんとなく、私たち四人——孫、小川、ミラーとのグループだけにかかわっていたのが、あらためて、他の西洋人の客たちの誰彼といそいで会話をかわすようになっていた。（一〇一頁）

それまで意識されなかった「他の西洋人」が前景化されるのである。それを可能にしたのは、無記名のメイドの連れ去り行為であり、またそれへの「好意」的、「善」的な評価の合致だった。メイドの出自は不問にされたままであるにもかかわらず、〈私〉の明るい気持ちは、沖縄ネイティヴは「善」的だという可能性から生成される。「善」的という根拠は同胞的共同意識に根差し、それがミラー以外の外国人にも共有されたことで「他の西洋人」が前景化されるという構図がここにはある。

そして、後章では、この雰囲気、いうなれば偽善的な虚構が破壊されることになる。

お前がパーティーから微醺をおびて帰宅したとき、娘はもう床をとって横たわっており、妻が緊張した表情でお前を迎えた。妻は、娘が脱いだ制服をお前に示した。ところどころが汚れ破れていて、それだけでもうお前は大きな事故がおこったことを理解させられた。／驚きと狼狽は、矢つぎばやにやってきた。娘を犯したのは、裏座敷を借りているロバート・ハリスであった。（一〇二頁）

後章〈お前〉の娘が、裏座敷を貸していたロバートにレイプされる事件が起きたのだ。しかも娘はロバートに怪我を負わせ告訴される。〈お前〉の感情の落差は激しい。ロバートには沖縄ネイティヴの愛人がいる。やはり無記名として登場する愛人は、〈お前〉から事件のあらましを聞かされると、「「私だって犠牲者なのよ」と叫」（一〇二頁）び、荷物をまとめて出ていく。「とにかくお前は、あらためて自分の生活と彼女の生活とがとてつもなく離れていることを覚った」（一〇二頁）とあり、「同時に、事件にたいする実感と憤りがこみあげてきた」（一〇二頁）〈お前〉は、事件から三日目の晩に告訴を決めるのである。〈お前〉は娘に告訴に動くよう説得を試みるが、強く反対される。それでも、「自分の周囲に自分の手の届かない世界がいつまでも存在するということが、お前には到底耐えられない」（一〇三頁）という思いのため譲歩できないのである。

「自分の周囲」に「手の届かない世界」が存在することに「耐えられない」〈お前〉は、内的な同心円に走る亀裂を許容できない。それは自分自身の、自己を中心とした世界の安定化への欲望でもある。

村上陽子が指摘するように、視点人物は「娘の被害を法の領域で捉えなおし、愛人や娘をふたたび自らの手の届く位置に引き戻[20]」そうとする。米兵相手の告訴が困難であるために、〈お前〉はミラーに相談する。だがミラーはそれは個人間の問題であり、「アメリカ人と沖縄人との決定的対立の事件になる可能性がある」（二〇六頁）ことを理由に、援助を拒否する。さらにミラーがＣＩＣ（米軍防諜部隊）職員だと判明することで、パーティーの虚構性がさらに強調されるのである。

「実をいいますとね、私はどちらかというと、孫先生よりミスター・ミラーを頼りにしていたのです。なにしろ、アメリカ人ですからね。私のこともよく知っていてくださるし、第一、あの家族部隊のなかを歩いていても、ミスター・ミラーを頼りにしていて、ちっとも怖くなかったし」（二〇九頁）

ここには沖縄ネイティヴの〈お前〉を起点とした植民者への欲望が提示されている。視点人物は被植民者の位相を棚上げし、特権的位相に在るがために、米人との信頼関係を安易に信じており、「自分の周囲」を再構築するための欲望が、植民者であり占領者であるアメリカ人ミラーに向かうことを当然としている。ミラーは「頼り」になる存在のはずだった。

ミラーは大文字としての沖縄との親善を欲望しており、〈私／お前〉との個的な関係をめぐる支援は行わない。したがって、欲望を軸とした支配者たるアメリカと、被支配者たる沖縄の非対称な関係がここでは際立つだろう。視点人物が特権的位相にいることで、〈語り〉そのものが沈黙し、アメリカの圧迫を黙認したのが前章の構造だった。だが娘の性的被害を通して、沖縄における被植民地性が顕在化するとき、沖縄ネイティヴと支配者の関係の本質が突きつけられる。もはや視点人物の虚構的な特権性は剥奪され、無記名化された女性に代表される沖縄ネイティヴとの共闘の位相へ移らねばならないのである。

しかし、そのことを単純に許さないのが、戦争中の孫の体験だった。視点人物は小川、孫への相談の中、孫の妻のレイプ事件（「一九四五年三月二十日」（一一五頁））を知り、それが日本兵による行為だったと聞かされる。〈お前〉自身が、戦時下における中国での日本兵であったときの記憶の想起と、孫に告白された事件が絡み合いながら、〈お前〉の記憶は曖昧な領域に追いやられ、自問をせまられる。戦時下の記憶を語る孫は、沖縄への亡命者として、大文字としての「日本」兵の所業を告白する。「日本人」の小川は懸命に言葉を紡ぎ抗弁するが、〈お前〉は想起された戦時下の記憶の癒着の中でふたたび沈黙していくのであった。

ここでの沈黙は特権的位相にいたときの沈黙の様相とは異なる。沈黙を強いるのは、戦時中の支配者側であった日本兵としての過去の出来事と記憶なのである。

ふたたび、視点人物が告訴という闘争を決意するのは、モーガンが善意のメイドを訴えたと聞いたときだった。ここにおいて「仮面の論理」（一二三頁）の欺瞞への告発が準備される。視点人物には沈黙が許されず、〈語り〉を強行することで闘争せねばならない。したがって、ここではアメリカと沖縄の関係にまで自分の周囲が拡大されていくのである。だが一方で、被害者である女性＝娘の具体性が捨象されていく側面は指摘しなければならない。[21]ここでは、女性の具体性が可視化されないという問題の解決はしておらず、無記名の女性は不可視の領域にとどめおかれていくのである。

だが、同時に示されているのは、沈黙こそが寄与していた支配者との「共犯性」からの脱却の可能性である。沈黙から語る主体への視点人物〈お前〉の位相変化は、特権性を剥ぎ取られた沖縄ネイティヴへと移行することで、闘争の主体となる可能性を示すのである。

五、語りの位相変化

新城郁夫は「つまり、レイプという生全般に関わる暴力の組織化は、戦争あるいは軍事主義という近代国家間の総力戦体制化と直接的に重なる戦時性暴力システムの連動のなかにおいてこそ発動されている」[22]と指摘する。戦時性暴力システムが働く戦争下の中国と、沖縄には差異はあるのか。レイプという暴力を通して、あるいは基地により生活の多くを簒奪されている沖縄そのものが暴力に拘束されている以上、同様な状況が現前化されているのである。

本論では、視点人物が「家族部隊」へ移動したとき、言葉を言いよどむ主体として特権的位相の中に現われることを確認した。その意味では、米軍支配の従属的共犯者といえる。だが、娘の事件の告訴を決定するとき、彼の位相は沖縄ネイティヴへと移り、語ることで植民地的状況下の戦いへ挑む主体となる可能性を有していたのであった。

【付記】

二〇二〇年一〇月に亡くなった大城立裕は、生前、沖縄県立図書館に自筆原稿など、多くの資料を寄贈しており、「大城立裕文庫」として閲覧が可能である。これら資料の精査の必要性がある中で、金城睦は「カクテル・パーティー」をめぐる改稿過程を詳細に明らかにしている。金城は沖縄県立図書館にくわえ、琉球大学附属図書館、日本近代文学館所蔵の大城立裕「原稿」を調査し、「カクテル・パーティー」原稿と初版本の異同確認から、二つのポイントを示した。金城は「一点目は、「カクテル・パーティー」の小説としての普遍性がより高まる効果をあげたのではないだろうか」と述べ、さらに「二点目は、沖縄人メイドの存在がより際立つ形で書き換えられていることで、支配者アメリカによる近代的で進歩的な考え（実は都合のよい親善の論理）が、沖縄のいわゆる純朴な共同体社会を壊そうとしている効果をあげたのではないだろうか」と指摘することで、さらなる課題を提示した。[23] 大城による手書き原稿をめぐっては、拙稿[24]においても考察を試みたが、今後も、金城の調査をふまえつつ、大城立裕をめぐるテクスト批評の研究領域の拡充をはかりたい。

注

（1）大岡昇平「文芸時評（下）」（『朝日新聞』夕刊、一九六七・四・二九）

（2）「芥川賞選評」（『文藝春秋』一九六七・九、三一六～三二二頁数）

（3）岡本恵徳は作品の視野について「したがって、この作品が、支配者と被支配者の間の国際親善の欺瞞を鋭く告発した作品であるということも、また別の言い方で、米国の占領下におかれた沖縄の人間の苦悩と、人間性の恢復を希望した作品ととらえることもできる」（「「カクテル・パーティー」の構造」『沖縄文化研究』一九八六・三、六一～六二頁）としながら、その視点からこぼれおちる問題を指摘する。すなわち、視点人物が「「選ばれた」人間として設定」（六二頁）された点、視点人物によるロバート告訴の理由、またパーティーの欺瞞のあぶり出しに関する点である。

（4）新城郁夫「〈レイプ〉からの問い――戦後沖縄文学のなかの戦争を読む」（『沖縄文学という企て――葛藤する言語・身体・記憶』インパクト出版会、二〇〇三・一〇、四四頁）

（5）大城立裕「〈時の回廊〉大城立裕「カクテル・パーティー」――復帰40年、続く沖縄差別」（『朝日新聞』夕刊、二〇一二・六・一二）

（6）大城立裕「学童を政治に使うな」（『私の沖縄教育論』若夏社、一九八〇・四、九頁／初出『沖縄タイムス』一九五三・一一・二四）を参照。

（7）前掲（5）書

（8）大城立裕の文学と思想に関しては、例えば、波平恒男「大城立裕の文学にみる沖縄人の戦後」（『現代思想』臨時創刊号、二〇〇一・七）を参考にした。本論考で波平は「作品において一貫して「沖縄と沖縄人」を描くことにこだわり続けてきた」（一二四頁）と述べ、また「大城が少なくともその主観的志向においては、真正な（authentic）な沖縄を、沖縄の真実の姿を描き上げることを目指してきた」（一二四～一二五頁）と評価する。

（9）稲村順三「基地のなかの沖縄」（『改造』一九五四・五、一一四頁）

（10）仲原善忠は「農業は甘藷・甘蔗の栽培と黒砂糖製造が中心となり、米作その他は、この二つにくらべるとずっと少なくなっています」（「大正・昭和の産業・経済」『琉球の歴史』下巻、琉球郷土史研究会、一九五三・四、一一三頁）と述べる。これは戦後早い段階における歴史俯瞰の記述であり、本書は初版では「社会科教科書」と表紙に記されている。また「工業」に関しては、簡潔に「製造工業はほとんど手工業だけで、近代的の大きな設備をもったものはありません」（一一六〜一一七頁）と記している。

（11）丸山静雄編『アメリカの援助政策』（アジア経済研究所、一九六六・三）を参照。

（12）受賞発表号翌月の『文藝春秋』には、高瀬保の文章が掲載されている。そこでは相対的な米民政府の地位低下、アンガー高等弁務官による沖縄復帰運動の可視化の容認、また「南方連絡事務所」の地位向上が報告されている。この時期に沖縄を訪問した高瀬は、実感として「米民政府の直接の指示を受けるにもかかわらず、日本―琉球の結びつきは日に日に強化されつつある。そして、日本側の潜在的発言力が強くなってきているにもかかわらず、琉球の内政に直接のアドバイスができないという矛盾は、ますます深まって行きつつある」（「「カクテル・パーティー」の現実」『文藝春秋』一九六七・一〇、一七二頁）と述べている。これは「カクテル・パーティー」が示す多層的な現実を、沖縄の本土復帰という論点から捨象するような内容になっている。

（13）前掲（3）書

（14）岡本太郎「ちゅらかさの伝統」（新版『沖縄文化論――忘れられた日本』中央公論新社、二〇〇二・七、一四四頁／初版は一九七二・一〇）

（15）前掲（14）書、一四一頁

（16）大城立裕「カクテル・パーティー」は、単行本（文藝春秋、一九六七・九／理論社、一九八二・一一）、文庫本（角川書店、一九七五・四／岩波書店、二〇一一・九）があり、また『現代短編名作選』第八巻、『芥川賞全集』第七巻などに収録される。本論での引用には、岡本恵徳・高橋敏夫・本浜秀彦編『沖縄文学選』（新装版、勉誠出版、二〇一五・一）を用いた。

（17）村上陽子「沈黙へのまなざし――大城立裕「カクテル・パーティー」におけるレイプと法」（新城郁夫編『攪乱する島――ジェンダー的視点』評論社、二〇〇八・九）を参照。

（18）ジョージ・H・カー『琉球の歴史』（琉球列島米国民政府、一九五六・一）

（19）前掲（18）書、三七五頁

（20）前掲（17）書、一四八頁

（21）村上は前掲（17）書において重要な指摘を行う。すなわち「女性たちがレイプを被る身体的な存在として描かれるのとは対照的に、告発の言葉を獲得したネイティヴの男性の被傷性は隠蔽されていく。彼らは娘や妻へのレイプを語り、戦争・占領状態のまっただなかに置かれている身体への暴力を告発しようとするまさにその試みにおいて、同じく戦争・占領状態に置かれているはずの自らの身体を覆い隠す。身体性を隠蔽した彼らは、レイプ的な暴力が自分自身の身体に行使される可能性を忘却する。男性の「被害者」性を徹底して不可視化することによって、はじめて主人公や孫は言語を獲得することができる。彼らはレイプにさらされうる自らの身体性を隠蔽したまま、告発のたびに娘や妻の身体を借用する」（一四九～一五〇頁）というもので本論でも参考とした。

（22）新城郁夫「攪乱する島――ジェンダー的視点」（『攪乱する島――ジェンダー的視点』評論社、二〇〇八・九、二二二頁）

（23）金城睦「大城立裕「カクテル・パーティー」改稿過程の研究」（『沖縄文化』二〇二四・八、六三頁）

（24）拙稿「【資料紹介】大城立裕と上海――沖縄県立図書館蔵大城立裕未発表原稿「月の夜がたり」」（『昭和文学研究』二〇一九・九）

第三部　沖縄の米軍基地とベトナム戦争——又吉栄喜を中心に

第七章 又吉栄喜初期作品における〈少年〉をめぐって
——施政権返還後の沖縄文学の動向

一、戦後沖縄文学と〈アメリカ〉

沖縄の戦後文学は〈アメリカ〉との接触を重要なテーマとしてきた。沖縄の戦後史もまた米軍との関係において語ることが可能だが、それはアメリカによる戦争を含めた対外政策と強く関連しているのはいうまでもない。アメリカの対沖縄政策は「軍事的必要性を優先させて、あえて沖縄の排他的軍事支配を強行した」[1]といえるだろう。沖縄は対日講和条約第三条をもって日本から分離され、アメリカは沖縄をめぐる施政権を認められた。戦後のアメリカは、中華人民共和国の成立、朝鮮戦争の進行とともに、沖縄を太平洋の要石としていく。[2]米軍による〈支配〉に始まった沖縄戦後史は、ベトナム戦争、施政権返還を通してさまざまな相の〈アメリカ人・兵〉を目の当たりにし、[3]また文学という営為の中に刻印してきたといえる。

沖縄の戦後文学は『月刊タイムス』一九四九年三月号に発表された太田良博「黒ダイヤ」を嚆矢とする。(4) しかし本作は独立運動下にあるインドネシアをとりあげた作品であり沖縄もアメリカも扱われていない。仲程昌徳は江島寂潮「道草」の中に、戦後沖縄文学における〈アメリカ〉との遭遇として「自動車」と子どもたちの「ハロー」の声を見出す。(5)

日曜なのでアメリカの自動車が頻繁に往来している。子供たちが道ばたに立ってハロー、ハローをする。或る自動車は食い残りのパンを紙に包んで投げ与えた。包んだ紙が空え飛んで裸のパンが埃の多い道ばたに落ちる。(6)

〈アメリカ〉はここからさまざまな位相をもって沖縄の戦後文学に現われていくことになる。例えば、アメリカ男性と沖縄女性の付き合い（亀谷千鶴子「すみれ匂う」『うるま春秋』一九五〇・七）、支配者としての権力行使（川瀬信「流れ木」（目次には「流木」とある）『琉大文学』一九五四・二／霜多正次「孤島の人々」『新日本文学』一九五四・一など）、「パンパン」といった女性群像（喜舎場順「暗い花」『琉大文学』一九五五・一二など）、混血児の表象（福地恒夫「砂と風葬」『琉大文学』一九六〇・一一／譜久村毅「ある歪み」『琉大文学』一九六二・六など）、米軍基地の街をめぐる群像（濱岡獨「藁人形」『新沖縄文学』一三号、一九六九・五／長堂英吉「桑梯子の墓」『新沖縄文学』一四号、一九六九・八／前川邦明「ネオンの村」『新沖縄文学』一五号、一九七〇・一など）といった作品群が、沖縄戦後史と関わりながら発表されていくのである。さらに一九七〇年のコザ騒動や一九七二年の施政権返還を経て「占領統治の終焉と関わる問題」と「「新県人」としての出発に関わる問題」が浮上し、「アメリカ時代から日本時代へと大きく変化しようとする時にあたって、沖縄戦が浮上、再点検を迫られた[7]」中で、嘉陽安男「美原オトの場合」、長堂英吉「我羅馬テント村[8]」といった戦後の米軍収容所を題材とした、「良い米国兵」（前者）、「悪い米国兵」（後者）を描く作品が登場してくるのである。[9]このように沖縄の戦後文学は〈アメリカ〉と出会い、受け入れまたは拒絶すべき他者として捉えていく過程そのものでもあるだろう。

本論では又吉栄喜の作品をとりあげる。又吉の初期の作品は他者としての〈アメリカ〉を捉えながら、一方で〈沖縄〉への確固としたまなざしが描かれる。そこで又吉初期作品の中から、作品群の特徴といえる〈少年〉のまなざしを取り出し、施政権返還とベトナム戦争により弱体化したアメリカを[10]ふまえた作品「カーニバル闘牛大会[11]」、「パラシュート兵のプレゼント[12]」を分析の対象としたい。[13]米国施政権返還と日本復帰という歴史的事案を通しての、沖縄自体を客観化する作品として、またアメリカ支配の断絶をみるのではなく、その継続と変化の表象された作品として考察していく。

二、初期作品群とその時代

宮城悦二郎は戦後から施政権返還までを四期に分け、その第四期について「六八年、初の主席公選が行われ、屋良朝苗が当選、七〇年一二月「コザ騒動」がおき、米軍人車輌八〇台余が路上で焼き打ちに合う」(14)と指摘する。「コザ騒動」は首都圏の新聞でも大きくとりあげられ、例えば『朝日新聞』(15)は一面で「コザ（沖縄）で反米焼打ち」、二面では「人命軽視に怒り暴発」などと報じ、アメリカ兵のこれまでの犯罪にも言及しながら、騒動の発端となった事故への同情的言説を展開している。ここでは、米国によるベトナム戦争の泥沼状態や鬱屈としたアメリカ兵の存在、一方で戦争と連続した土地である沖縄が前景化していたのである。

さて一九九五年下半期芥川賞を受賞した又吉栄喜「豚の報い」は沖縄の基層文化を軸とした作品だといえる。だが、又吉の初期の作品群には戦後の〈アメリカ〉をめぐる問題を焦点化したラディカルな作品が多々ある。又吉の小説家としてのキャリアは短くない。一九七五年に第一回「沖縄文学賞」を受賞した「海は蒼く」をはじめ、一九七六年には本論でふれる「カーニバル闘牛大会」で第四回「琉球新報短編小説賞」を、一九七七年には「ジョージが射殺した猪」で「九州芸術祭文学賞」、一九八〇年には「ギンネム屋敷」で「すばる文学賞」を受けており、また七〇年代後半から八〇年代前半には、「パラシュート兵のプレゼント」を含め数多くの作品を発表している。又吉自身が述べるように、その原体験には「軍作業員やAサインバーのホステス、基地のメイド、そういった人々を含めての「米軍的世界」が原風景として定着している」(16)。したがって、又吉の初期作品群は、沖縄で生活する人々を中心におきながら、闘牛（「島袋君の闘牛」）といった文化や、米軍との対立構図（「憲兵闖入事件」）の中に、又吉の〈沖縄〉を捉える視点が現われているといえるだろう。他者として出現する米兵との階層と同時に、内なる〈沖縄〉の階層（混血への差別、本島と諸島の差異など――「シェーカーを振る男」）をめぐる登場人物の葛藤は、暗鬱な多様性の物語として現われている。

仲里効は又吉栄喜の初期作品の特徴として、「カーニバル闘牛大会」、「パラシュート兵のプレゼント」の他に、「憲兵闖入事件」[17]、「島袋君の闘牛」[18]を挙げ、「少年の目」が社会相を照射していると指摘する。[19]また、「『外部』を取り込んだ」[20]点を評価し、その系列に「ジョージが射殺した猪」[21]を挙げている。「米軍的世界」を原風景に持つと述べる又吉は「沖縄人を米国から見ればどうなるかを考えれば、沖縄人がより鮮明に見えてくるのではと」考え、「弱い米兵、軍人として使いものにならない者を仲介させて」、「ジョージが射殺した猪」を創作したと述べているが、[22]それはキャンプキンザーのゲート近くで育った又吉自身の体験が創作の土台となっていることを示してもいる。また岡本恵徳は又吉の作品の基本的モチーフをめぐり、「米国人と沖縄人との葛藤を通して沖縄の人間像を掘り下げることがあるが、従来、米国人と沖縄人との対立・葛藤を、抑圧＝被抑圧という単純な図式で捉えることを排して、それらを個々の人間の対立・葛藤として捉え直そうというところに、特色があった」[23]と看破する。後述するように又吉は沖縄という内部へのまなざしを重視した書き手だといえるのである。

又吉初期作品群は、施政権返還がなされ、また相対的に米国が沖縄において衰退する時期に書かれている。そこにはベトナム戦争下の米軍の後退に象徴される〈弱いアメリカ〉が捉えられる素地があり、米国兵を抽象的に描くのではなく、個別化した存在として描写する意志が見受けられるのである。

三、〈少年〉の視点――視点人物における「内部」

仲里効が指摘したように又吉作品でまず重要になるのは「少年の目」である。「カーニバル闘牛大会」は米琉の親善行事、米軍カーニバルで起きた事件をめぐる物語である。そこで行われた闘牛大会会場付近を舞台に、闘牛の角により自動車を傷つけられた南米系らしい小柄な米兵、自動車を傷つけた闘牛の手綱を持つ沖縄の男、その衝突を見守る少年の見知った大人たち、事件を収拾させたマンスフィールド氏を、少年の視座で捉えている。

一九五八年に行われたとされるここでの闘牛大会の舞台は、北中城村の瑞慶覧体育館横であった。それは米軍と沖縄が〈親善〉関係にあることを象徴する催しであるが、「米軍カーニバルには万遍無く全島に巣くっている米軍基地の重い幾十ものゲイトが沖縄の住民に解放される」（二一〇頁）以上、ここには支配／非支配の関係が潜在している。視点人物の〈少年〉は、大砲や戦闘機や戦車などの見学にはすでに飽きており、友人の秀雄が誘う米国のアイスクリームにも興味はなかった。むしろ、「昨夜はウークイ（精霊送り）で夜をふかし、少年の胃にまだ餅やら、蒲鉾やら、肉やら、砂糖黍の甘みやらがもたれ」（二一〇頁）ていたとあり、ここでは〈少年〉の身体を通して、基層的食文化が前景化している。

本作品で重要なのは〈少年〉にとっての〈大人〉の存在であり、相対的なアメリカ／沖縄の関係に限定されない視座がその特色なのである。闘牛と自動車の接触事故は、所有者である米国人が闘牛会場近くまで車を乗り入れたことにより発生したものであった。

やけに鼻の大きい、その鼻さえ見なければ沖縄人とみまちがう、南米系らしい小柄な男が、牛の手綱を持っている沖縄人の男にわめきちらしている。男は少し頭を下げ気味に、一言もなく、窮屈げな牛が首を振ったり、顔を上げたりするのをたくみに綱を引き、しずめている。こころもち、遠巻きにしている老若の人々は周囲の人と目をあわせたり、うなずいたり、小言で何か言いあったりしながら、外人を見たり、手綱もちを見たり、牛を見たり、そして黒い外国車を見たりしている。（二一二頁）

〈大人〉たちの視線はあいまいな宙吊り状態にあり、一方、「沖縄人の体軀と変わらないチビ外人の一人舞台」（二一五頁）となった事故現場から、〈少年〉は身体の近似を超えた所に存在する権力を感知している。数の差なら、「チビ外人」を取り囲む〈大人〉たちの方が有利である。例えば、闘牛の手綱持ちの青年に対して、「牛を闘わせている時の青年のあの威勢のよさが嘘のように感じられ」（二一四頁）、「今、自分が闘わないのはどうしたことだ。どうして、こうも変わってしまうのだ。手綱をとりながら、敵の目を盗み、卑怯にも相手牛の目に砂をかけたり、鼻をなわでぶったりするという噂のある男が、こうもおとなしくなれるのか」（二一四頁）という違和感が表明される。

そのうえで〈少年〉は権力機構上の支配者である「チビ外人」ではなく、その周辺の〈大人〉たちへとまなざしを向ける。

百人近い人垣は立ちつくしている。身動きもほとんどない。どうしたんだ、みんな。少年は人々をみまわす。同郷の人がいじめられているんだ。たった一人じゃないか。どうしたんだ。（二一三頁）

万に一つもチビ外人に敗けるはずがない。どうして喧嘩しないのか。少年は不思議がる。味方が百人もいるのに。（二一六頁）

何も文句を言わず、手を出さず、じっとしておけば、すべてが丸くおさまる。これは絶対の自信になっている。自分が耐えればうまくおさまる。手綱もちも耐える。周囲の人々も耐える。何も苦痛ではない。（二二一頁）

一人と残らず、めくらめっぽうに暴れろ。少年は思った。なら、僕も暴れる。少年は大開きのチビ外人の口に大きな石でも強引につっこみたくなる。石。そうだ、石を牛に投げ、暴れさせ、外国車を壊してやろう。徹底して壊せば、もはやチビ外人も文句は言わないはずだ。石を探した。

一個もみつからない。残念がる反面、わけのわからない安堵感が出た。入念に再び探す気はない。群衆の無力さは子供にも劣る。（二二二頁）

事なかれ主義的に場がおさまることへの「絶対の自信」は、手綱持ちの青年を含めた〈大人〉たちに共通のものとして〈少年〉に感知される。アメリカ人の振舞いに納得がいかなくとも、暴力を含んだ行動を起こさない〈大人〉たちは、作品内の時間である一九五八年と、一九七〇年の〈差〉を内包している。一九七〇年一二月二〇日未明の「コザ反米騒動」[24]は、糸満で発生した轢殺事件処理への不満や毒ガス兵器備蓄への抗議が重なり、民衆を主役として発生した。一方、一九五八年を明確な舞台とする「カーニバル闘牛大会」では民衆による暴動は選択されない。代わりに、軍用地問題の高揚と一応の解決、キャラウェイ高等弁務官の「自治は神話」たる発言が示す抑圧された沖縄の戦後の歴史そのものが、〈少年〉の歯がゆさとして記されるのである。

牛の角による接触事故（事件）は、米人のマンスフィールド氏が登場し、住民の訴えを聞き入れ「チビ外人」に非を認めさせることで決着がつく。しかし〈大人〉たちが「マンスフィールドさんと一定の距離をお」（二二七頁）き、「やっと聞きとれる方言から、一様に安堵はしているが、あたりまえのすじみちで、特に喜ぶほどのもんでもない平然さが察せられる」（二二七頁）のを見て、「これらの人々も、マンスフィールドさんをきっと不気味に思っているのだ」（二二七頁）と〈少年〉は考える。「不気味」なアメリカの抑圧者としての地位は揺るがないのである。

岡本恵徳は「従来の作品が、米兵と沖縄人の対立する状況を描くとき、視点が沖縄人の側におかれるために結果として米兵の描き方が画一的になることが多かったのに対して、この作品はその弊を免れている」[25]と指摘するが、ここでさらに注目すべきは〈少年〉の志向する対象であるだろう。

> 外人が闘いをいどむなら、いつでもうけて立つという牛の内心は、黒い巨体をぶるんぶるんと大きくゆすっているしぐさから察せられる。目は黒く澄み、うるおっている。常勝の者の目。白負と自信にささえられた目。真の勇者のもつ、やさしい大きな目。そして角。無敵の象徴。この世のいかなる強敵にも絶対の自信でたちむかる《ママ》、この土色がかった白い固い角だ。少年は牛を見、漠然とだが、そのように感じた。まわりに大勢、寄り集まっている人が、幼児のようにみえた。劣等で非力にみえた。（二一四頁）

沖縄の文化に根づく闘牛[26]は、〈少年〉にとって「真の勇者」、「無敵の象徴」であり、対して〈大人〉は「劣等で非力」なものとして映る。米兵と沖縄人の対立関係のみを捉えるのではなく、内部へと向けられたまなざしは、〈少年〉に「小さい時から昼夜、懸命に育てたはずの牛を、負けたから牛肉にしてしまう飼い主の心情がしれなかった」（二一五頁）と思わせている。さらにテクストでは、〈少年〉の憧憬の対象ともいえる闘牛への、〈大人〉の仕打ちへの違和感が、牛を支配する〈大人〉、さらに支配するアメリカ人への屈折した感情と重なりながら表出される。

あの時、マンスフィールドさんは怒るべきだったと思う。血をしたたらしてまで、闘わす手綱もちや飼い主や、大会主催者を、興味深くみている観衆を、その闘っている闘牛をさえ。今、このチビ外人を怒るより、あの時、怒っていたほうが、より自然だと思う。又、同国人を怒るより外国人を怒るほうがすじが通っていると思う。（二二六頁）

〈少年〉のまなざしは米国という客体を捉えるだけでなく、自身が身を置く沖縄の内部へと志向される。占領自体への違和感と、自らの内部への違和感を〈少年〉の視座は提示する。それは施政権返還による米軍統治を終えた時代に書かれたテクストの示す客観的な視点ともいえるだろう。〈少年〉の視座が文学作品として表象されており、その意味で単線的な視座を拒絶し、複層的な沖縄の相を描く作家として、初期の又吉栄喜を位置づけることができる。

四、〈少年〉の視点——視点人物における「外部」

「パラシュート兵のプレゼント」にはスクラップ拾いをする少年たちが描かれ、また戦後に生まれ戦争未体験者である〈少年〉＝〈僕〉の視点が用いられている。

ある日、少年たちは米兵のパラシュートの降下訓練に直面、隊から離れて降下してしまった米兵に出会う。その時、〈僕〉はその米兵が死んでいたら、と考える。「死んでいたらなあ。帽子も多くのバッジも手に入るかもしれない。パラシュートの布だって、紐だって。絹だから女たちは喜ぶだろう。米兵は不気味だ。ふと、思う」（一二九頁）とあり、「不気味」とされる米兵の死を通して〈戦利品〉が手に入ることを望むのである。〈僕〉やリーダー格のヤッチー、行雄たちにとって米軍の放出するスクラップは、「部落近くには爆弾は落ちてこないが金網をこえて破片はよく飛んできて、「懸命にそれらを探し、奪いあう。大人のこぶし大の固まりを手の平にのせた時の重量感はなんともいえない」（一三九頁）〈僕〉たちの身近なところに、米軍は存在しているのだ。(27)

パラシュートが白く大きくひらき、果てもしれない青い空からゆっくりおりてくるさまは見事だった。授業中の窓からも数回見た。そのような時、僕らの騒ぎを怒ってしずめる本島出身の若い男の先生がいまいましかった。ますます、授業なんてくだらんと僕は思った。しかし、それにもまして実弾投下に僕らは魅力を感じた。（一三八頁）

戦後に生まれ、基地という空間を所与のものとして受け入れる（受け入れざるをえない）視点人物の〈僕〉をめぐっては、米軍への拒絶感よりも「魅力」を感じる心性が示されている。しかし、〈僕〉は沖縄が簡単に米軍を受け入れはしない。米兵による訓練はベトナムの戦場に直結している。〈僕〉は沖縄がかつて戦場であったことを忘却しているわけではない。

一般にガード兵は用心深いのか、僕らを軽蔑しているのか、僕らとなかなかなじまない。あの、でかい鼻のガード兵に限らない。かわいそうだと感じる。（中略）あのソーメン箱の頭蓋骨をガード兵につきつけ、ガード兵と頭蓋骨を交互に指さし、ユー、セイム、ユー、セイムと押し殺した声で言い、お前もやがてこんなになるぞとおどかしたいと、僕は何度もあの時、思った。（一四六頁）

固有名の無い一般化されたガード兵との出会いが、ここでは沖縄戦をめぐる〈怒り〉として現われている。未だに残る沖縄戦の痕跡を、無名のガード兵に向けて「お前もやがてこんなになる」のだと迫りたい衝動。同時に〈僕〉は沖縄の地が、ベトナム戦争と地続きであることを感じてもいるため、無名のガード兵の死が沖縄戦と関連づけられる。

訓練途中に怪我を負い、〈僕〉たちが助けた米兵には「チェンバーズ」という固有名が与えられている。固有名を持つ兵士との出会いは、個別的、具体的な感情を〈僕〉たちに喚起することになる。(28)〈僕〉は固有名のある米兵に心的な接近さえ示すのである。

カルフォルニアにいるチェンバーズの妻や子はチェンバーズからの送金で生活している、と二時間ほど前、僕らがチェンバーズを待っている間にヤッチーが話した。チェンバーズは僕らが考えていたように金持ちではないようだ。チェンバーズの両親は二人共、チェンバーズが幼少のころに、病死している。チェンバーズ、元気をだせよと僕はなぐさめてやりたい。英語が話せたらと思う。ほかの米兵たちは陽気で生き生きとしているのに。むしろ、乱暴でさえあるのに。チェンバーズはおくびょうなのかな。僕は茶碗酒を口に少しふくんだ。にがい。しかし、ゆっくり喉におとした。喉が熱く、ただれるようだ。（一六七頁）

支配者の側にあり、交わることなき〈他者〉として認識されるのではなく、一般化された無名の米兵から距離の置かれた、「おくびょうなのか」と心配される個別の米兵が描かれるところに、本作の特徴が見出せる。それは圧倒的な力を誇示して沖縄を支配した、とりわけ土地の収用や島ぐるみ闘争、瀬長亀次郎市長への弾圧などが表面化した一九五〇年代の様相とは一線を画している。カービン銃を持ち、住民に威圧的に対峙する米兵の一般化された抽象的な姿ではなく、ここでは〈僕〉のまなざしにより輪郭が付与されているのである。

それはまた米国、米軍の変容のためでもあるだろう。宮城悦二郎は「沖縄住民の自治権拡大への要求は、アメリカによって次々と容れられてきた。しかもそれは、アメリカがすすんで妥協した結果ではなく、多くの場合は住民からの圧力の結果であった」[29]との米国紙の記事内容を報告している。一方、ベトナム戦争においては「軍事的勝利をうることができないことは誰の目にも明らかになりつつあ」

り、戦争の際限ない拡大は国内の反戦運動を増長させ、「アメリカのベトナム政策を足元からゆさぶりはじめた」のであった。(30)

自治の拡大と、アメリカのベトナム戦争からの後退という出来事が、本作の〈僕〉の持つ背景として指摘できるだろう。〈他者〉としてではなく、個別の人間へと向けられたまなざしが「パラシュート兵のプレゼント」には示されているのだ。

ところで、〈僕〉たちの村には聖域として「泉」が存在した。「蘇鉄の群生している崖っぷちを海岸におりる途中の大きな岩の割れ目」(一三四頁)にある共同体の「泉」の湧水は、旱魃が起きても涸れない。そこは中学三年になるマサコーたち女性が水浴びをするための「泉」であり、〈僕〉にとっては性的なものと紐づく場所であった。チェンバーズを助けた代わりに、〈僕〉の村には、ジープいっぱいの砲弾の殻が運ばれた。チェンバーズは翌日、嘉手納基地に移動し、ベトナム戦争へと出立するのである。

チェンバーズはまちがいなく泉を気にいるにちがいないのだ。ヤッチーに言ってもらおう。ヤッチーは賛成するだろう。チェンバーズにプレゼントしようと危険な思いをして芋畑に入ったんだから。そして、今さっき、酒にもさそったんだから。(一七七頁)

チェンバーズのアメリカでの生活や家族構成を知り、親密さを抱く〈僕〉にはチェンバーズによる善意ばかりが感知される。「泉」は共同体の聖域であり、また思春期の〈僕〉をめぐる性的な象徴でもある。それをチェンバーズに教えることを、リーダー格のヤッチーは「それやならんろ、誰にもいうなよお、わかるな」（二七八頁）と、語気を強めて厳しく拒絶する――ここでは沖縄での米兵による女性暴行事件を想起することも可能だろう。米兵としてベトナムに派遣され、戦わねばならないチェンバーズは、個別化されてもなお、〈他者〉でしかないとヤッチーは判断するのである。共同体内部にある涸れない「泉」は、彼らの生活の根源であり、また性を含む存在、さらには生命を象徴するものなのである。固有名を持つチェンバーズへの親和性を表層的なものとして切り捨て、「泉」に示される内部への通路を拒絶するヤッチーの態度に、やがて〈僕〉は戸惑いとともに、「何かほっと」（二七八頁）した理解を示す。

「外部」のものとして拒絶されなければならない一線をヤッチーは意識する。そこには沖縄戦の爪痕が潜在化しているのである。これまでみてきたように、沖縄の戦後史はアメリカによる与奪の両義性によって成立した側面がある。〈与える者〉として現われながら、また〈奪う者〉として強権を発動するのである。ヤッチーが拒絶する背景には〈奪う者〉としての米国、米兵がある。彼は仲間内では英語を上手く話す人物であるが、個別化されたチェンバーズへの共感は拒否した。そのヤッチーを〈僕〉は否定することができない。拒絶された共感の重みを捉えなおす可能性を「パラシュート兵のプレゼント」は示しながら、その不可能性の淵で物語は終わるのであった。

五、施政権返還後の沖縄の文学

又吉栄喜の初期作品群において重要な役割を果たしたのは「少年の目」であった。〈少年〉のまなざしによる〈大人〉への違和感が描かれ、それは同時に占領状況を内在化し所与のものとして受諾する共同体への違和感としても発せられていた。

「カーニバル闘牛大会」では、「闘牛」文化を見る〈少年〉のまなざしと〈大人〉たちの打算が対立した。闘牛を「無敵の象徴」として憧れる「少年の目」には、闘牛文化を牛耳る〈大人〉は「劣等で非力」な存在として映った。アメリカ／沖縄の対立的な構図に拘泥しない〈少年〉の思考は、自らの内部（村落共同体）へと向けられ、違和感として表明されたといえる。この内部への違和感は、一九七〇年代という沖縄の転換期とともに前景化している点が、又吉作品の特徴といえた。ベトナム戦争における米軍の後退、コザ騒動における民意の爆発、それらを経験した後だからこそ、戦後の沖縄史を客観化しうる視座において、内部への違和感としての感触を持ちえたのである。

「パラシュート兵のプレゼント」では、沖縄戦と連続するものとしてベトナム戦争が捉えられ、そこに登場するパラシュート兵としての米兵の承認の可能性と拒絶が描かれた。ここでも〈少年〉＝〈僕〉のまなざしにより、共通認識を抱きうる善意的な存在の米兵が描かれながら、それはまたヤッチーという〈少年〉によって厳しく拒否された。

戦後の沖縄の文学は〈アメリカ〉との接触を無しに成立することは不可能であり、それは多様な物語として生成されてきた。施政権返還にあたって、その影響を受けた作品は、岡本恵徳のいうように一九七〇年代半ばを過ぎてから登場してくるという側面があった。(31) 又吉栄喜もそのひとりであり、その初期作品群には、米兵を視点人物に据えた「ジョージが射殺した猪」のようなラディカルな作品もある。それは、ここで指摘したベトナム戦争を通しての米国の後退、施政権返還という出来事が複層的に織りなす接触点で書かれたものだと理解できるだろう。施政権返還後という時点に登場した文学作品の動向として、初期の又吉作品は「少年の目」を用いながら、アメリカ兵を捉えなおし、また沖縄の内部へと志向したものとして位置づけることができるのである。

注

(1) 中野好夫、新崎盛暉著『沖縄戦後史』(岩波新書、一九七六・一〇、五頁)

(2) 鹿野政直は「一九四八年の朝鮮半島での分断国家の成立、翌四九年の中華人民共和国の成立に伴う、極東での冷戦の激化を受けて、基地としての機能への注目が高まり、沖縄を復興させようとする動きが急速に起ってきます。それだけに、沖縄の「近代化」政策は、その「要塞化」政策と表裏一体の関係で進行することになります」(「戦争と占領を衝く」『沖縄の戦後思想を考える』岩波書店、二〇一一・九、二五頁)と述べる。

（3）もちろん、沖縄の戦後史をこれだけのトピックで語ることはできない。例えば先の『沖縄戦後史』では一九七二年の施政権返還までを九区分し、多角的視野で語っている。

（4）「黒ダイヤ」に関しては、例えば目取真俊が「米民政府時代の文学」（『岩波講座 日本文学史』第一五巻、岩波書店、一九九六・五、一九四頁）において、仲程昌徳が「「アメリカ」のある風景──戦後小説を歩く」（『アメリカのある風景──沖縄文学の一領域』ニライ社、二〇〇八・九、一四三頁）において、戦後の沖縄文学の嚆矢であると指摘する。

（5）仲程昌徳「「アメリカ」のある風景──戦後小説を歩く」（『アメリカのある風景──沖縄文学の一領域』ニライ社、二〇〇八・九、一四一頁）

（6）江島寂潮「道草」（『月刊タイムス』一九四九・七、三二頁）

（7）前掲（5）書、二四三頁

（8）嘉陽安男「美原オトの場合」、長堂英吉「我羅馬テント村」とともに『新沖縄文学』（二四号、一九七三・六）に掲載。

（9）本論で扱う又吉栄喜は施政権返還後の作家という位置づけになる。岡本恵徳は「文学の面には、こういう施政権返還後の急激な変化は直ちには現われてはいない」と指摘し、一九七三年の「琉球新報短編小説賞」（又吉の受賞は第四回）、一九七五年の「新沖縄文学賞」や、他に「九州芸術祭文学賞」の設立も重なり、「一九七五年頃より後はさまざまな傾向をもった新しい書き手たちが数多く登場する」と述べる（「「沖縄返還」後の文学展望」『沖縄文学の情景』ニライ社、二〇〇〇・二、一七、一八頁）。

（10）ベトナム戦争によるアメリカ経済の疲弊は沖縄の基地経済の弱体化をまねき、「これを機会に基地依存の体質からの脱却を目指して一九七四年四月、コザは「沖縄市」に移行、街の活性化を試みる」（「白黒街──根強い人種差別」琉球新報社編『ことばに見る沖縄戦後史パート②』ニライ社、一九九二・三、一〇六頁）。戦争そのものによる軍の疲弊もさることながら、人種差別など多くの問題が絡み、弱体化をみせたといえる。

（11）又吉栄喜「カーニバル闘牛大会」（『琉球新報』一九七六・一一・七／第四回「琉球新報短編小説賞」受賞）
（12）又吉栄喜「パラシュート兵のプレゼント」（『沖縄タイムス』夕刊、第一回新進作家シリーズ、一九七八・六・一九〜二二、二四、二六〜三〇、七・一、三〜八、一〇〜一五、一七〜二〇（二七回連載、画・金城規克））
（13）引用には「カーニバル闘牛大会」、「パラシュート兵のプレゼント」ともに『パラシュート兵のプレゼント』（海風社、一九八八・一）を用いた。
（14）宮城悦二郎「文化政策の流れ」（『沖縄占領の27年間――アメリカ軍政と文化の変容』岩波ブックレット、一九九二・八、四九頁）
（15）『朝日新聞』（東京版、一九七〇・一二・二二）
（16）又吉栄喜、山里勝己「「沖縄」を描く、「沖縄」で描く――『豚の報い』をめぐって」（『けーし風』一九九六・一二、二二一〜二二三頁）
（17）「憲兵闖入事件」（『沖縄公論』一九八一・五）
（18）「島袋君の闘牛」（『青い海』一九八二・一二）
（19）仲里効「インタビュー・又吉栄喜ワールド――アメリカの影と沖縄の基層」（『ＥＤＧＥ』創刊号、一九九六・二、四三頁）
（20）仲里は「「外部」を取り込んだ」他に「アメリカ占領下のバーやキャバレーなどの風俗を生きる女たちの生きざまによって、アメリカと沖縄、男と女の関係などがあぶりだされていく系列」や「青年の目」、さらに「アメリカの影」を挙げ、又吉文学の特徴としている（前掲（19）書、四三〜四四頁）。
（21）「ジョージが射殺した猪」（『九州芸術祭文学賞作品集 1977〔8〕』九州文化協会、一九七八・二、後に『文學界』一九七八・三）
（22）前掲（16）書、二二三頁

(23)岡本恵徳「受賞作解説」(『沖縄短編小説集――「琉球新報短編小説賞」受賞作品』琉球新報社、一九九三・九、三六一頁)

(24)ここでは高嶺朝一の記した「コザ反米騒動」(『知られざる沖縄の米兵』高文研、一九八四・五)を参考にした。

(25)岡本恵徳「又吉栄喜『カーニバル闘牛大会』――米人の新たな描き方の出現」(『現代文学にみる沖縄の自画像』高文研、一九九六・六、一五一頁)

(26)闘牛の文化は、例えば、明治四〇年四月二七日『琉球新報』に掲載された大工廻盛安による連載「本県家畜の沿革」(六)において、「牛闘」として紹介されている。また東アジアに広がるネットワーク上に闘牛を捉える視点がある(桑原季雄、尾崎孝宏、西村明「東アジアにおける闘牛と「周辺―周辺」ネットワークの形成」『南太平洋研究』二〇〇七・一参照)。

(27)米兵と沖縄の人々をめぐる事件としては、例えば、一九五九年一二月二六日、金武村のキャンプ・ハンセンで弾拾い中の農婦を米兵が射殺し「イノシシと間違えて撃った」と供述、一九六〇年一二月九日には三和村で米人ハンターが老人を射殺、一九六一年二月一日、伊江島米軍射撃演習場内で弾拾いをしていた男性が射殺されるという事件が発生している。

(28)例えば、第五回「琉球新報短編小説賞」の受賞作である中原晋「銀のオートバイ」は、政代という「ハーニー」と呼ばれた女性への偏見や既成概念の破壊をめざしており、また第八回受賞作である比嘉秀喜「デブのボンゴに揺られて」は、視点人物「健二」の眼をもって「復帰」前後の沖縄を、米軍を退役してクリーニング店を営むフレディの生き方と重ねる形で描いていた。中原「銀のオートバイ」が示した典型化された問題の多角的な視点や深化、個別化される米国兵の記述など、一九七〇年代以降の沖縄の文学の固有の題材を提示していく。

(29)宮城悦二郎『占領者の眼』の第五章「復帰と自由使用基地」における、『シカゴ・トリビューン』紙(一九六八・六・四）の記事（サミュエル・ジェイムソン「弱まるアメリカの支配体制」）による（『占領者の眼——アメリカ人は〈沖縄〉をどう見たか』那覇出版社、一九八二・一二、三〇六頁）。

（30）前掲（1）書、一六七頁

（31）前掲（9）書、参照

第八章 又吉栄喜「ジョージが射殺した猪」論
――〈模倣〉と〈承認〉による「米兵」化をめぐって

一、原体験をめぐるアメリカ／「米兵」

又吉栄喜の「ジョージが射殺した猪」は、一九七七年度の第八回「九州芸術祭文学賞」を受賞した。本文学賞は「一九七〇年九州文化協会・九州各県・各県教育委員会などが主催する九州芸術祭の一貫として設定され」、「当初九州沖縄文学賞であったが、七六年第七回から九州芸術祭文学賞と改称」[1]、最優秀作品は『文學界』に掲載される。[2]本作は、『ギンネム屋敷』（集英社、一九八一・一）に所収され、二〇一九年には燦葉出版社から『ジョージが射殺した猪』として刊行された。[3]「ジョージが射殺した猪」は、米兵の視点を用いて描かれている。視点人物の〈ジョージ〉は徴兵を受けた若い米兵であり、ベトナム戦争へと派遣される自らの境遇に苦悩するのであった。

又吉は佐藤モニカとの対談において、小説構成における「起承転結」[4]について言及している。本作でも「起承転結」が意識されていると思われ、四つの構成をとっている。すなわち〈ジョージ〉の〈仲間による沖縄のホステスへの暴行〉、〈女とホテルに行き直面する自己嫌悪〉、〈黒人街に足を踏み入れ白人が受ける暴力〉、そして〈猪に見立てた沖縄の老人の射殺〉の四つの場面である。視点人物〈ジョージ〉は、仲間との間に身体的な劣等感を抱いている。アメリカ人であり、兵隊でありながら、「強者」ではなく「弱者」として沖縄の地にある。

又吉は「僕の原体験には、軍作業員やAサインバーのホステス、基地のメイド、そういった人々を含めての「米軍的世界」が原風景として定着している」[5]と述べる。この「原風景」について、浦添市城間を中心とした「半径2キロの狭い円内」だとする又吉は、「創作の9割以上が浦添から発想」されたと発言している。[6]その「半径2キロの狭い円内」にキャンプ・キンザーや屋冨祖通りがあり、本作ではその屋富祖通りに存在したAサインバーが舞台地として設定されている。又吉は「原体験」「原風景」をめぐり、「戦争に行きたくないのか、集落の電柱にしがみつき、泣いている米兵もいた。この米兵はどこからともなく現れた仲間の米兵に諭され、肩を落としたまま夕暮れの中を米軍基地の方に消えていった[7]」状況を目撃したと報告し、さらに「自分の体験や周辺を書くのが小説だとすれば、良くも悪くも米軍、米兵は私の人生とからんでいる。必然的にテーマになっている[8]」と述べている。

「九州芸術祭文学賞」において、「ジョージが射殺した猪」は沖縄県の地区選考委員である大城立裕、[9]宮城聡、岡本恵徳の評価を得て、最終選考委員の秋山駿、五木寛之、森敦、荒木精之、豊田健次によって最優秀作品に選ばれた。秋山駿は「視点のユニークさと、文章の鮮かさ[10]」を評価している。

本作では、米兵をまなざす沖縄人ではなく、沖縄をまなざす米兵が設定されており、岡本恵徳は「ベトナム戦争の激しくなる中で前途に希望も持てず、そのうえ身体的なコンプレックスを抱く米国の下級兵士を主人公に設定することによって、普遍的な主題を作品化した」[11]と述べ、マイク・モラスキーは「手の届かない無敵の占領者、というステロタイプなイメージを瓦解させ」[12]たと指摘している。「ジョージが射殺した猪」は発表直後から「被害者と加害者の関係が逆転」[13]していることへの評価があるが、又吉は、高良勉が指摘した「コペルニクス的な展開」という評言[14]を幾度かとりあげている。また射殺される「老人」[15]についての、作品では語られなかった「物語」に関しても後に何度も言及する。

本論では、先に発表した拙稿[16]における不十分な点をふまえながら、視点人物〈ジョージ〉の有り様についての考察を中心に行いたい。

二、新兵〈ジョージ〉の位相――相対化される〈被害/加害〉の構図

「ジョージが射殺した猪」は、岡本恵徳が指摘するように、一九六〇年一二月に起きた「本島南部の三和村でハンティング中に「獲物と間違え」て農夫を射殺する事件」[17]を参照している。この時期の沖縄では、金武村キャンプ・ハンセンで弾丸拾いをしていた農婦が、米兵に猪と間違えられて射殺さ

れた事件（一九五九・一二・二六）など、米兵による発砲事件が多数発生している。したがって、「ジョージが射殺した猪」は、ある一点の時間に焦点を当てるのではなく、ベトナム戦争が遂行されていた期間を視野に構成されているといえる。そして視点人物〈ジョージ〉の揺らぎに象徴されるように、あるいはベトナム戦争での戦闘を眼前に控えた兵士たちの生への欲動をめぐる戦死の恐怖の反動として、植民地的沖縄への暴力が表出されるのである。ここに基地支配が含有する戦時的な暴力の痕跡を見出すことができるだろう。一方で、本作『文學界』版では「つい最近、〈太陽光線が反射して信号灯も歩行者もみえなかった〉といい通しただけで、事実、青で横断歩道を渡っていたらしい中学生を轢殺していながら無罪になった事件もあるのだ」（一四四頁）という記述があり、これは一九六三年二月に起こった事件を参照しているが、単行本所収の際に削除されている。

幾重にも重なる戦時性を帯びた暴力の構造下にある沖縄において、本作では米兵が視点人物に設定される。しかも先の高良の指摘が示すように、権力・暴力を有する強者としての米兵ではなく、自らの位相を確かめえない、揺らいだ存在としての米兵が設定されている。〈米兵＝強者／沖縄県民＝弱者〉という二項対立の単純な構図は用いられず、米兵（軍隊）内部の〈被害／加害〉関係に焦点を当て、また沖縄のホステスから排除される〈ジョージ〉を描くことで、あるいは米国における人種的な差別対象としての黒人からの、さらなる暴力・差別対象になることで、加害者の中の〈被害者〉が掘り出されていくのである。つまり本作では、〈加害／被害〉という図式が相対化されているのだ。

ではその相対化が本作に何をもたらしているのだろうか。

又吉は少年時代に見たキャンプ・キンザーの米兵を記憶しており、抽象的な存在から具体的な存在をもって意識される多様な姿を報告している。[18]そこには戦争を忌避して泣いている米兵や、ハーニーをめぐって対立する米兵などの姿がある。これら米兵が「巨体」として作品に描かれたものもある。例えば、「いつのまに、巨大なマンスフィールドさんが人々をおしのけて、輪の中に出てきた」[19]（「カーニバル闘牛大会」）、あるいは「拳銃はもっていないが、巨体は牛よりも威圧感があった」[20]（「闘牛場のハーニー」）という描写の中に、米兵の身体的特徴が見出されていく。さらに、前章で述べたように「カーニバル闘牛大会」では、闘牛に自動車を傷つけられ、執拗に怒りつづける米兵は、「やけに鼻の大きい、その鼻さえ見なければ沖縄人とみまちがう、南米系らしい小柄な男」＝「チビ外人」として捉えられ、その怒りの根源を「いつもはいじめられているのではないだろうか。そのうっぷん晴らしではないか」というように、視点人物は基地内での米兵の立場を想像している。[21]この「いじめられている」可能性の示された南米系の米兵は、「ジョージが射殺した猪」の〈ジョージ〉にも投影される。「ナイーブな新兵」「戦争不適合者」[22]とされる〈ジョージ〉は、アメリカにおける「軍事選抜徴兵法」（一九六七年）をもって召集された米兵と推測され、それゆえ自らが「米兵」に〈なる〉ことに固執するものとして描かれる。

この〈ジョージ〉の見つめるのが、同僚のジョンやジェイムズであり、また「山男」と呼ばれるベトナム帰休兵である。「基地内ではともかく、いったん基地外に出ると数限りない暴行を犯す」（一二六頁）とされる暴力主体の「山男」同様に、同僚も沖縄のホステスに暴行する（〈仲間による沖縄のホステスへの暴行〉の場面)。一方、〈ジョージ〉はこの暴力主体者の支配構造――Aサインの営業許可を盾にした経済的支配構造において、前には出られない。

ジョンとワイルドはだいぶ冷静になっていた。それでも、ふいに高笑いしたり、どなったりする。ジョージはいらだった。酒を女の顔にぶっかけたい、グラスやビンをウイスキー棚やフロアにたたき割りたい。何かしなければジョンたちに無力者よばわりされる。しかし、きっかけがつかめない。あまりに突飛だ。なぜ俺はみんながやる時、すぐやれないのだ。考えすぎるのか。(一三〇頁)

他に〈女とホテルに行き直面する自己嫌悪〉〈黒人街に足を踏み入れ白人が受ける暴力〉においても、〈ジョージ〉は自らを鼓舞しながら、行動できず〈被害者〉としての位相を与えられている。

俺は無力ではない。俺の射撃の腕を女たちが知らないだけだ。軍隊仲間は、しかし知っているはずなのに。なぜ俺を恐れない、馬鹿にしているのか、俺が本気になれないと思っているのか。(一四八頁)

やがて、黒人男たちはジョージの服のポケットをあさり、ありったけのドルを掠奪した。ジョージは目をあけなかった。二人の黒人がジョージの片足ずつをもちあげ、かん高い嘲笑の中をジョージは引きずられ、店の外にほうり出された。とうとう一人が笑いながらジョージの顔に小便をかけた。（一五六頁）

ここでは、戦時性を帯びた主体者として沖縄に君臨するアメリカが〈反転〉され、「女たち」に対する「無力」の可能性が内在される。さらに黒人との関係においては、〈ジョージ〉は、白人としての所与性を担保としたいが、身体的な劣等感、暴力を前にして、白人の優位性を保てずにいる。沖縄の本土復帰（一九七二年）、ベトナム戦争の終結（一九七五年）の後に書かれた「ジョージが射殺した猪」は、戦争を遂行する強者として米兵を捉えていない。基地のフェンスの〈向こう側〉を、若い米兵〈ジョージ〉が狂気に追い込まれる不気味な場所として感知しているのだ。ここでは「他者」「敵」「権力者」として一元化しえない米兵が発見されているのである。新兵〈ジョージ〉は身体的な劣等感をもちながら、米兵・白人兵が強者として君臨できる領域内において下位化される。このような視点人物を設定することで、〈被害／加害〉図式の相対化が試みられているのだ。そして〈ジョージ〉はこのジレンマからの解放を求める中で、「米兵」に〈なる〉ことを選択するしかないのである。

三、「米兵」化する〈ジョージ〉――〈模倣〉・〈承認〉

「ジョージが射殺した猪」の文体的な特徴として一文の短さを挙げることができる。以下に示すのはホステスとの売春行為の際の一文である。

女はセックスに熟練していた。裸体はまさしく中年だった。エミリーの顔がブルーフィルムに重なった。ジョージはすむと急に嫌気がさした。みんな酔ってるのだ、正気じゃない。俺もそうだ、正気じゃない。一体、俺を押し込めているのは誰なんだ、誰のしわざだ。こんな町に、こんな島に。ジョージはトイレに腰かけた。ベッドに裸のまま、あお向いて煙草をふかしているあの女か。けだるい疲労感がある。ふいに意識がもうろうとしたりする。（一四一～一四二頁）

ここでは〈ジョージ〉の内面は、カギ括弧を用いない、意識内在的な三人称で示され、そこに一人称（俺）が混在している。したがって日本語で書かれたテクストの読み手として想定される読者は、三人称的客観性と〈ジョージ〉の内面を同時に感受することになるだろう。

すべてのホステスがジョンたちを囲んで何かわめいている。嘆願しているようでもある。怒っ

ているようでもある。悲しんでいるようでもある。ジョージはよく知らない。（一二八頁）

〈ジョージ〉は沖縄のホステスの叫び、表情に対して「知らない」ものとする。理解を示すための動的姿勢はうかがえず、目の前の出来事に接近しない。

マスターらしきものの大声がきこえた。ジョージはふり向かなかった。ののしられている気がする。沖縄方言らしい。あの語気あの語調はたしかにののしっている。マスターは逃げる準備をしながら、こぶしをふりあげ、歯ぎしりしているだろう。（一三二〜一三三頁）

ここに示されているのは「沖縄方言」を含んだ日本語の拡充する空間からの距離でもある。米兵として、暴力主体側に位置する〈ジョージ〉は、沖縄における言語的空間から排除されていく。(23)一方で〈ジョージ〉はアメリカの母国語としての英語からも距離を置かれている。

こんな女になめられてはならない。はじめの十ドルでオールナイトと二人は約束したんだろう。どもり気味に言った。女は英語できかえした。ジョージより英語が流暢だ。ジョージは緊張した。たしかに十ドルでオールナイトとあなたは約束した。（一四四頁）

占領下における沖縄の二重構造、つまり〈男／女〉、〈白人／黒人〉、〈白人兵／ホステス〉、〈軍人／民衆〉、〈アメリカ／沖縄〉、〈英語／日本語・沖縄方言〉という〈支配／被支配〉の構造において、〈ジョージ〉は〈支配〉側には位置づけられない存在として浮遊している。この揺らいだ主体としての〈ジョージ〉に希求されるのが〈エミリー〉である。母国、マザーカントリーにいる（とされる）〈エミリー〉は、母国＝米国の換喩として存在する。[24]〈エミリー〉からの〈承認〉とは、母国からの〈承認〉であり、そのために一人前の「米兵」に〈なる〉必要性が生じるのである。

ベトナムで手柄をたてたと書けばきっとエミリーは返事をよこす、まちがいない。俺が出世しないのでエミリーはあいそをつかしているのだ。そうでなければエミリーから手紙のこないわけがわからない。俺が手紙を送ってからすでに六十七日にもなる。（一四三頁）

（ホステスに対して―引用者）ジョージはむかむかしだした。俺は国にエミリーがいるんだ、お前らに何がわかるもんか。（一四四頁）

〈エミリー〉の存在に依存することで自分を保ちながら、〈エミリー〉との相互関係は築けていない。ここにも〈ジョージ〉の内面の亀裂、揺らぎがある。米国内における下位化は、〈黒人街に足を踏み入れ白人が受ける暴力〉を描く場面での〈白人／黒人〉の力関係の転倒からも見出せるが、また自らの身体に対する自己認識からも抽出できる。

ジェイムズが俺を憎むわけは知っている。俺が小柄で貧弱だから。ジェイムズはいつなんどきでも俺にきこえよがしに言うんだ。軍人は体格が立派であるべきだと。なら、なぜ俺を軍隊なんかに引っぱったんだ。(一四三頁)

「小柄で貧弱」な身体をもち、「軍人」になることに葛藤しながら、「手柄をたて」ることで〈エミリー〉の〈承認〉を求める。〈ジョージ〉が立派な「米兵」になることが、米国人としての〈承認〉につながるのである。

「何度もめまいがする。そのようにしながら、敵もなく意味もなく実弾を撃つ、馬鹿らしいじゃないか」(一四二頁)と〈ジョージ〉は考え、「俺は無力ではない。俺の射撃の腕を女たちが知らないだけだ。軍隊仲間は、しかし知っているはずなのに。なぜ俺を恐れない、馬鹿にしているのか、俺が本気になれないと思っているのか」(一四八頁)と考えるのである。「射撃の腕」に自信を持つ〈ジョージ〉は戦争主体としての「米兵」になる可能性を内在している。その意味で、〈ジョージ〉は米兵を〈模倣〉することで、自らも「米兵」となりえる。さらなる「射撃の腕」、軍人としての錬成が、周囲からの認識の在り方を変える。そのために〈ジョージ〉は、規範となる米兵像――訓練の領域を越えた実戦による暴力主体として「殺人」を重ねる米兵像を自分の中に取り込むことで、幾重もの〈模倣〉による「米兵」像の完成を試みる。例えば、仲間によるホステスへの暴力行為に対して、〈ジョージ〉は「知らない」と否認しながら、一方で、「常にピストルやジャックナイフをポケットにしのばせ、基地内ではともかく、いったん基地外に出ると数限りない暴行を犯す」「山男」を「軽蔑していた」（二二六頁）。実戦経験が豊富な「山男」は、ここでは拒否される存在だった。ところが、〈エミリー〉に換喩化される母国からの〈承認〉関係のために、「俺が引き金を引けばみんな俺に一目おく」（二五七頁）という認識に至り、「山男」同様の行動を試みる必要性に対面する。自らが強い「米兵」として在るために、「山男」に象徴される暴力性を引き受け、〈模倣〉することで証明しようとするのである。

藤田雄飛は、その模倣論において「真の模倣は、意識されている限界を超えて拡散し全体的になる」というメルロ＝ポンティの指摘をふまえ、「模倣が刹那で終わることなく、私たちの生そのものの構造に新たな構造化を促す契機となりうる」と述べている。[25]〈ジョージ〉は、〈模倣〉を通して「新たな構造化」の地点に達するために、暴力主体となることを肯定する。それが〈エミリー〉＝母国からの〈承認〉であると認識されるからである。つまり、本作の構造においては、戦争・暴力行為を〈模倣〉することで、真の米国民になるしかない隘路に立たされた青年の人間性の破壊が捉えられているのである。

米軍・米兵は、ベトナム戦争における暴力主体であり、また沖縄における植民者ともいえる。〈ジョージ〉は、この両方の主体性から逸脱しているからこそ、暴力を遂行する能力を誇示したい。

沖縄のホステスや黒人から、他の米兵と同様の位相にまなざされることで〈模倣〉は成立する。したがって、現状において下位化される〈ジョージ〉は未完の状態にある。そして、言語、身体において下位化される〈ジョージ〉は、植民者（あるいは戦争行為者）として、決定的に傷つけられた存在である。なぜなら被植民者としてのホステスや米国において階層化される人種対象としての黒人から傷を帯びる、つまり〈被傷性〉を付与されることで、植民者としての位相から排除されているからである。「米兵」であることの〈模倣〉とは、この〈被傷性〉の回避を促す。

〔…〕模倣は暴力と支配の継続性、自らが支配主体であるという強迫的な思い込みの持続性においてしか成立し得ないものである以上、植民者は自らの模倣性がきわめて脆弱なものであることの被傷性を被植民者から気づかされることに怯える存在にほかならない。(26)

この指摘は〈ジョージ〉にも当てはまるように思える。自らが何者であるか、自らが自明視する米国民という同一性をめぐり、被植民者から言語や「米兵」としての存在そのものを問いとして提出される空間において、〈ジョージ〉は不安を抱えながらも、暴力主体として自らを同定せざるをえないのである。

四、前景化する〈老人〉の物語——自己同一化のための「射殺」

又吉栄喜は近年の執筆、講演活動の中で、自作に対する解説を述べる機会を増やしている。「海は蒼く」（「新沖縄文学賞」佳作、『新沖縄文学』一九七五・一二）、「カーニバル闘牛大会」（「琉球新報短編小説賞」受賞、『琉球新報』一九七六・一一・七）、「ジョージが射殺した猪」、「ギンネム屋敷」（「すばる文学賞」受賞、『すばる』一九八〇・一二）、「豚の報い」（「芥川賞」受賞、『文學界』一九九五・一一）は自他ともに認める代表作であり、言及も多い。

又吉は、本作に対して「気が弱く、繊細すぎる小柄な米兵ジョージは同じ部隊の兵士にも黒人兵にも沖縄の女にも侮辱され、暴力をふるわれ、戦争や軍人の何たるかもわからなくなり、しだいに精神の均衡を崩す」[27]物語だと述べ、〈ジョージ〉に関して「軍隊でいじめられている小柄なプエルトリコ系の兵隊を知っていたところから創造し」[28]たと語っており、「カーニバル闘牛大会」の「南米系らしい小柄な」「チビ外人」との類似性が指摘できるだろう。

ここで興味深いのは、近年又吉自身が「ジョージが射殺した猪」に登場する〈老人〉への言及を多く行っている点である。〈老人〉はフェンスという境界に近接した場所に依存する生活者であった。〈ジョージ〉によって感知される〈老人〉は、〈ジョージ〉による沖縄の認識の延長上に存在するに過ぎない。下位化される植民地的な環境において、また自らの存在の〈承認〉を得ていない〈ジョージ〉により、歪められた者として認知されてしまう一方的な存在といえるだろう。本作においては〈老人〉視点からの記述がない以上、〈老人〉が何者でどのような生活をしているのかテクストは示さない。ベトナム戦争が激しく行われていた時期が作品内の時間軸であることから逆算するなら、〈老人〉は沖縄戦を経験し、過酷な状況を生き抜いた存在として想像することができる。しかし、テクストはその痕跡を示すことなく、〈ジョージ〉による一方的な認識対象者として投げ出している。しかし近年の又吉自身の言及にふれると、〈老人〉には、沖縄戦による家族の喪失、反米思想、米兵への憎悪と、その米軍に依存した生活の矛盾といった問題が付与されていることが分かるのである。

この老人は沖縄戦で全てを失っている。家族も親戚も家も全て失っている。年もとっているし、ふつうの仕事はもうできません。だから、アメリカ人というか、米軍が憎くてたまらないんだけれど、アメリカ軍の、おこぼれというんでしょうかね、薬莢とかを拾わないと生きていけない、そういうジレンマがあるのです。(29)

ジョージは沖縄の老人(沖縄戦で米軍に肉親を殺され、反米思想を持っているが、薬莢拾いを最後の生活手段にしている)を差別どころか射殺し、カタルシスを得る。(30)

沖縄戦で家族全員亡くしてしまっているんです。歳も取っていて体も弱いので、普通の仕事に就けない。もちろん今のように年金制度もないので、生きるためには、憎悪しているアメリカ軍の訓練の、薬莢を拾って、その日その日を生きてるわけです。アメリカ軍を憎みながら、戦争を憎みながら、戦争の、何と言いましょうか、兵器に象徴されるもので生活をしている、そういう立場にあるわけですね。[31]

又吉は作品を書き直すのではなく、補完することで〈老人〉の存在に意味を加えていくのである。積極的な読み直しの機会を筆者自身が与えることで、本作にある基地の問題は、現在性を得ていくのである。沖縄に住む〈老人〉＝「猪」は、〈ジョージ〉の暴力の被害者として位置づけられる。〈老人〉を通して、沖縄の被害的位相の強度があらためて前景化する。本作のタイトルが「「猪」を射殺した〈ジョージ〉」ではなく、「ジョージが射殺した猪」である以上、形容されるのは「猪」＝〈老人〉となる。沖縄戦から長い時間を経た現在、この〈老人〉の物語を了解しうる読書空間も変化している。そこに加えられる又吉自身の沖縄戦の犠牲者という解説は、物語の可視化とともに〈老人〉をめぐる暴力の意味を具体化するのである。

本作では、この〈老人〉の無言の目線が強調されていた。〈ジョージ〉を射抜くような「目」であり、あらためて〈老人〉の「目」からは他者としての米兵への敵意が感知されるのである。

しかし、目は用心深くまばたきもしないでジョージの目をみつめている。きまって、そうだ。

〈クバ笠〉、檳榔の葉で編んだ円錐形の笠を決まって深かぶりしているが、しわだらけの猿のような顔、猿のような目、しかし動かない猿の目をジョージははっきりみる。（一五九頁）

にらみ敗けてはならない。ジョージも目をこらした。顔がこわばった。よそものめというあの目。俺は知っている。そんな目でみるな。あんたたちがそんな目でみないでも俺はこんな所にいたくないんだよ、しかたなくいるんだよ、どうしようもないんだよ。ジョージはわめきちらしたい衝動をおさえた。（一六四頁）

ここで〈ジョージ〉が感知した「目」は、占領者・強者として君臨する米兵としての同一性を揺るがすものである。その「目」から米兵としての自己が傷を受ける。〈老人〉の「目」は、無言のままに植民者を射抜くものといえるだろう。ここで〈ジョージ〉に過剰なまでに「目」が感知される理由は、強い米兵として存在するために、その「米兵」を〈模倣〉する自己に対して、〈被傷性〉を与えるものであったからだ。それはベトナム戦争下での幾重もの支配構造における〈ジョージ〉の弱者の位相を暴くものである。

〈ジョージ〉はジェット戦闘機の整備音などから「耳鳴り」（一五八頁等）を受けている。また「不眠症」（一六二頁）でもあった。

恐怖、憎悪、あっとジョージは今、気づいた。敵の目だ。黒く貪欲な目、恐怖と憎悪にみひらいている目、ベトナム人の目。皮膚の色、体のかっこう、ゲリラ。俺の敵はあのような人間なんだ。（一五九頁）

追い込まれている〈ジョージ〉は、〈老人〉を「ベトナム人」＝「敵」と見なす。さらに「今しがた俺がみたもの、あの金網の陰にひそんでいたもの、あれは人間じゃない。ジョージは自分に言いきかせた。獲物だ。餌を探しに来た猪、粗い毛が全身にはえ、鋭い牙をもつ獣、ぶたに似た獣にちがいない」（一六三頁）という認識から「猪」と見なしていくことで、射殺する自分を肯定することになる。その上で「なあんだ、人間の命は簡単なんだ」（一六四頁）という思いに至り、弾丸を発射するのである。人間を「射殺」することで〈ジョージ〉は暴力を〈模倣〉した存在となるが、「しかし、動悸は消えない」（一六六頁）。ここで重要なのは、この出来事が米兵による殺人事件なのではなく、「米兵」に〈なる〉ための、同一性確立のためのものであったという点である。又吉自身が述べる〈ジョージ〉の「狂気」[32]、それは自身の人間性を破壊するものだろう。そのうえで〈被傷性〉を回避しながら「米兵」になることでしか自らの同一性を〈承認〉されえない空間に追い込まれた若い「米兵」として、〈ジョージ〉は描出されているのである。

五、〈被害／加害〉構図の細分化

半径二キロに広がる原風景の中で受容された又吉栄喜の体験が、本作創作の核となっていた。強者として沖縄に君臨する米兵の中に、人間的な弱さを見出し、〈被害／加害〉という視点を逆転した「コペルニクス的な転換」という指摘を引用しながら、自作について述べる機会をもつ過程で、〈老人〉の存在が重視されていった。

米兵を一元的な強者として捉えるのではなく、内部のマイノリティ、支配者側の病みに焦点を当てた点で、本作は評価されるべき作品であり、また米兵と住民の間に横たわる米軍基地のフェンスをずらすことで、〈ジョージ〉を弱者の側に配置し、そこに発生する人間性の破壊を焦点化していた。

一方で、無言の被害者としての〈老人〉の死は、戦時下において生じる暴力として、一九五〇年代から六〇年代に数多く発生した米兵による射殺事件を想起させ、その連続性を内在する象徴的な出来事としてテクストに刻印される。この〈被害／加害〉という関係の〈加害〉の部分を細分化し、さらなる〈被害／加害〉の構図を用いることで、〈ジョージ〉の非人間的環境における米国民、「米兵」としての〈承認〉の心理と行動が見出された点を本論では導いてきた。

権力構造における弱者の側に由来する暴動のような暴力の回路を有しながら、〈エミリー〉＝米国の〈承認〉のために、自らが「米兵」である根拠を証明する過程に破裂する〈模倣〉された強者としての暴力。フェンスの内側に閉じ込められる中で、「米兵」としての訓練＝殺人を肯定してしまえるまでの非人間的な側面を〈ジョージ〉が有する経過を、本作は描いているのである。

注

（1）浦田義和「沖縄の現代小説」（『沖縄文学全集』第八巻、国書刊行会、一九九〇・八、三二三頁）
（2）又吉栄喜「ジョージが射殺した猪」は『文學界』一九七八年三月号に掲載された。
（3）本論の引用には燦葉出版社版（二〇一九・六）を用いた。
（4）又吉栄喜（聞き手・佐藤モニカ）「すべては浦添からはじまった」（『すべては浦添からはじまった――又吉栄喜文庫開設記念トークショー』浦添市立図書館、二〇一八・九、九頁）
（5）又吉栄喜、山里勝己「「沖縄」を描く、「沖縄」で描く――『豚の報い』をめぐって」（『けーし風』一九九六・一二、二一～二二頁）
（6）前掲（4）書、二頁（注記5）
（7）又吉栄喜「米軍基地と文学」（浦添市移民史編集委員会編『浦添市移民史　本編』浦添市教育委員会、二〇一五・三、五五四頁）。他にも又吉は、「真っ昼間から酔い潰れ、真夏の直射日光の下、道の真ん中に寝ている米兵」、「民家の豚小屋を壊し、足が糞まみれになりながら豚を外に逃がし、「フリー、フリー」と何か自分に言い聞かせるようにこぶしを突き上げる黒人兵」について報告している（「小説が語る後世への伝言」『団塊世代からの伝言』燦葉出版社、二〇一六・九、三六頁）。
（8）又吉栄喜「小説が語る後世への伝言」（『団塊世代からの伝言』燦葉出版社、二〇一六・九、三七頁）

（9）大城立裕は「ネジの会」で活動をともにした画家安谷屋正義の「望郷」（一九六五年）に描かれた孤独な米兵の姿を評価し、「又吉栄喜の「ジョージが射殺した猪」（一九七七）を、米兵に被害者を見た最初の作品だとして、私は高く評価しているが、それより一二年も安谷屋の「望郷」は早かった」（「土着への道」『光源を求めて――戦後五〇年と私』沖縄タイムス社、一九九七・七、一〇二頁）と述べている。
（10）秋山駿「ユニークな視点」（『文學界』一九七八・三、一四五頁）
（11）岡本恵徳「又吉栄喜『ジョージが射殺した猪』――下級兵士の眼で捉えた沖縄」（『現代文学にみる沖縄の自画像』高文研、一九九六・六、一七五頁）
（12）マイク・モラスキー／鈴木直子訳「ポスト・ベトナム時代の占領文学」（『占領の記憶／記憶の占領――戦後沖縄・日本とアメリカ』青土社、二〇〇六・三、三三六頁）
（13）川村二郎、野呂邦暢「対談時評――題材・文体・構成」（『文學界』一九七八・九、二三三頁）
（14）高良勉は「又吉は従来の作家達の一般的視点をコペルニクス的に転換してしまった。比喩的に言えばカメラ・アングルを百八十度ひっくり返してしまった」（「戦後沖縄文学の転換点――又吉栄喜「ギンネム屋敷」によせて」『琉球新報』一九八一・四・二九）として、作品の構図の在り方を評価している。又吉による「コペルニクス的な展開」との発言は、前掲（4）書、一二頁にみられる。
（15）「老人」については四節で述べる。
（16）拙稿「又吉栄喜「ジョージが射殺した猪」論――占領時空間の暴力をめぐって」（『沖縄文化研究』二〇一六・三）
（17）前掲（11）書、一七五頁。他マイク・モラスキーの同様の指摘がある（前掲（12）書、三三六頁）。
（18）例えば、前掲（4）、（7）書など。
（19）又吉栄喜「カーニバル闘牛大会」（『琉球新報』一九七六・一一・七／引用には『パラシュート兵のプレゼント』（海風社、一九八八・一、二二二頁）を用いた）

(20) 又吉栄喜「闘牛場のハーニー」(『沖縄公論』一九八三・六、四〇頁)
(21) 前掲(19)書、二一二頁、二二二頁
(22) 前掲(4)書、一二頁
(23) 新城郁夫は、本作をめぐる考察(「日本語を裏切る――又吉栄喜の小説における「日本語」の倒壊」『到来する沖縄――沖縄表象批判論』インパクト出版会、二〇〇七・一一)において、「彼(ジョージ―引用者)を囲い込んでいく「沖縄人」たちの語る「日本語」および「沖縄語」は、「ジョージ」には決して聞き取ることのできない不気味な騒音(ノイズ)としか感知され」(一〇二頁)ないと指摘する。また米兵の日本語による語り(表記)を問題にし、「日本語の同一性の解体という出来事」(一〇六頁)が特徴的だとしている。
(24) 〈エミリー〉を通して、沖縄における支配者・男性性を帯びた暴力主体としてのアメリカに、「女性」性を見出すことができる。マザーカントリーとしてのアメリカが〈ジョージ〉に希求されているのである。
(25) 藤田雄飛「模倣・鏡・〈ふり〉」(『教育基礎学研究』二〇一六・三、八五頁)
(26) 李孝徳「反植民地幻想――吉田スエ子「嘉間良心中」と沖縄文学」(『東京外国語大学論集』二〇一三・七、二七頁)
(27) 前掲(8)書、三八頁
(28) 又吉栄喜、新城郁夫、星雅彦「沖縄文学の現在と課題――独自性を求めて」(『うらそえ文芸』二〇〇三・五、一一頁)
(29) 又吉栄喜「小説の力」(『明日を切り拓く』名桜叢書第三集、二〇一六・二、一七五頁)
(30) 前掲(8)書、四〇頁
(31) 前掲(4)書、一二頁
(32) 例えば又吉は戦争に直面し、自己定位できない〈ジョージ〉をめぐり「狂気に陥ったジョージ」(前掲(29)書、一七六頁)と述べている。

第九章　又吉栄喜「ターナーの耳」論
――〈耳〉をめぐる生者と死者の対話の可能性／不可能性

一、「基地のフェンス」という境界をめぐる又吉作品

又吉栄喜は「豚の報い」(1)による芥川賞受賞（第一一四回、一九九五年下半期）後、仲里効によるインタビュー(2)を受けており、その中で、自らの「原体験」の重要性について、「ベースの金網」や「闘牛」を挙げながら語っている。また沖縄文化の「基層」の再認識について、「僕らが大学生の前後なんですが、ベトナム戦争が激化していた頃は沖縄の純粋な民俗的あるいは神話的な原風景というのが押さえられて」おり、「なくなっていたわけじゃなく、押さえられていて、米兵のものが（自らの作品に――引用者）ストレートに出たわけですが、いったん米兵のものが遠ざかると、今度は押さえられていた沖縄の総体的なものが出てきた」と述べている。(3)ここでの「原体験」と時間の推移における主題の変容は、又吉栄喜の記した作品を読むうえでの一定の指標になるが、一方で、これらは混在しながら又

吉作品の核となっている。

それは二〇一五年九月に浦添市立図書館で行われた講演「小説の舞台を育んだ浦添の風景」においても確認できる。ここで又吉は「今まで書いた小説は全て、私の家から半径2キロ以内の場所や人、出来事を書いている」[4]と述べており、郷里浦添市の半径二キロを「原風景」とした物語創造への言及は、二〇一八年の佐藤モニカとのトークショー[5]にも継続される。「原体験」をもたらした「原風景」からの想像力は、又吉の重要な核であるといえるだろう。

先のインタビューで仲里効は、このような半径二キロを「原風景」とした作品形成における「作品を動かし特徴づける眼差し」を四点指摘する。第七章でもふれたとおり、一つ目を「少年の目」とし、「カーニバル闘牛大会」、「パラシュート兵のプレゼント」、「島袋君の闘牛」などを挙げ、「大人の世界や当時の沖縄がおかれた社会相を照らし返していく」と指摘、二つ目に「アメリカ占領下のバーやキャバレーなどの風俗を生きる女たちの生きざまによって、アメリカと沖縄、男と女の関係などがあぶりだされていく系列」(「ジョージが射殺した猪」など)を挙げる。三つ目の「青年の目」(「豚の報い」、「シェーカーを振る男」など)では「より複雑な関係がある距離をおいて眺められている」と述べ、四つ目に「アメリカの影」を見出す。そのうえで、又吉作品は「外部」の目を取り込み、「基地のフェンスがこちらの世界とあちらの世界を隔てているとするならば、そのフェンスを越えて、フェンスの向こうからこちらを見るとどのような世界の見え方をするか」を問うたとしている。[6]これはもちろん、芥川賞受賞作「豚の報い」と、それ以前の作品についての評価であるが、とりわけ四つ目(「アメリカの影」）は本論でとりあげる「ターナーの耳」においても有効な評価である。

「ターナーの耳」は『すばる』二〇〇七年八月号に発表された短編小説である。[7] 本作は、戦場から帰還した米兵ターナー、そのターナーの運転する自動車と不意の接触事故を起こした浩志、浩志を利用して米兵から金を奪うことをもくろむ満太郎を中心人物として登場させ、「少年の目」あるいは二十歳の満太郎の「青年の目」を用いながら、米軍基地という「外部」との往還の過程で築かれる関係性や、ターナーが戦場で被った心的外傷を描いた作品だといえる。

本論では、ターナーが戦場から持ち帰った〈耳〉をめぐる物語に注目し、心的外傷後ストレス障害、〈ケア〉、「喪の仕事」といった観点から作品を考察する。また、〈耳〉そのものが待つ意味を捉え、沖縄戦とターナーが体験したベトナム戦争をめぐる戦後の〈痛み〉への対話や共苦の可能性／不可能性を考えていきたい。

二、「ターナーの耳」をめぐって

大城貞俊は、又吉作品群の評価において「一筋縄では括れない」としつつ、「三通りに大別される」とする。一つ目は「沖縄戦」をめぐる「記憶の継承のテーマ」であり、二つ目に「基地を題材にしながら政治的にアンバランスな沖縄の現実を描く作品世界」、三つ目に「歴史的な時間の中でも消え去ることなく営まれてきた沖縄の人々の特異な日常世界を描く作品群」を挙げている。[8] 又吉作品を俯瞰した重要な視点であり、「ターナーの耳」はここでは二つ目の括りに入るのだが、例えば、浩志の母親の耳については、「母親は沖縄戦の終戦一週間前に爆風を受け、耳が聞こえなくなった」（一二頁）とあるように一つ目と重なり、このようなテーマの重層性が、本作や他の多くの作品に見受けられるのもまた又吉の特徴となる。

本作の時代設定であるが、浩志の母親が「戦後まもなく、「身体より心が大事」と求婚した隣村の工員と結婚し、浩志を生んだ」（一二頁）とあり、浩司が作品の現在、中学三年生であることから、一九六〇年代前半だと思われる。沖縄はアジア・太平洋戦争における沖縄戦の惨禍を味わいながら、戦後は米軍統治下にあり、中華人民共和国の成立や朝鮮戦争の影響を受け〈太平洋の洋石〉、重要な軍事拠点とされた。本作のターナーが関わった戦争は一九五五年から始まるベトナム戦争であり、沖縄は攻撃の重要な出撃地点とされた。戦後に生まれた浩志は、沖縄戦の苛酷な体験を身体に刻印する母親と、ベトナム戦争からの心的外傷を受けるターナーを通して、〈ここ〉にはない戦争の痕跡を感知する存在なのである。

キャンプ・キンザー[9]を想起させる「金網の中の広大な米軍補給基地」（四頁）の近隣で生活する浩志は、基地に「喉から手が出るくらい欲しい品物が数えきれないほどあるが、浩志はどうしても忍び込めなかった」（四頁）。そこで「崖の下の凹地にある米人ハウスの塵捨て場に向かった」（四頁）浩志は、大きな自転車を発見して持ち帰る。浩志は「チェーンが垂れ下った自転車」（四頁）から「宝物の重み」（四頁）を感じるが、この移動範囲を拡張する装置としての自転車が、ターナーとの接触事故を誘発する。

向かいから白い埃を舞い上げながら一台の赤銅色の外車が走ってきた。／浩志は自転車を降り、外車をやりすごそうとしたが、ブレーキが利かなかった。強い日差しが外車のフロントガラスに反射し、目が眩んだ。急ブレーキをかけた外車のタイヤの軋む音が浩志の耳に飛び込んだ。自転車が傾いた。すぐガグッと痩せた体に衝撃が伝わり、自転車もろとも硬い地面を滑った。（五頁）

「長ズボンをはいていたからか、受け身がうまかったのか、体のどこも痛くなかった」（五頁）浩志は、「ふと、車を弁償させられたら大変だと思い、目を閉じ、全身の力を抜き、気絶したふりをした」（五頁）。ここには、基地周辺で生活する少年の、米軍属との関わり方の所作が現われており、禁忌される他者としての米兵が認められる。

この事故現場を偶然見かけたのが「子分に次は何を盗ませようかと基地の中を物色しながら金網沿いを歩いていた」（六頁）二十歳になる満太郎であった。浩志に「絶対に動くな」と指示を出し、ターナーと交渉する満太郎が用いるのは「ブロークン英語」であった。

満太郎は男に何か言っている。ブロークン英語は通じないのか、相手は黙っている。だが、満太郎は話し続けた。／少しも痛くないのに寝続けているのは不自然だと思った浩志は背中を起こした。「寝てておけと言ったのに」と満太郎が舌打ちした。（六頁）

「ブロークン英語」によるコミュニケーションの試みによってターナーとの交渉が一応成立し、自転車の十ドルの修理代とハウスボーイの仕事をとりつける。だが、仕事中の身の安全の確保を条件にアルバイト料の半分を要求する満太郎は「おとなしい軍人は要注意」（九頁）であり、「基地は働く所ではないよ。盗む所だ」（九頁）と考えている。その理由は戦争に由来する。すなわち「我々の敵国だったアメリカ人の物を盗むのだから気持ちを大きく持ち、罪悪感を抱かず、むしろ誇りに思え」（九頁）という思考により米国を対象化するのである。

満太郎は戦時中に生まれ、三歳前後に終戦を迎えている。戦後の米軍統治や米国による対外戦争を目の当たりにしつつ、中卒の二十歳で働き口を探しもせず、「親善」＝相手を「丸め込む」「物を得る」ことだとうそぶきながら、少年集団の大将として君臨する。浩志に対してバイト代の半額を要求し、米兵に対しても隙を見ては搾取を試みる満太郎は、又吉の「半ば作りもの、半ば体験」に基づく次のエピソードを想起させる。

同じ集落の十八歳の青年が広大な米人ハウジングエリアを囲っている金網の底に数十セン

チの穴を開け、中から金目の物（時々は何に使うのかわからないがらくたのような物も）を盗んでいた。私は海に釣りに行く時、（人通りの多い道は一キロあまりも遠回りになったから）よくこの道を通った。（中略／ある日、「私」は穴の近くで米人の飼う犬に激しく咬まれた―引用者）／集落の青年たちに話を聞かれた後、私は赤チンキをぬり、青年たちや（金網に穴を開けた青年も）区長と一緒にゲートのガードを通し、犬の飼い主の米人に抗議をした。しかし、飼い主は金網から入ってくる泥棒を咬ますために犬を放したという。私は痛みがなかなかおさまらず、米人や犬ではなく、私の海への通り道に沿う金網に穴を開けた青年をいまいましく思った。だが、前に鳥籠を作るのを手伝ってもらったから許してやろうと考えた。しかし、穴を開けた張本人なのに、米人に人一倍くってかかる青年が（もちろん米人は誰が穴を開けたのか知らなかった）情けなくなったり、恥しらずと思ったりした。(10)

「原風景」と「原体験」において感知された青年の姿が満太郎に投影された可能性がうかがえる。そしてここには、自分を犠牲者の位相に閉じこめず、受け身的でありながらも、金品に敏感な青年の姿が見てとれるだろう。沖縄の戦後を生きるしぶとさというものが現われている。これらの要素が本作の人物創作に関わっていると思われる。

本作はターナーが戦場から持ち帰った〈耳〉をめぐる物語である。同時に、又吉における「原風景」や「原体験」としての記憶の痕跡が見出され、少年の視点を用いながら、戦場で受けた

ＰＴＳＤと向き合う米兵と沖縄の少年との融和の可能性／不可能性が示されていくのである。

三、〈沈黙〉と「内心」をめぐるコミュニケーションの試み

浩志はターナーの米人ハウスで仕事を始める。「米人と会う時は必ずプレゼントを持って行かなければならないと」（一四頁）考える浩志はアメリカ煙草を持参してハウスへと向かう。「崖の下」で塵拾いをしていた浩志は、ここで「海寄りの崖の上にあるターナーのハウス」（一五頁）へ向かうのである。上下が逆転する場へ進む浩志の視界に広がるのは「白」であった。「余所行きの白い開襟シャツ」（一五頁）を着た浩志は、「崖の向こう側から幾重にも白い巨大な入道雲が湧き立ち、白いマッチ箱のようなハウスにのっかっている」（一五頁）のを見る。「屋根も外壁も白く塗られたハウス」（一五頁）があり、「白いバスローブ姿のターナー」（一五頁）が出迎える。「白いズック」（一六頁）の浩志は、部屋の「真っ白いシーツ」（一六頁）を目の当たりにする（他に「黒いソファー」「灰色のタイル」「銀色のスプーン」も感知される）。「白」は純白、純粋さを象徴しながら、一方で〈空白〉という意味を作品に加味している。

米兵は壁や棚に戦争の武勲メダル、トロフィー、軍服姿の自分の写真を必ず飾ると満太郎か

ら聞いていた浩志は、周りを見回したが、何一つなかった。（一六頁）

初日の仕事でターナーが「急に頭を抱え」（一七頁）苦しみだす。二度目の仕事の日、ハウスに入ると、「紫がかった白い煙が顔に迫」（一八頁）るのを浩志は感じる。「山羊の毛を焼く時の臭いに似ている」（一八頁）煙が「ターナーの顔から蒸気機関車のように」（一八頁）噴き出しているのだ。

浩志は窓を開け、外気を入れようとした。／「ノー」とターナーが白い壁に取り付けられた冷房機を指差した。／浩志はターナーに近づいた。オレンジ色のガウンから金色のモジャモジャの胸毛が覗いている。顔は赤らみ、くもりの取れた眼鏡の奥の目は、生気がないのか、法悦に浸っているのか、トロンと半開きになっている。だが、鼻の両穴からはスパッスパッと勢い良く煙が出ている。（一八頁）

その煙が「麻薬」であると疑う浩志は、いくつかの質問をするも、ターナーは〈沈黙〉する。簡単な英語による会話は成立せず、仕事としての靴磨きも遅延される。やがてターナーは、部屋の物置にある七つの鉢植えを示し、枯らさずに育てるよう指示する。葉がひまわりに似ていることから、浩志が「アメリカひまわり」（二〇頁）なのかと尋ねるが、ターナーは答えない。ターナーは浩志の質問には、〈沈黙〉するか回答しないのである。〈沈黙〉するターナーの姿を通して、浩志は自分の内面における他者理解を進める。以前、中学校の運動場拡張工事の際に、「全面無料奉仕をした米軍の五人の代表に感謝状」(一〇頁)が手渡され、その中に「一人だけ能面のような顔の米兵がいた」(一〇頁)のを浩志は覚えており、それがターナーであったと思っているが、英語が難しくまだ確かめられていない。だが浩志の中で、「能面のような顔の米兵」と、〈沈黙〉する米兵としてのターナーは重なっている。

つまりここでは、〈沈黙〉は言葉によるコミュニケーション不全を暗示するようにみえて、浩志はその〈沈黙〉を要因にターナーへの不信感は抱かないのである。なぜなら〈沈黙〉は、浩志と満太郎との関係においても反復されているからだ。「給料日に僕に会いに来るのが筋だろうと浩志は内心文句を言ったが、小さくうなずいた」(二四頁)、「満太郎のブロークン英語より発音はしっかりしていると内心言った」(二五頁)とあるように、浩志は満太郎の発言を許容しない場面で、それを声にせず「内心」において言葉にしている。ここでは、言葉として表出されるコミュニケーションよりも、「内心」や〈沈黙〉をめぐるコミュニケーションのあり様を理解する浩志が見出せ、それは、母親の耳が聞こえないことによるコミュニケーションの取り方へと接続している。

母親の「もう寝なさい。自転車は逃げないから」という大きな声と手振りに耳を貸さず、長い間、玄関の壁に立て掛けた自転車に見入った。(四頁)

自転車への愛着を示す浩志は、現在は耳の聞こえない母親の「大きな声」に「耳を貸さ」ない。仮に返答しても耳の聞こえない母親に声は届かないだろう。そのような、声によるコミュニケーションが不通であった母子関係から、〈沈黙〉や「内心」への感受性をそなえた浩志が見出せる。

一方で、満太郎は浩志の家を訪ねる際に、浩志の母親に姿を見せないように登場するが、これは浩志への罪悪感の隠蔽を示しているだろう。ソウシジュの下に浩志を連れ出す満太郎は、家で米兵の衣服のクリーニング仕事をする耳が聞こえない浩志の母親と向き合わない。子分への要求を、言葉として発して相手の行動の制御を試みる満太郎の声によるコミュニケーションとの差異が、テクストに現われているのである。浩志は、ターナーとのコミュニケーションのために「身振り手振りで大丈夫のようだ。言葉はいらないよ」(二四頁)と述べながら言葉が不在の〈沈黙〉を選択し、満太郎の「ブロークン英語」=声の教習を拒否する。

ところで、ターナーとの取り決めである「アメリカひまわり」の栽培をつづける浩志は、麻薬である可能性を心配する。

麻薬だったら僕にハウスの庭に植えさせたりしないのではないだろうかと思いながら玄関のドアをノックした。繰り返したが、返事はなかった。静かに開け、ターナーを呼んだ。静まり返っている。室内の煙は先週より少ないが、吸っているうちに芳ばしい香りに変わり、少し頭がボーッとしてきた。/リビングルームのソファーにターナーの姿はなかった。隣の寝室を覗いた。うつぶせに寝ている。立っている時よりさらに長身に見えた。/ターナーは窒息死していると浩志は思った。体を仰向けようと肩に手を置いた。ターナーはガバッと上半身を起こし、勢い良く右手を振った。浩志の顔すれすれを鋭い風がよぎった。／浩志は思わずのけぞり、ベッドの脇に尻餅をついた。ターナーは大きいナイフを握り、浩志を見つめている。ナイフをベッドのどこに隠していたのか、いつのまに掴んだのか、全く分からなかった。ターナーの虚ろな目に光が差してきた。／「声をかけてから私の体には触れたまえ」／ターナーはゼスチャーを交え、言った。／浩志はしばらく立ち上がれなかった。（二五頁～二六頁）

ターナーは明らかに戦争による〈心的外傷後ストレス障害（PTSD）〉を負っている。PTSDは厚生労働省のホームページ「e-ヘルスネット」[11]によると、「生死に関わるような体験をし、強い衝撃を受けた後で、その体験の記憶が当時の恐怖や無力感とともに、自分の意志とは無関係に思い出され、まだ被害が続いているような現実感を生じる病気」であり、「災害や事故・犯罪被害などで「もうこのまま自分は死んでしまう」「どうすることもできない」状況に直面して強い恐怖や無力感を体験した後で、その記憶が何度も思い出され、その場に連れ戻されたように感じ、その時と同じ感情がよみがえることがあ」るとされる（侵入症状＝再体験症状）。ターナーは戦場を追体験する苦痛から、麻薬だとされる「アメリカひまわり」の煙の中に解放を求めつつ、頓挫をくり返しているようである。

身体に呼びこまれる「アメリカひまわり」の煙と、浩志に託されたその栽培・育成はターナーの心的な〈ケア〉の希求である。「紫がかった白い煙」によりターナーは〈生きている〉。だが、ここでの心的外傷への〈ケア〉は、麻薬によってのみ行われているのではない。ターナーが大切にしているものに〈耳〉があるのだ。

四、〈耳〉をめぐる生者と死者の対話の可能性／不可能性

もしかするとターナーはアメリカひまわりを巻いた煙草を吸いながら敵と戦ったのではないだろうか。頭が朦朧としていても投げたナイフは敵の体に命中するはずだから、ちゃんと戦える。／ターナーが煙草をふかしながら近づいてきた。手にガラス瓶を持っている。／ターナーはソファーに座り、テーブルに置いたガラス瓶の蓋を開け、乾燥椎茸のようなものを取り出し、カラフルな皿に載せ、浩志の方に押しやった。／浩志は顔を近づけた。思わず仰け反った。耳だ。生きた人の側頭部にくっついている耳より少し小さいが、形ははっきりしている。／中学校から感謝状を贈られるほどの誠実な兵士のターナーが、人間の耳を乾燥させ、ガラス瓶に保管しているとは信じがたかった。（二六〜二七頁）

ターナーが見せた瓶の中に〈耳〉がある。この〈耳〉をめぐり、浩志は自分でも意図せずにターナーに微笑んだり、いくつもの質問を投げかける。だが「ターナーは苛立ったようにスパスパと煙草

をふかし」（二七頁）黙っており、「言葉を発する気配はなかった」（二七頁）。そして目を閉じたり開けたりしながら、〈耳〉を指差して「私がこの男を殺した」（二八頁）と静かに述べるのである。戦場で殺しただ一人の〈耳〉を供養のためにもち帰ったのかと浩志は疑う。

ターナーは自分の赤らんだ耳に手をやり何やら言った。声は細く、聞き取れなかった。／浩志は聞き返した。／「……ジープが突進してきた。撃ちまくったら、あの男の体に無数の穴が開いていた。私は恐くなって、号泣した」／あの（ハウスの外まで聞こえたターナーの―引用者）悲鳴に似た声は泣き声だったんだと浩志は思った。／「夢だよ、ターナー」／浩志は息苦しくなったが、妙に平然と言った。／二度寝してしまったんだろう？　恐ろしい夢を見るよと内心言った。（三〇頁）

ターナーは火をつけた煙草を口にくわえ、足をふらつかせながらサイドボードに寄り、観音開きの小さい扉を開け、ガラス瓶を取り出した。／瓶の中の耳を見つめ、また笑った。妙によく笑うようになっている。／今度は招き猫のように浩志を招いた。浩志は逃げたかったが、リビングルームに入った。／ターナーはソファーに座り、煙草を吸いながらうっとりと耳を眺めている。（三二頁）

ターナーは戦場においての突発的な出来事の中で銃の引き金を引き、相手の男を射殺した。生きるか死ぬかの戦場において、ターナーの「号泣」は意外なものかもしれない。だが、ここでは自らの暴力的な行為とそれへの恐怖が涙を誘発するのだ。また射殺という行為は、相手の男との対話の可能性を一方的に遮断したことを意味する。もちろん、戦場において対話は困難な行為であるだろう。しかし、ターナーは、男の身体から〈耳〉を切り取り、大切に保管している。したがって〈耳〉は、ターナーの対話の回路の象徴であり、死者との和解の可能性を含んだ「喪の仕事」の重要な装置となるはずである。

フロイトが「喪とメランコリー」（一九一七年）において提唱した「喪の仕事」概念は、人間が愛着ある対象を喪失した悲哀を受け、その対象からいかに離脱するかの心理的過程を問うたものである。秋丸知貴は、フロイトの挙げた「正常な帰結」概念をめぐり「健常な人間は、いつでも愛する相手との別れを受け入れる自制心を持ち、（中略）人間は報われない古い愛は捨て、新しい愛を生きる」[12]ことが正常だとまとめたうえで、しかし必ずしもそうならない心性について説明する。「つまり、一定の期間を超えても喪失対象への愛着を失わないことは、必ずしも病的悲哀や現実適応への失敗ではなく、喪失対象との関係を結び直[13]」す機会となりうると指摘するのである。

ターナーと死者は一回性の関係にあり、そこには愛着の不在が認められるだろう。同時に、〈耳〉という聞く器官の所有は、射殺した相手への語りの結実を目指すものでもある。ターナーが恐怖した戦場での殺人という行為は、彼自身の命を救う行為でもあった。だが、それだけで納得できるものではない以上、沖縄に帰還した後も、〈耳〉を通して、語りの可能性が試みられているのである。だが同時に、聞く器官としての〈耳〉のみの所有は、ターナーの思い／言葉の一方通行を示すものとなる。語りはターナーにあり、〈耳〉は聞くことの可能性を含有しながら、対話の可能性をもたない。相互性の不在が、ターナーの〈空白〉を拡張していくことになるのである。

したがって、ターナーの身体が示す〈沈黙〉や虚ろな表情、あるいはハウス内の装飾品の欠如は、〈空白〉でありつづけるターナーと関連するだろう。死者に対する対話の可能性は、戦場にあっての予期せぬ殺人行為の是非、非／正当性、他の可能性の有無についての語りをもたらすかもしれないし、それがあるいはターナーの〈正常〉を呼び戻すかもしれない。だが、〈耳〉は、あくまでも聞くための器官であり、応答はもたらさないのである。

そして聞く〈耳〉をめぐっての対話の不可能性が、「アメリカひまわり」による一時の解放を欲望させる。この循環において、ターナーは疲弊していくのである。

一方で、〈耳〉は自分が犯した行為をターナーに問いつづける実存でもある。

ターナーはもう話しかけるなというように目を閉じた。／ターナー、耳を処分したら？　僕が手伝うよ。弔ったら耳の主を早く忘れられるよと浩志は呟いた。／浩志の声が聞こえたはずはないのだが、ターナーは、絶対忘れてはいけないと言った。／殺した人を忘れないために耳を保管しているのだろうかと浩志は思った。考えられなかった。／切り取った耳を男の側頭部にくっつけるわけにはいかないように、殺した男を生き返らせるわけにはいかないんだよ、ターナー。恐ろしい過去は忘れるべきだよと浩志はまた呟いた。耳を丁寧に埋めたら悪い夢も見なくなるのではないだろうか。野原に小さい墓を作ってあげようと思った。／浩志は瓶の中の耳に土をかける真似をし、手を合わせた。／「耳が消えたら夢なのか現実なのか、自分が生きているのか、死んでいるのか、分からなくなる」／浩志はターナーの英語を何とか日本語に訳したが、ターナーが何を言いたいのか、分からなかった。（三二一〜三二三頁）

浩志はここで思いを「呟く」が、それが言語上のコミュニケーションを成立させているかどうかをテクストは不透明なままにする。手を合わせる「真似」を通して、ターナーは解答をもたらすが、浩志に真意は伝わらない。平敷武蕉は、「耳の収集という猟奇趣味からではなく、明らかに殺した死者を供養し、自分の罪を忘れないためのようである」[14]と述べ、〈耳〉を所有しつづけることが、死者の供養にあたると指摘する。罪の忘却を回避することで自己の存在規定の可能性を求めているのがターナーなのである。

一方的な語りを聞く〈耳〉とともに在りつづけることは、死者との〈共苦〉の可能性を示す。〈耳〉との対話は不可能でありながら、所有に固執するのは、そこに死者との了解し得ない思いが残存すること受け入れているからだろう。ターナーは病的な症状を示しつつも、「喪失対象との関係を結び直」す可能性を捨ててはいない。

一方で、満太郎は親しくする不良米人からターナーに関する情報を仕入れ、浩志と共有する。「敵を殺すのは当たり前」（三九頁）の戦争において耳はただの戦果なのだと満太郎は主張する。ターナーと関わることは、金になる。浩志から金を搾取することをもくろむ満太郎は、「何よりも母親の耳だ。治療に金をかけたら聞こえるようになるんだ。浩志、今こそ、母親孝行しろ」（四四頁）と述べ、「アメリカひまわり」の窃盗を促す。[15]〈耳〉に拘り、煙を吸うターナーに対して、満太郎は「ターナーはやっぱりおかしいよな、浩志。兵隊はみんな何十人何百人殺しても、軍隊を離れたら知らんふりするのに」（四六頁）と語りかける。沖縄戦や戦後の米軍による土地収用問題をふまえるとき、満太郎の指摘には首肯できる部分がある。ここで浩志は次のように「ブツブツ」言う。

忘れないから頭がおかしくなってしまうんだ。なぜ忘れないように毎日耳を見つめるんだ。／アメリカひまわりは悪い草だから盗んだらターナーは救われるし、母親の耳を治療できると自分に言い聞かせた。（四六頁）

これから犯す盗みに対して、ターナーの救済の論理が並立され、さらに母親の活路も見出される。「僕が埋めるか焼くか、耳を供養したら、人を殺した事実がターナーの頭の中から消え、楽に生活できるようになるのではないだろうか」（四六頁）、「耳を捨ててしまえば、人殺しを忘れられるんだ。アメリカひまわりなんか吸わなくてもいいんだ。／アメリカひまわりを盗もうとする罪悪感がどこかにあるのか、浩志はターナーの身を案じた」（四七頁）。浩志は、ターナーのハウスに盗みに向かい、眠っているターナーの近くにあったガラス瓶から〈耳〉を奪う。「赤黒い耳が、耳の聞こえない母親を嘲笑っているように錯覚した。母親を弄んでいると思った」（四七頁）浩志は、〈耳〉と二本の「アメリカひまわり」を土ごとバケツに入れる。ターナーの〈耳〉と「アメリカひまわり」をめぐる循環を断ち切ることを口実に、浩志は行動するのである。だが、その行為はターナーに見つかり、浩志は基地内に侵入していた満太郎と合流し、逃走をはかる。ここで浩志は、ターナーが〈耳〉への拘泥から開放されることは無いのだと認識する。二人とターナーがゲートボックスまで到達したとき、米人のガードが、威嚇射撃をするも、「銃声を聞いたターナーはさらに興奮し、ナイフを振り回した」（五〇頁）ために、米人ガードはピストルの引き金を引き、ターナーは「腹を押さえ、アスファルト舗装の地面にうずくまっ」（五〇頁）てしまう。隣町出身の小太りのガードも居合わせる中で、米人ガードの詰問を受けるも、満太郎の嘘によって何とか解放されることになる。ターナーに〈耳〉を返却したい浩志は、小太りのガードに〈耳〉を渡すことにするが、「この耳の件は軍の機密だ。軍に知れたら大変だから、俺が処分する。耳の話は絶対誰にもするな」（五二頁）と言われ、〈耳〉の存在は無化されて物語は終わる。

〈耳〉と「アメリカひまわり」との循環により疲弊するターナーは、一方で自分の存在への問いを持ちつづけられた。対して、浩志は母の〈耳〉の治療＝親孝行という行為を肯定するためにも盗みを働く。「アメリカひまわり」だけでなく、〈耳〉をも奪うということでの行動は、聴力を失った母親への〈耳〉の奪還をめぐる代理行為でもあった。だが、浩志はこの〈耳〉自体から、「母親を弄んでいると」の思いも受けており、奪還と羞恥の二重の意味が見出せる。

浩志は、対話において何度も〈沈黙〉し「目を閉じる」ターナーの悪循環を断ち切るために、〈耳〉を盗む。ここには少年の善意が現われている。だが、戦争から受けた心的外傷により深くえぐられたターナーの内面には到達しえなかったのである。浩志にとっては、〈耳〉はターナーの心的外傷を再生しつづけるだけのものであった。ターナーと〈耳〉との関係性をふまえ、〈共苦〉の可能性も見出せたが、浩志は〈耳〉を奪還する行動にでることで、ターナーの「喪失対象との関係を結び直」す可能性を閉じてしまったのである。

したがって、少年が見て感じた他者としての米兵ターナーの存在と、戦争をめぐる自己同一性に関わるターナー自身の存在とには埋めがたい乖離があり、二者の対話は結果的に不可能であった。さらに満太郎による米兵の利用、子分からの搾取という物語が重なることで、少年浩志は〈沈黙〉の意味を曲解しながら自己の行動を決定し、ターナーを危機に追いやってしまったのであった。

五、〈共苦〉の不可能性の物語

本論では、又吉栄喜が述べる「原風景」としての浦添を確認し、そこで体験した「原体験」の記憶にも言及した。そのうえで、強い米兵をとりあげるのではなく、第八章でふれた「ジョージが射殺した猪」のジョージのような、弱い米兵を描く作品として「ターナーの耳」を捉えた。

本作では戦場での射殺をめぐる心的外傷に苦しむ体躯の大きな米兵ターナーが描かれていた。その米兵を少年の目が捉えていく。だが、少年にとっての〈正しさ〉がターナーの救済にはつながらなかった点を考えた。ターナーは死者から切断した〈耳〉を通して、死者とともに在りつづけることで、死者と自らの存在の意味を問うていたのではないだろうか。だが、〈沈黙〉し「目を閉じる」ことの多いターナーから、その点を浩志は読み取れない。ここでは、「ブロークン英語」をめぐるコミュニケーションや対話の可能性が開けながらも、〈共苦〉への可能性が閉じられていく過程が記されていた。そして、浩志の救済の理論よって、〈耳〉と「アメリカひまわり」は奪われなければならなかった。

ターナーがゲートボックスで聞いた銃声は、ターナーの内面において戦場を再生させたのだろうか。目の前にいる米人や隣町出身のガードは、ターナーに敵を再現させたのだろうか。自らの死の可能性よりも、〈耳〉に声／言葉を届けることが不可能になることがターナーにとっては苦しいことであり、そこに喪失対象との関係の再構築とその困難性が示されていたのである。

注

（1）「豚の報い」（『文學界』一九九五・一一）
（2）仲里効「インタビュー・又吉栄喜ワールド――アメリカの影と沖縄の基層」（『EDGE』創刊号、一九九六・二）
（3）前掲（2）書、四〇～四一頁
（4）この講演で又吉は、「自分にとっての原風景を想像力で膨らませて小説にしている」（「小説題材　半径2キロに／又吉栄喜さん講演／出身地の浦添で語る」『沖縄タイムス』二〇一五・一〇・五）とも述べている。さらには「キャンプキンザーの西側に湾岸道路（と長いカーミージー橋）が数年前に完成し、私は生誕七十年目に浦添の海を見ました。私の小説の原風景の海「カーミージー（亀岩）」（処女作の舞台）はこの海の北のはずが造られたのです。戦後すぐ海辺の集落の人たちは山の方に移住させられ、キャンプキンザーれにあります」（「巻頭言」又吉栄喜、大城貞俊、浜崎慎編『なぜ書くか、何を書くか――沖縄文学は何を表現してきたか』インパクト出版会、二〇二三・五、五頁）と述べ、「原風景」の重要性を確認している。
（5）『すべては浦添からはじまった――又吉栄喜文庫開設記念トークショー』（浦添市立図書館、二〇一八・九）
（6）前掲（2）書、四三～四四頁
（7）本作は、『すばる』（二〇〇七・八）に発表後、『文学 2008』（日本文芸家協会編、講談社、二〇〇八・四）にとりあげられ、『又吉栄喜小説コレクション2　ターナーの耳』（コールサック社、二〇二二・五）に所収されている。本論の引用には『又吉栄喜小説コレクション2』を用いた。
（8）大城貞俊「文学の力・人間への挑戦」（『又吉栄喜小説コレクション2　ターナーの耳』コールサック社、二〇二二・五、三八六頁）
（9）前掲（5）書には、又吉が書いた浦添の半径二キロの地図（「浦添「原風景と作品」地図」）と作品の相関図の頁がある。ここで「ターナーの耳」はキャンプ・キンザーの近く、米人ハウスエリアと関わる場所にメモ書きされている。

（10）又吉栄喜「小説の風土」（『時空超えた沖縄』燦葉出版社、二〇一五・二、七四〜七五頁／初出『群像』一九九七・一〇）

（11）厚生労働省ホームページ「e-ヘルスネット」（https://www.e-healthnet.mhlw.go.jp/information/heart/k-06-001.html、二〇二四年九月六日閲覧）

（12）秋丸知貴「ジークムント・フロイトの「喪の仕事」概念について——その問題点と可能性」（『グリーフケア』二〇二一・三、七六頁）

（13）前掲（12）書、七八頁

（14）平敷武蕉「ほのかな光はあるか」（『文学批評の音域と思想』出版舎Mugen、二〇一五・四、四三〇頁）

（15）本作四五頁からは、「不良米人」によるターナーの噂が記される。この噂という情報についてもターナーという存在の本質を迂回していると思われ、考察する必要もあるが別稿に譲りたい。

第四部　沖縄戦の記憶をめぐる文学作品——目取真俊を中心に

第一〇章 目取真俊「水滴」論――共同体・〈記憶〉・〈水〉をめぐって

一、沖縄戦と「寓意性／寓話性」

アジア・太平洋戦争における沖縄戦は、一九四五年三月二三日の沖縄周辺への空襲攻撃に始まり、四月一日の米軍上陸を経て、六月二三日に終わったとされる。しかし、沖縄戦は多くの混乱の中で推移し、その後も兵士による抵抗はつづけられた。終戦の日をめぐって嶋津与志は、「六・二三はいうまでもなく牛島軍司令官が摩文仁の軍司令部壕で自害した日」であり、「沖縄県自身がこの日を「慰霊の日」と定めて終戦記念日にして」、「合同追悼式などの公式行事が催される」の「だが、沖縄県民が体験した沖縄戦の実態はどう見ても六・二三終結説とはほど遠いものであった」と指摘する。(1)定式化される「二三日」は公としての追悼を行うハレの場である。だが、沖縄戦はそのような線引きで終戦を迎えたものではなく、(2)または戦後の米軍基地との関係を問うならば、現在まで継続される戦争の側面

が浮上するだろう。(3)

目取真俊の「水滴」(4)は、この終戦前後の期間を物語に内在している。視点人物である徳正の右足の変異は、「六月の半ば、空梅雨の暑い日差しを避けて、裏座敷の簡易ベッドで昼寝をしている時」に現われる。ここでは明確な日付は必要とされない。定式化された二三日を射程とした戦争激化の時期が、物語の推移とともに想起されるのである。

本作「水滴」は、突然右足膝下(5)が「冬瓜」のように膨れあがる徳正の、沖縄戦の〈記憶〉をめぐる物語であり、その指先から滴る〈水滴〉を飲みに、夜な夜な兵隊たちが現われる幻想的な場面と、その水に秘められた生命の力をめぐる徳正の従兄弟清裕の金儲けと頓挫を描出した場面に分けることができる。テクストの舞台はアジア・太平洋戦争終結後から五〇年を経た沖縄のある村落である。徳正の右足が腫れ、つま先から水が滴り落ちる。身体の自由が失われた徳正だが思考することはできる。作品は明確に昼と夜を分けている。昼には妻のウシや徳正の住む村落の人びとが描写され、夜の場面では徳正の落とす水を飲みに現われる、沖縄戦で亡くなった兵隊たちの描写とともに徳正の〈記憶〉が想起されていく。徳正の〈記憶〉。本作は、この〈記憶〉をめぐる物語だといえるだろう。戦時下において自然壕に身を隠し、軍からの移動命令の中で、徳正が見捨てねばならなかった兵隊たち。そこには、同郷であり、首里の師範学校へ進学し戦場でもともに過ごした石嶺（「同郷ではあっても知り合ったのは師範学校に入ってからだった」二〇頁）がいた。徳正は、やはり同郷の女子師範生徒である宮城セツから託された水を、米軍の攻撃で重症を受けた石嶺に与えることなく自分で飲んでしまい、石嶺を放置して逃げ出していた。戦場での〈記憶〉。徳正は、戦後を精一杯に生きる中で、やがてウシ[6]と出会う。徳正はその戦争体験を、同じ字に住む金城という教師から依頼され講演するようになる。そこで語られる〈共通語〉での戦争体験が本作では重要な意味をもつ（後述）。徳正の戦争体験の語りには誇張と語られぬ出来事が含まれるのである。

> 調子に乗って話している一方で、子供達の真剣な眼差しに後ろめたさを覚えたり、怖気づいたりすることも多かった。／「嘘物《ゆくしむぬ》言いして戦場《いくさば》の哀れ事語てぃ銭儲《じんもう》けしよって、今に罰被《ばちかぶ》るよ」／ウシは不愉快そうに忠告していた。言われるまでもなく、話し終わるたびに、これで最後にしようといつも思った。しかし、拍手を受け、花束をもらい、子供たちからやさしい言葉をかけられると正直に嬉しかった。子供や孫がいたらこんな気持ちになるのかと、涙が流れることさえあった。それに、家に帰って謝礼金を確かめるのも楽しみだった。大半は酒や博打に消えたが、新しい三味線や高価な釣り竿を手に入れることもできた。（三〇頁）

語られる出来事は、その語りの中で構築された〈物語〉であり、ウシは「嘘物」と見抜いている。徳正は「最後にしようといつも思」いながら、欲望とのバランスをはかれない。そして、ここでの欲望は徳正の〈記憶〉からの忌避と関連し、後に水を求めて現われる「兵隊達の亡霊」（三二頁）とも関わるのである。徳正から滴る水は、物語内における昼の空間において、目に見えた滋養強壮効果を発揮する「奇跡の水」(三三頁)として清裕により販売され莫大な利益を生む。だが、徳正と「兵隊達の亡霊」、とくに石嶺との七月に入ってからの出会い直しの場面において、石嶺への思いの表出を果たすことでの〈別れ〉の後に、「奇跡の水」の効果は消えてしまう。したがって「水滴」は、徳正の〈記憶〉をめぐる物語といえるのだ。

九州芸術祭文学賞受賞[7]に際して、五木寛之は「その抽象化と現実化の作業を、いとも楽々と日常的な感覚で実現してみせた」点を評価し、また白石一郎は「奇想天外な書き出し、発想の面白さ、内容も濃く、一頭地を抜いた作品」、立松和平は「「水滴」は、ここ数年の成果である。土着と沖縄戦を素材にしてはいるのだが、シュールレアリスム的工夫がこらされていて、一味も二味も複雑」だと述べる。沖縄戦で死んだ兵隊たちが現出するという「シュールレアリスム」的幻想空間、さらには〈水〉が毛生えや回春の効果をもたらすという「発想の面白さ」が強調されているのである。同時に、秋山駿は「終わりのほうで、奇跡の水で金儲けをした従兄が袋叩きにされてしまうあたり、ちょっと記述が駆け足になって、場面として雑に見えるところのあるのが残念」だと指摘する。物語終盤をめぐっては、「芥川賞選評[8]」において、丸谷才一が「しかし足から出る水が毛生え薬になって、それで儲ける段になると、想像力の動き具合が急に衰へる」、黒井千次が「後半、寓意性が突出していささか空転の気味があるなど欠点は見られるものの、この重い主題を土と肌の臭いのする熱い寓話として持ち上げた」、田久保英夫が「まして最後に水が効力を失い、従兄弟が群衆に制裁をうけるに至っては、寓話性がきわめて濃厚になり、つくりが目だつ」といった「寓意性/寓話性」に依拠した指摘が見出せる。

本論では、「水滴」における徳正と清裕の鏡像的な二者関係[9]への指摘をふまえながら、徳正と共同体の関係、〈水〉と沖縄戦をめぐる〈記憶〉の在り様を考察したい。徳正個人が体験した沖縄戦の語りえぬ出来事と〈水〉の関係を捉えながら、〈記憶〉の回帰を促す〈水〉の分析を試みることで、「水滴」の物語構造について言及していく。

二、共同体――カーニヴァル

一九九六年一二月一五日、一六日の両日「沖縄・土着から普遍へ――多文化主義時代の表現の可能性」と題した文学フォーラムが沖縄で行われた。そこではイーハブ・ハッサンが「自らの文学伝統を内から、文学自体の内部から、今という時の内部から、さらに根源的に新たなものとして創りかえて」[10]いくことを奨励し、また沖縄の土着性、普遍性を問うパネル・ディスカッション（一五日）も実施された。[11]フォーラム会場にいた花田俊典は、オリエンタリズムの解釈をめぐって、フォーラムを批判的に捉えている。[12]欲望された〈沖縄文学〉という企図を現前化すれば、そこには土着の問題がついて回るものの、それらを一方的なまなざしによって、沖縄的であるとされるものに還元し、作品を評価する行程の中に花田はオリエンタリズムを見ているのである。

それは目取真の思考とも通底しているだろう。すなわち目取真が「テーゲやチルダイがもてはやされ、「沖縄からは日本が見える」だの「沖縄のやさしさの文化」だの聞こえのいい言葉が並べられる。やさしい言葉による良心的解釈。／まったくうんざりするばかりだ。／この沖縄は政治も文化も貧しいシマだ」[13]と指摘するとき、本土からのまなざしによる不自由さと、その視線に絡まる「沖縄」自身への批判という射程が示される。先のフォーラムが本土−沖縄の癒着的言説を生成する場を図らずも担ってしまう現象こそ、目取真が安易に妥協しえないものなのである。

目取真は芥川賞「受賞の言葉」において「沖縄という場所が小説を書く上で恵まれた場所であることは事実であろう」と認める一方で、「表現者としての厳しい目と自立した姿勢が弱まれば、たちまち素材にもたれかかった、「沖縄物」と一括りにされるような作品しか書けなくなってしまう」と警戒し[14]、また池澤夏樹との対談では「沖縄の風土とか文学的な豊饒さとか、そういう環境面から作品を語られやすい」[15]と述べる。ここで目取真は沖縄の親密な共同体にふれながら、それが個人の抑圧につながる点を指摘しており、それは「つまり、この小説は決して共同体の物語じゃなくて、ある共同体の中で生きてきた徳正という個人の物語」[16]だとの言及からも分かる。「水滴」における共同体は、徳正という個人の直面する病の現実に寄り添うのではなく、ひとつの祝祭として消費しているのである。

徳正の足の噂は、翌日の朝には村中に広がっていた。昼には見舞いにかこつけた見物人が門の前に列を作り、五十メートル程の長さになった。村に行列ができるのは、終戦直後の米軍の配給の時以来だったから、関心のなかった者も並ばずにはおれなくなった。最初は礼を言いながらお茶や菓子を出してたウシも、アイスクリン売りまで出るに及んで、「何《ぬー》が、我《わ》っ達《たー》徳正や見せ物《みしむん》るやんな?」／と怒り出し、納屋から鉈を持ってきて振り回し始めた。（九頁）

ウシが家の内に消えると、共同売店前のガジマルの木陰や公民館の軒下、クワディサーが枝を広げるゲートボール場横のベンチのあたりに自然と人が集まり、見舞いにいって実際に足を目にした者を中心に話がはずんだ。足の形や色艶、におい、固いのか軟らかいのか、爪の変形の具合や過去に村で起こった局部肥大症の症例の数々が話され、吉兆か凶兆か、という予想から、何日で腫れが引くかという賭けが始まる。（一〇頁）

ここでは徳正の妻であるウシの身振りが示される。同時に、共同体の人びとの親密な集団性が描かれている。彼らは後に登場する沖縄戦で戦死した兵隊たち同様に、徳正の変異に行列をつくる。しかもそれは「終戦直後の米軍の配給」を想起させる。語り手はこの共同体内の時間をめぐり、終戦直後と現在を接続するのである。この共同体は広場を必要とした。広場の空間に集まる集団の祝祭性は、村会議員候補者と村民との酒宴に顕著であろう。このような共同体の在り様において、徳正は孤立している。それは彼の「語れない」〈記憶〉、一見親密な共同体において、沖縄戦から時間を経たことにより共有できない〈記憶〉に閉ざされている徳正と、鮮やかに対比されて描かれている。

同時にここで重要なのは、徳正の意識が正常であっても、「しかし、言葉を発することはできず、身振りや眼差しでウシに合図を送ることもできな」（一四頁）い状態にある点であり、そこに〈記憶〉が回帰してくる物語の構造である。テクスト後半において、徳正は、彼個人の沖縄戦の〈記憶〉を隠蔽していることが分かる。それは語ることを抑圧した、表出が忌避された〈記憶〉である。同郷であり首里の師範学校へ進学した石嶺の最期の〈水〉を飲み干し、その場から逃走した自分の行動への負い目により、彼は戦後の〈生〉の時間を規定される。[17] 徳正は周囲に己の不実が露見しないことを願いながら、同時に〈記憶〉の忘却を試みるのである（後述）。

徳正の足の変異に列をなす兵隊たちは、記憶の裂け目、空白から顔を出している。沖縄戦の最中、同じ壕にいた兵隊たちが〈水〉を飲むという行為は、徳正の〈記憶〉の水滴化と吸飲の構図として読めるだろう。

徳正は戦前において師範学校に通う知的エリートであった。戦後は酒の量が増え、怠け者として扱われるものの、同じ字の若い教師である金城から戦争体験の語り手として承認されるのである。徳正は戦争体験を「語る」ことを認められた共同体の人間なのだ。彼に変化が起きたのは、「語る」ことが遮られたときである。「中位の冬瓜」の変異により身振りもできない徳正は、共同体の位相から逸脱する可能性をはらむ。一方で〈水〉が――清裕によって〈生〉の力を秘めた商品として価値づけられる〈水〉が、その出所を隠したまま流通する。それゆえ、徳正が後退した共同体において、前景化するのが〈水〉であり、商品を扱う清裕なのである。彼は物語のレヴェルにおいて、徳正の位相に立つことを〈水〉によって承認された存在であるものの、〈水〉の滋養強壮の期限が切れたことで、祝祭の場から排除される。

叫び声を拳が断った。押しつけられたタクシーのドアのガラスに映る清裕の顔が見る見る崩れていく。カバンが壊され、金が宙に舞う。玉突き事故を起こしながら車が止まり、通勤途中の人々が走ってくる。クラクションと怒号が飛び交う中、四ん這いになって逃げようとした清裕は、襟首を捉まえられてアスファルトに押さえつけられた。ヌンチャクや靴の踵や鳥の脚のように痩せた拳が地鼠《びーちゃー》のように縮こまった体を叩き続けた。(四八頁)

もちろん、徳正の意識の回復には、彼に固有の〈記憶〉が関わる。次節ではその点を考察する。

三、〈記憶〉――「兵隊達の亡霊」の去来

「水滴」における広場空間の乱雑性は共同集団の親密さを企図しながら、徳正の位相を相対化する。徳正は共同体において、言葉を駆使する語り部として、沖縄戦の記憶を所有する主体として現われる。

徳正は、昼、教師に伴われて見舞いにきてくれた小学生達のことを思い出した。この十年来、六月二十三日の「沖縄戦戦没者慰霊の日」の前になると、徳正は近隣の小・中学校や高校で、戦争体験を講演するようになっていた。（二九頁）

以来、村内の他の小・中学校はもとより、隣町の高校からも声がかかるようになった。同じ頃、村の教育委員会が戦争体験の記録集作りを始めていて、その調査員に話をしたのを皮切りに、大学の調査グループや新聞記者が訪ねてくるようになった。テレビの取材を受けたのも二度や三度ではなかった。本土からの修学旅行生を相手に話をするようにまでなった。初めは無我夢中で話をしていた徳正も、しだいに相手がどういうところを聞きたがっているのか分かるようになり、あまりうまく話しすぎないようにするのが大切なのも気づいた。（三〇頁）

一方で、徳正が生徒に語るその言葉は、原稿に記された「馴れない共通語」（二九頁）であったため、最初は語ることに苦労している。この点について、尾西康充は「むしろ、教室での徳正の語りは、〝日本化〟を積極的に推進した戦後沖縄の同化主義的な教育政策――標準語化の度合いが学力向上と文化的生活の指標となる――の典型的な現象であった」[18]と指摘し、徳正と石嶺の間に交される共通語／沖縄語の差異に注目している。

「村の教育委員会」という公式の場に〈記憶〉を提供する徳正は、だが同時に〈記憶〉の核心にはふれない。体験した出来事の語りとして可能な部分を徳正は「語る」に過ぎないのである。それは、聞き手との関係性の中で選択され、尾西の指摘するように「語り」＝共通語として行われるのである。ではなぜ沖縄における戦後教育と関連した「馴れない共通語」を徳正は選択するのか。高橋哲哉は、〈記憶〉を語る行為に関して次のように指摘する。

最悪の暴力の被害者を襲う〈証言の要請〉という第二の暴力。闇の暴力からの生還者を待ち受ける光の暴力。公然と物語ることの、公然化することの、〈公的空間〉そのもののもつ暴力。この新たな暴力に耐えられない被害者は、証言することができなくなる。いいかえれば、この新たな暴力に耐えられないほど傷つけられた被害者の記憶は、〈公的空間〉には必然的に届かない。(19)

公になることを要請する「第二の暴力」をめぐる高橋の言説を参考とするとき、徳正が生活水準の場において駆使する言葉、例えばウシとの会話に現われる沖縄言葉ではなく「共通語」を用いることは、出来事の深層ではなく表層を語ること、定型化した語りにつながるのではないだろうか。戦場の〈記憶〉との出会い直しという語りの場において、その深層と接続する可能性を有する土地の言葉ではなく、「共通語」を使用すること。ここでは、「〈公的空間〉そのもののもつ暴力」に対して、他者の言語としての「共通語」が選択される。そのうえで個人的な痛みの〈記憶〉、深層の〈記憶〉への接触の回避が、徳正を博打や酒＝〈水〉への重度な接触を促しているのだ。

〈公的空間〉から要請された語りの場において、徳正が拒絶しなければならない〈記憶〉。それは同郷から師範学校へ進学した石嶺の死の真相である。この〈公的空間〉において徳正が行うのは、出来事を語りながら死者を忘却する行為であり、「「生者」は「生きるため」に死者たちを忘却し、死の記憶を「消滅」させ、起こったことを「起こらなかったこと」にして、歴史の「傷」が「傷痕を残さずに癒えた」というカタルシス(20)」なのである。

それは、妻ウシの「戦場の哀れで儲け事しよると罰被るよ」(三一頁)という言葉と呼応するだろう。語りの可能範囲内において語られる「戦場の哀れ」は、現前する聞き手との関係性により構築されるもので、語り直しの行為そのものが死者や出来事の忘却をはらむのである。

徳正が保持する〈記憶〉の核心にあるのは、徳正個人の沖縄戦の出来事をめぐる死者たちである。徳正の右足は、「元々毛の薄い方だったが、今では脛毛もすっかり抜け落ちて、産毛に包まれた足は色まで緑が濃くなり、形といい、手触りといい、ハブの頭のような指が無ければ冬瓜そのもの」(一三頁)となり、「徳正は熱も脈も安定し、軽いいびきを立てて眠る日が続」(一四頁)くと、やがて「ベッドの傍に兵隊達が立つようになった」(一四頁)のであった。兵隊たちの目的は徳正の落とす〈水〉である。

五分刈りの頭の半分を変色した包帯で巻いた男は、徳正の右足首を両手で支え持ち、踵から滴り落ちる水を口に受けている。男の喉を鳴らす音が聞こえた。立っている男達が唾を飲み込む。

（一五頁）

彼らが皆、重傷を負った日本兵だということはすぐに分かった。八割方は本土の兵隊だった。年齢はばらばらで、防衛隊として駆り出されたらしい沖縄人の中には、こんな年寄りがと思うような白髪の男もいた。（一九頁）

徳正が認識する兵隊たち。その中に、「村から二人だけ首里の師範学校に進み、鉄血勤皇隊員として行動を共にした石嶺が、別れた時のままの姿で立っていた」（二〇頁）のである。「別れた時のまま」という鮮明な〈記憶〉の想起がここにはあり、同時にテクストは、この最初の対面の場をめぐり「そして、石嶺が艦砲射撃によって腹部に被弾した夜、島尻の自然壕で別れたのだった」（二一頁）とのみ記し、さらなる徳正の〈記憶〉への接続を示さない。一方で、テクスト二八頁以降での三巡目に入った兵隊たちの〈水〉を求める場面では、徳正の感情が示される。

兵隊達はすでに三巡目に入っていた。彼らが壕に置き去りにされた兵隊達であることを知った時、徳正は最初、殺されるのではないかと恐れた。その気配がないことを知ると、今度は兵隊達の渇きをいやすことが唯一の罪滅ぼしのような気がして、親指を吸われることに喜びさえ覚えた。しかし、今は疎ましくてならなかった。（二八頁）

死者との邂逅をめぐる罪悪感から嫌悪感への移行。殺される覚悟をしなければならなかった〈何か〉は、反復される〈水〉飲み行為によって無化されてしまう。ここには戦後を生きることでくり返された〈慣れ〉があるのであり、その〈慣れ〉によって維持された生そのものが、石嶺との距離を遠ざけているのである。それは石嶺への最初の気づきの場で発せられた徳正の言葉、「イシミネ……」（二〇頁）がカタカナ表記であり、一方で戦場での別れの場における呼びかけが、「石嶺」（四〇頁）、「赦してとらせよ、石嶺……」（四〇頁）と漢字表記されている点とも関わる。心的なつながりが強かった時期における呼び方が漢字で示され、物語現在ではカタカナで示されることは、戦場において石嶺への〈水〉を奪ってしまったことへの罪悪感から発せられた「イシミネよ、赦してとらせ……」（四三頁）がカタカナであったことも考え合わせると、それは心的な距離が保持されたままの出会い直しを意味するだろう。[21]

とっくに気づいていながら認めまいとしてきたことが、はっきりとした形を取って意識に上ってくる。／兵隊たちは、あの夜、壕に残された者達だった。／右足の痛みがよみがえる。石嶺の番が来た時、徳正は声をかけようと頭をもたげた。石嶺は目を伏せたままだった。徳正は何も言えないまま枕に頭を落とし、目を閉じた。冷たい両の掌が腫れた足首をつつむ。薄い唇が開いて親指を口に含んだ。舌先が傷口に触れた時、爪先から腿の付根に走ったうずきが、硬く

なった茎からほとばしった。小さく声を漏らし、徳正は老いた自分の体が立てる青い草の匂いを嗅いだ。（二一頁）

隠蔽された記憶の中心の石嶺との間には、田口律男が指摘するようにホモソーシャルな関係も見出せる。[22]語り部として「戦場の哀れで儲け事」する徳正にとって、〈記憶〉の深層部位に隠蔽された石嶺は招かれざる存在であっただろう。「なぜ自分がこんな目に合わなければならないのか。徳正は日に何十回もそう嘆いたが、理由を考えようとはしなかった」（二八〜二九頁）徳正にとって、石嶺の存在こそが回避してきた〈記憶〉なのである。

沖縄戦における戦場での石嶺との別れは、艦砲の至近弾の攻撃による。至近弾を受けて「一緒にいた三名の女子学生達は即死状態」（三七頁）、「石嶺も破片で腹を裂かれ」（三七頁）ていた。宮城セツは同じ村出身の女子学徒隊員であり、[23]彼女は「水筒と紙袋」（三九頁）を徳正に手渡すと、再会の約束を結んで別れた。徳正は渡された水筒の水を飲み干してしまい、それが負い目となりながらも戦場を生きのびた。混乱の後、村に帰ると石嶺の母親が尋ねて来たが、「逃げる途中ではぐれて、その後の行方は知らない、と徳正は嘘をついた。それから数年間、毎日の生活に追われることで、石嶺の記憶を消し去ろうと努めた」（四一頁）のであった。ここでは、戦場での石嶺をめぐる〈記憶〉の「嘘」と、その〈記憶〉の隠蔽への「努め」が示されている。したがって、徳正が語り部として語ることはまた〈騙る〉ことでもあるのだ。[24]一方で、〈水〉を求める石嶺との邂逅こそが、戦場での出来事＝負い目＝

〈記憶〉の想起を促すのである。

さらに、石嶺との関係性を知る（と徳正に思われる）宮城セツの死を知った事後がテクストには次のように記される。

水筒と乾パンを渡し、自分の肩に手を置いたセツの顔が浮かんだ。悲しみとそれ以上の怒りが湧いてきて、セツを死に追いやった連中を打ち殺したかった。同時に、自分の中に、これで石嶺のことを知る者はいない、という安堵の気持ちがあるのを認めずにはおれなかった。声を上げて泣きたかったが、涙は出なかった。酒の量が一気に増えたのはそれからだった。以来、石嶺のこともセツのことも記憶の底に封じ込めて生きてきたはずだった。（四三頁）

ここには、枯渇した〈水〉としての涙、それを補う形で消費される〈水〉としての酒の補完関係が見出せる（後述）。一方で、戦場における負い目としての〈記憶〉が自身に委ねられたと徳正が認識した点も明らかになる。隠蔽、忘却へと向かう徳正の〈記憶〉は、戦後に生きる徳正を規定する。酒や博打に手を出すその内面を、テクストは戦場での〈記憶〉との関わり（「しかし、徳正が酒浸りになるようになった理由は他にあった。祖母の四十九日の席で、村の老女たちの会話から、徳正は宮城セツのことを偶然知った」四二頁）において示すのである。鈴木智之は、徳正の抱えこんだ〈記憶〉は「彼の帰属する「村＝共同体」の他の人々には共有されない、きわめて孤立した物語[25]」だと指摘する。沖縄戦の混乱の中で生じた個人をめぐる固有の〈記憶〉が、戦後の長い時間を規定してしまう構造は、〈記憶〉の暴力性を示す。それゆえ孤立した存在としての徳正がここに感知されるのである。〈記憶〉は徳正の「語り／騙り」に常に同伴され、「戦後五十年」という時間の中に忘却することを許さなかった。そのような〈記憶〉の裂け目から、徳正に内在されていた兵隊たち、石嶺は去来したのである。

したがって「水滴」においては以下の点が問われるだろう。徳正は、過去が想起するモノと「和解」できたのか。あるいは、そこに「癒し」はあるのか、との問いである。

四、〈水〉——出来事に起因した液体

徳正は沖縄戦における石嶺の〈記憶〉を語らない。「とっくに気づいていながら認めまいとしてきたことが、はっきりとした形を取って意識に上ってくる。／兵隊たちは、あの夜、壕に残された者達だった」（二一頁）にもかかわらず、徳正は認識を先送りにした。その兵隊たちの中に石嶺がいる。石嶺に関して隠蔽と忘却にふされる〈記憶〉とは、戦場での混乱の中で、〈水〉の搾取と、現場からの逃走に起因したと徳正に理解される石嶺の死の問題である。

（セツから預かった——引用者）水筒の水を掌に受けて、白い歯ののぞく（石嶺の——引用者）唇の間にこ

ぼした。あふれた水が頬を伝わるのを目にした瞬間、徳正は我慢できなくなって、水筒に口をつけ、むさぼるように水を飲んだ。息をついた時、水筒は空になっていた。水の粒子がガラスの粉末のように痛みを与えながら全身に広がっていく。徳正はひざまずいて、横たわる石嶺の姿を眺めた。闇と泥水がゆっくりと浸透し、もう起こすこともできないほど重くなったように見える。壕の中の声が聞こえなくなっていた。空の水筒を腰のあたりに置いた。／「赦してとらせよ、石嶺……」（四〇頁）

「赦してとらせよ、石嶺……」と語る徳正は、まさに謝罪すべき行為をしたと認識している。それは、一方で戦後の徳正の生を規定してきた〈記憶〉とつながる。戦前の知的エリート（師範学校生）だった徳正が、戦後にウシと結婚し、やがて祖母が亡くなり、ウシと「二人きりになると、徳正の酒の量が増え、博打にまで手を出すようになっ」（四二頁）ていく。戦場で、徳正の身体に「痛みを与えながら全身に広がってい」った〈水〉こそが、その痛みの〈記憶〉を、戦後の時間の中に保持していくのである。

例えば、ガストン・バシュラールは〈水〉のイメージに関して「運命の一タイプであり、それも流動するイマージュの空しい運命、未完成な夢の空しい運命ではなくて、存在の実体をたえず変貌させる根元的運命である」[26]と述べる。徳正の「根元的運命」を規定することになった〈水〉は、徳正＝生者／兵隊たち＝死者をつなぐ接点となる。そして〈水〉は〈記憶〉を喚起する素材ともなる。徳正において抑圧され、また表出されえなかった〈記憶〉の一形態として滴る〈水〉は、兵隊たち＝死者への贖罪の意味を担いながら、テクストはそれだけに留まらない解釈を提示する。徳正と同年生まれであり、鏡像的存在である従兄弟清裕が手にした〈水〉は、滋養強壮を促す商品価値を増していく。医者である大城に「要するに、ただの水ですね。少し石灰分が多いようですが」（二二頁）と指摘された「ただの水」の商品としての価値を清裕は見逃さないのである。

清裕はバケツの所にとって返し、滴る水を手に受け、薄くなった額をぴちゃぴちゃ叩いた。効果が表れるのに五分もかからなかった。むずむずと皮膚の下で小さな虫が這うような感じがし、撫でると細くやわらかい毛髪を突き上げるように固い芽の手触りがあった。心《ちむ》どんどんするのを抑えてバケツの水を掬ってみた。（二七頁）

ここで〈水〉は物語内における同時代の人たちの活力剤になる。それは身体から喪失したものの無からの再生であり、生命の喚起である。ここに昼間の〈水〉が生者を、夜の〈水〉が死者を癒す構図が構築されるのである。そして、ここでは〈水〉が癒しとして明確に機能しているのかを考察する。

川村湊は「徳正の寝床に「幽霊」たちが現れてくるのは、まさしく彼が「戦争の記憶」の正しい「語り部」ではなく、〝嘘吐き〟であるからにほかならない。彼は沖縄戦の「記憶」を捏造し、歪曲し、感動的で悲惨な「物語」として仕立て上げることによって、戦争の正しい証言者として認知されていったのである」[27]とし、死者たちは徳正の嘘を糺す存在なのだと指摘する。川村の考察をふまえ、テクストに目を向けると、「兵隊達の亡霊」は徳正の嘘によって内在化される〈水〉に呼応している点がうかがえる。〈水〉は徳正から滴る。この液体と、〈記憶〉の抑圧＝虚言とは表裏の関係にあるだろう。徳正は、戦後を生きる中で、戦時の〈記憶〉から目を背ける。一方で、「徳正の酒の量が増え」（四二頁）、また宮城セツの死の真相との遭遇が「酒浸りになるようになった理由」（四二頁）であるうえに、戦争体験の語りに対する報酬も「大半は酒や博打に消えた」（三〇頁）のであった。戦時の〈記憶〉に関わりながら消費される酒は〈水〉と相似的な意味関係を結んでいるのである。また、医師の大城により「少し石灰分が多い」とされた〈水〉は、宮城セツから託された水筒の〈水〉を飲んだことによる罪悪感（「水の粒子がガラスの粉末のように痛みを与えながら全身に広がっていく」四〇頁）と重なっており、石嶺を置いて逃げる途中は「月明りに白い石灰岩の道が浮かび」（四〇頁）と描写され、その道中に倒れた兵に足をつかまれた徳正は「右の足首に痛みが走った」（四一頁）のであった。また、徳正と石嶺たちが隠れた「壕は琉球石灰岩の小高い森の中腹にあった。降りしきる雨は木々の葉にあたって細かい霧になり、入口近くの岩壁のくぼみに隠れた石嶺と徳正の体に沁み込んだ」（三八頁）のであった。[28]「降りしきる雨」、「細かい霧」、セツの託した水筒の〈水〉と、「琉球石灰岩」「白い石灰岩」の重なり、戦後の飲酒と〈記憶〉の抑圧は、徳正の内部で絡み合いながら、表出されるその時を待っていたのである。川村の指摘する嘘の語り部としての徳正が蓄積した〈水〉は、テクストにおいて、「兵隊達の亡霊」の渇きを癒す。村上陽子は以下のように指摘する。

徳正のもとに到来する兵隊たちは、まったき死に向かうことができないまま、身体に留め置かれていると言えよう。兵隊たちは痛みや渇きという欠落と同時に、移ろうことのない身体をも有している。兵隊たちはその身体が「不変」であるという、まさにそのことによって死んでいたのである。だが、生と死の境界上に位置づけられているこの存在は水を飲むという行為を通して身体を回復させていった。兵隊たちは「不変」であったはずの身体を水によって変容させ、欠落を補い、生と死の境界を越えていく。(29)

「生と死の境界を越え」る場に〈水〉があり、その〈水〉は徳正の右膝の「中位の冬瓜」に似た変異を水源として滴る。徳正の〈記憶〉と関わりながら生成された〈水〉は、確かに死者の「不変」な身体の「欠落を補」うのであり、その意味で〈水〉は一定の効果を示すものである。

同時に、徳正から滴る〈水〉は、「兵隊達の亡霊」を呼び寄せ、その兵隊たちとともにある石嶺の存在が〈記憶〉を想起させる。抑圧された〈記憶〉の回路として機能するのが〈水〉であり、〈水〉によって徳正は、過去の出来事の当事者として、再び出来事に対面するのである。一方、ここでの対面において、「石嶺」と「イシミネ」という表記から徳正と石嶺の距離が見出せる点は指摘した。沖縄戦での壕での死者は渇きを癒す〈水〉を求め、徳正から得る。そのことにより「兵隊達の亡霊」は癒されたのか、癒しをもたらすことは可能だったのか。可能だとしたら、それは徳正が生きた戦後五〇年の空白の穴埋め、再生の機会となる。だが、その死者＝石嶺との間の「赦し」は相互性を持たない。ここでは田口律男の指摘が参考になる。[30]

つまり、水滴による癒しとは、両義的なものであったのだ。それは、死者の根源的な「渇き」を癒すものであると同時に、生者には猥雑な欲望を助長し、果てはグロテスクな衰滅をまねくポイゾンでもあったのである。

また、大原祐治が述べるように「この小説が提示しているのは、決して、友人を見捨てた罪障感に悩まされてきた徳正が赦され癒される物語などではない」[31]のである。〈水〉をめぐる徳正と石嶺の和解はすれ違いのままに果たされないだろう。

土気色だった石嶺の顔に赤みが差し、唇にも艶が戻っている。怯えや自己嫌悪のなかでも茎は立ち、傷口をくじる舌の感触に徳正は小さな声を漏らして精を放った。／唇が離れた。人差し指で軽く口を拭い、立ち上がった石嶺は、十七歳のままだった。正面から見つめる睫の長い目にも、肉の薄い頰にも、朱色の唇にも微笑みが浮かんでいる。ふいに怒りが湧いた。／「この五十年の哀れ、お前が分かるか」／石嶺は笑みを浮かべて徳正を見つめるだけだった。起き上がろうともがく徳正に、石嶺は小さくうなずいた。「ありがとう。やっと渇きがとれたよ」／

きれいな標準語でそう言うと、石嶺は笑みを抑えて敬礼し、深々と頭を下げた。壁に消えるまで、石嶺は二度と徳正を見ようとはしなかった。薄汚れた壁にヤモリが這ってきて虫を捕らえた。／明け方の村に、徳正の号泣が響いた。（四四頁）

記憶の裂け目から去来した石嶺との邂逅が、沖縄戦の解釈の画一化、徳正の語り部としての物語化に抗する。ここで徳正にふいに喚起された「怒り」は、死者である不在の石嶺に発せられる以上、対象を持たない宙吊りのものとなる。石嶺の発する「ありがとう。やっと渇きがとれたよ」という「きれいな標準語」は、和解の不可能性を示す要因となり、徳正に刻印されつづけるのである。

〈水〉は徳正に蓄積された〈記憶〉の表出であり、過去の出来事に起因した液体として昼と夜の世界に存在した。したがって、芥川賞選評でも指摘された清裕が果たした「寓意性／寓話性」は、ある個人の戦時下の〈記憶〉と語り部としての〈記憶〉の二面性――「語りの不可能性＝隠蔽」と「語りの可能性＝物語化」の現われでもある。〈水〉は、出来事を内在しながら、戦後の徳正の生と沖縄戦における壕の兵士や石嶺の死をめぐるものであり、それは徳正に〈記憶〉を想起させながら、「この五十年の哀れ」という生きる側の痛みにつながる。死者は和解するためにプロジェクションされたものではなく、徳正の〈水〉を通りすぎる存在として、「哀れ」の意味の問い直しの可能性を示すのである。

五、沖縄戦を語る物語

徳正が意識を取り戻すと、〈水〉の効果は途切れた。清裕は資本経済の頂点から転落することになる。

明りを点けっ放しにしたまま、自分が寝たきりになっていた間の村の出来事を聞きながら、水を飲みにきた兵隊や石嶺のことを話そうかと迷った。しかし、結局話せなかった。これからも話すことはないだろうと思った。(四八〜四九頁)

一方で「ただ、体調が回復したら、ウシと一緒にあの壕を訪れてみたいと思った。戦争中、ここに隠れていたのだ、とだけ言い、花を捧げ、遺骨を探すつもり」(四九頁)にもなる。だが「そう決意する一方で、自分はまたぐずぐずと時間を引き伸ばし、記憶を曖昧にして、石嶺のことを忘れようとするのではないかと不安になった」(四九頁)と語られる。〈記憶〉を止め置くこと自体が放棄される可能性が刻まれ、それがまた徳正が立ち会った石嶺との再会という出来事との交流の深化の不可能を示している。

そして、このホモソーシャルな関係において、宮城セツや女子学徒隊の存在が、〈水〉を伴う徳正の〈記憶〉への接触から排除されている点はやはり見落とせない。

本論では、戦時下において〈水〉を奪った〈記憶〉をめぐり、忘却のための暴飲という液体の蓄積と、その放出の場における徳正と石嶺の関係を軸に、昼と夜をめぐる〈水〉の意味を考察した。「この五十年の哀れ、お前が分かるか」という死者への問いは、沖縄戦という凄惨な出来事をいかに生き抜き、戦後の時間をいかに生きねばならなかったか、その生への痛みを示唆している。戦争をめぐる生と死の分岐。死者は生者の中に生き、生者は死者とどのように向き合うか、また向き合えないのか、その可能性の在り様を「水滴」は示唆しているのである。

注

（1）嶋津与志「沖縄戦はいつ終ったのか」（『沖縄戦を考える』ひるぎ社、一九八三・五、一七四、一七五頁）による。嶋はこの日に拘泥する理由として「六・二三＝将軍自害＝沖縄戦の悲劇という定式化によって、さまざまな戦場の実相がかき消され美化されてしまうことを危惧するからである」（一七八頁）と述べている。

（2）玉木一兵は、慰霊の日に関して、「民俗の言葉で言うウマンチュ（万人、民衆）が、その全体の位相に埋没する形で、戦争犠牲者を一括して追悼するという、ハレの儀式を執り行う場である。そこへ出掛けていって、祭壇に花を手向け、線香を焚くものたちは、被害者としての自己認識の上に自足し、追悼というある漠然とした、極めて審美的陶酔的な感慨にひたることになる」(「「水滴」の或る読解」『ＥＤＧＥ』一九九七・一〇、一九頁)と指摘する。

(3)例えば、大城立裕の「カクテル・パーティー」は、基地を軸とした支配／被支配、戦争の加害者／被害者を定位させない重層的な語りの物語であるが、一方、ベトナム戦争遂行の基地である沖縄における戦争の継続を読むこともできる。

(4)「水滴」は、一九九六年度第二七回「九州芸術祭文学賞」において最優秀作に選ばれ、『文學界』(一九九七・四)に掲載、その年の芥川賞に選ばれた(『文藝春秋』一九九七・九)。本論での引用には単行本『水滴』(文藝春秋、一九九七・九)所収の「水滴」を用いた。

(5)友田義行は徳正の右足と水の関係に着目し、「作中には過去に属する出来事すなわち回想や死者の身体についても右足にまつわる記述が見られ、両者を関連付けて解釈することを促す」とし、事例を挙げながら「足に限らず、身体でも空間でも右側へと徳正の意識は誘われていく」と指摘する(「目取真俊「水滴」における時間・記憶・身体」『信州大学教育学部研究論集』二〇一七・九、六三頁)。

(6)「水滴」において重要な登場人物として妻ウシが挙げられる。村上陽子が「排除される女性身体」(「循環する水――目取真俊「水滴」」『出来事の残響』インパクト出版会、二〇一五・七、第一二章五節)として指摘するように、ウシは産む性の位相にいない。「子供の無いウシと徳正は、四十年近く農業をしながら二人きりで暮らしてきて、どちらかが欠ける生活など考えたこともな」(「水滴」一一頁)いのだが、夫婦は別の部屋で寝ている。兵隊たちが徳正の元に現われたのは、「ウシは畑に出る時間を増やし、夜は大き目のバケツを用意して、今まで通り自分の部屋で寝るようにした」(「水滴」一四頁)その夜であった。ここではウシの退出と兵隊たちの出現が交換的に行われる。あるいは、壕の中の死者(徳正の前に現出する亡霊)の列に女性はいない。徳正の体験した沖縄戦における壕の死者との邂逅。そこに学徒動員された女性たちが不在であることは重要な問題である。

（7）「第二十七回九州芸術祭文学賞発表」における選評（『文學界』一九九七・四）
（8）「第117回平成九年度上半期芥川賞決定発表」における選評（『文藝春秋』一九九七・九）
（9）新城郁夫は、徳正の戦争の記憶、清裕の水の秘密という、共同体内部における秘密保持の相同性についてふれながら、「その点において、二人は鏡像的な存在でさえある」（「「水滴」論」『沖縄文学という企て――葛藤する言語・身体・記憶』インパクト出版会、二〇〇三・一〇、一三六頁）と指摘する。
（10）イーハブ・ハッサン「未来の予表・忘れられた王国――21世紀を迎える沖縄文学」（『沖縄文学フォーラム 沖縄・土着から普遍へ――多文化主義時代の表現の可能性 報告書』一九九七・三、三七頁、傍点ママ）
（11）参加者は実行委員長大城立裕、日野啓三、池澤夏樹、又吉栄喜、湯川豊（司会は岡本恵徳、黒澤亜里子）である。
（12）花田俊典は、フォーラムの感想として「現代の東京にないもの、今日のヤマトが失ったもの、それが沖縄にはある、ひたすらそうくり返して「誉め殺し」にする態度は、〈私〉－〈それ〉の関係ですらなく、ただの〈私〉－〈プレ私〉という関係にとどまる自閉的なモノローグの自慰にほかならない」（「〈オキナワ〉私記」『敍説XV』一九九七・八、九三頁）と述べる。
（13）目取真俊「沖縄の文化状況の現在について」（『けーし風』一九九六・一二、二九頁）
（14）目取真俊「受賞の言葉」（『文藝春秋』一九九七・九、四二四頁）
（15）目取真俊、池澤夏樹「「絶望」から始める」（『文學界』一九九七・九、一七六頁）
（16）前掲（15）書、一八〇頁
（17）岡本恵徳は「水滴」に関して「無意識のキズがその人間を本質的な部分規定しているところまで踏み込んでいる。それを肉体性、奇形として表現している」（岡本恵徳、マイク・モラスキー、親泊仲真「座談会「水滴」と沖縄文学――目取真俊氏の芥川賞（上）」『沖縄タイムス』一九九七・七・二二）点を評価する。
（18）尾西康充「目取真俊「水滴」論――ウチナーグチとヤマトゥグチの境界をまたぐ」（『国文学攷』二〇一六・

九、八頁）

（19）高橋哲哉「満身創痍の証人――〈彼女たち〉からレヴィナスへ」（『記憶のエチカ――戦争・哲学・アウシュヴィッツ』岩波書店、一九九五・八、一四七頁）

（20）高橋哲哉「精神の傷は癒えない」（前掲（19）書、一二七頁）

（21）テクストにおける表記をめぐっては、前掲（19）書とともに、松下博文「沖縄戦と〈きれいな標準語〉――目取真俊「水滴」への視角」（『語文研究』二〇〇六・六）を参考にした。

（22）田口律男は「つまり徳正にとって、死者たちとの交感（交歓）とは、隠蔽された過去や罪責の自認をうながすものであったと同時に、エロス的癒合をとおしての贖罪行為としてもあったのである。しかし、こうしたエロスを仲立ちとした死者とのホモソーシャルな交感（交歓）は、ロマン主義的である」（「目取真俊「水滴」論――文学・美学・イデオロギーへの抵抗」『都市テクスト論序説』松籟社、二〇〇六・二、四〇七頁）と指摘し、「水滴」における癒しの問題を考察している。

（23）例えば宮城セツ、あるいは三名の女子学生の「亡霊」は徳正の〈水〉を飲みには現われない。「排除される女性身体」（前掲（6）書）の事例といえよう。

（24）天満尚仁による「戦争が終わって村に帰ってきた時、〈石嶺の母〉に石嶺の消息について〈逃げる途中ではぐれて、その後の行方は知らない〉と〈嘘をついた〉徳正にとって、嘘をつくこと＝騙りは徳正の〈沖縄戦《きおく》〉、すなわち、石嶺に対して最も親和性のある行為なのであり」、「ここでは、徳正の〈強いられた〉不誠実さが徳正の〈沖縄戦《きおく》〉に深く結びついているということが、騙りの背理性として図らずも語られているのである」との指摘を参考にした（「単独性としての〈沖縄戦《きおく》〉――目取真俊「水滴」論」『立教大学日本文学』二〇〇九・一二、一四一頁）。

（25）鈴木智之「寓話的悪意――目取真俊と沖縄戦の記憶」（『社会志林』二〇〇一・九、八頁）

（26）ガストン・バシュラール／小浜俊郎、桜木泰行訳「想像力と物質」（『水と夢――物質の想像力についての

試論』国文社、一九六九・八／引用は一九九五・一二、第一〇刷、一六頁）

（27）川村湊「沖縄のゴーストバスターズ」（『風を読む　水に書く――マイノリティー文学論』講談社、二〇〇〇・五、七四頁）

（28）「その大きな黄色い花に見とれていた清裕は、ふと、雑草にしても仏桑華にしても勢い良く茂っているのが、ウシの撒いた水を浴びて水滴が輝いている部分に限られているのに気づいた」（二四頁）とあるように、徳正から溢れる〈水〉は、人間や死者だけでなく、沖縄の郷土の自然、土地そのものとつながる生育の力を秘めている。

（29）前掲（6）書、二五六頁

（30）前掲（22）書、四〇九頁

（31）大原祐治「「二者択一」の論理に抗する――目取真俊「水滴」論」（『学習院大学国語国文学会誌』二〇〇八・三、六六頁）

第十一章　目取真俊「魂込め」論――誤読される〈記憶〉の行方

一、沖縄を描くための「緊張感」と「グロテスク」

一九九〇年代、日本の文学環境をめぐる象徴的な文学賞である芥川賞を、沖縄出身の又吉栄喜（「豚の報い」一九九五年下半期）、目取真俊（「水滴」一九九七年上半期）が相次いで受賞した。

一九九〇年代は、バブル経済の崩壊を受け経済が弱体化するなど、日本の〈繁栄〉に陰りが見え始めており、また又吉栄喜が芥川賞を受賞した一九九五年は日本の歴史にとって重要な年となった。一月の「阪神淡路大震災」、三月の「地下鉄サリン事件」、そして九月には沖縄において米軍兵士による少女暴行事件が発生し、大規模な反基地運動へと発展した。(1) 例えば、高橋敏夫は以上のような状況をふまえながら、一九九五年について「バブル崩壊のあとまだわずかに残っていた余裕をわたしたちから最終的に奪い去った年であ」り、「現実の問題を解釈し説明し解決の方向を指し示してきた「常識」

の根幹が無効になり、その結果、現実は「なんだかわからないもの」のかたまりと化」したと指摘する。[2]露見する出来事は戦後の日本の安全や信頼といった神話を崩壊させ、善悪の所在を不可視化してしまう。

このような状況を経た一九九六年一二月一五、一六日、沖縄において「沖縄・土着から普遍へ――多文化主義時代の表現の可能性」と題した「沖縄文学フォーラム」が行われた。[3]ここではまず米軍占領期、施政権返還、本土復帰等をめぐる戦後五〇余年の時間をめぐり、文学がどのように変化したのかを考える機会が提供された。だが一方、花田俊典が指摘するように、件のフォーラムにおけるオリエンタリズム的な言説構築には注意が必要である。[4]沖縄という場が自律的に立ち上がる側面と、本土側の消費欲求において再編制される側面を花田は指摘する。本フォーラムは、九五年の米兵による少女暴行事件が示した暴力、さらには沖縄戦を経た上での戦後の沖縄県の構造、つまり米軍統治や本土復帰といった歴史性の所在を明らかにすることよりも、土着の文化の重要性が問われる場であったともいえるだろう。

その翌年、一九九七年に「水滴」で芥川賞を受けた目取真俊は、池澤夏樹との対談において、沖縄が「癒し」の場として欲望される現状にふれつつ「沖縄の人自身が、ここを癒しの場と認識してしまうと、沖縄内部の厳しい状況や、別の顔が見えなくなってしま」うと述べ、つづけて「沖縄が自信を持ち始めて、今までコンプレックスだった部分をプラスに捉え始めた。その自己肯定が、ある種の甘さにつながっていって、逆に共同体や沖縄的な風土との緊張感が薄らいでしまった」と指摘した。[5]沖縄が一九八〇年代になり、「政治の季節から文化の季節にはいった観があ」ると、先のフォーラムの序文（三頁）に述べる大城立裕の言葉に従えば、又吉栄喜「豚の報い」や目取真俊「水滴」は、沖縄の文化的豊饒性を基盤とした作品として読めるだろう。しかし、目取真は「文化の光で権力構造を隠蔽する」(6)可能性についてふれ、「もっとグロテスクで、すごく生々しい、プラスにもマイナスにも転じるようなもの」として「沖縄の現実を小説として創り出していけば、単純に「癒し」に回収されるものにはならないはず」(7)だと述べている。「癒し」という言説に抗するために「緊張感」のある両義的で「グロテスク」な作品を創造することがここでの目取真の矜持なのだといえる。(8)

「魂込め《まぶいぐみ》」は『小説トリッパー』（一九九八・夏季号）に発表され、第四回木山捷平文学賞、第二六回川端康成文学賞を受賞した。(9)川端康成文学賞の「選評」において、小川国夫は物語の「その経緯には太平洋戦争や経済復興もからんできて、時代との関係も示し」ているとし、田久保英夫は「沖縄の御嶽（うたき）信仰を中心にした、現代の神話的な世界だが、根底には戦争の傷あとがあり、筆致は力づよい」、秋山駿は「描写の線描が勁く、印象鮮烈である」と評価する。また井上ひさしは「こういう途方もない出来事を報告するために、やがて作者は語りの、もっとも素朴な形態、説話体を併用し」たとし、津島佑子は「その「魂」の姿が切なく、美しく、忘れがたい」と述べる。(10)「魂込め」評価として沖縄の神話、戦争の記憶、経済復興という問題が読み込まれている点は興味深い。

本論では、視点人物ウタの〈記憶〉の問題を中心に、〈魂落とし〉により沈黙を強いられる幸太郎の存在を集落の位相において分析する。そこに生起する暴力の意味を問い、戦争の〈記憶〉の伝承、また集落の伝統文化の継続の困難が、相同的に〈記憶〉の消却に関わる点を指摘したい。

二、集落共同体の維持と困難――ウタをめぐって

子どもの頃から幾度も〈魂《まぶい》〉を落とす、今は五〇歳を過ぎた幸太郎は、その度に、母親代わりのウタの〈魂込め〉により救われてきた。米軍との沖縄戦下、まだ乳飲み子だった幸太郎の父母は死亡している。戦争で夫を亡くし、子どものなかったウタは、幸太郎を慈しんだ。その幸太郎の口の中にアーマン（オカヤドカリ）が侵入し、体内を占拠する。〈魂〉を落としている幸太郎は、同時に体内の占拠という異常事態にみまわれるのである。そこで「宗教的な民間の巫女」[11]であるユタのウタが〈魂込め〉を実践する。

「魂込め」は、次のように始まる。

公民館の方からラジオ体操の音楽が流れてくるのを鼻で笑い、ウタは開けはなした座敷の濡れ縁に座ると、朝露に濡れた庭の緑が陽の光を受けてあざやかさを増していくのを眺めながら黒砂糖をひとかけ口にふくみ、熱い茶をすすった。（二五七頁）

「村の教育委員会と老人会の役員」（二五七頁）により推奨されるラジオ体操は、老人と孫の世代をつなぐ役割を担う。だが、ウタはラジオ体操の音楽を聞きながら、「鼻で笑い」、「座敷の濡れ縁に座り」、黒砂糖を「ふくみ」、「熱い茶をすす」る。そして、ラジオ体操の音楽に我慢できなくなったウタは次のような行動に出る。

ウタは家にとって返すと軒下にかけた鎌を手に取り、子供たちが体操をしている広場の真ん中を突っきって、スピーカーにつながる電線を切るために電柱をよじ登りはじめた。川上はあわててスイッチを切り、以来ラジオからじかに流すことになった。（二五七～二五八頁）

ラジオ体操は一九二八年、当時の逓信省簡易保険局が制定したもので、戦争期を通して、「近代的軍隊にとって規律ある、命令に従順な身体」[12]を持つ兵隊作りの装置として働いた。[13]その再生産ともいえる場面は、「村の教育委員会と老人会の役員が、やれお年寄りと子供たちの交流だの、やれ早寝早起き運動への協力だのと言いだし、老人会と子供会の合同ラジオ体操を公民館前の広場でやりだした」（二五七頁）とされる。ここでのウタによるラジオ体操への嫌悪が示すのは、〈規律〉化や〈従順〉な身体生成への異議ともいえる。

一方で、〈魂込め〉を行えるウタは共同体の維持を支える規律的な存在でもある。[14]幸太郎の身体の異変である〈魂落とし〉に直面した妻フミは、文化伝統の範疇において集落の規範を担うウタのもとへ駆けつける。

最初は鼻毛かと思っていたら急に引っ込んで、今度は唇の間から三センチほどはみ出し、頬や顎のあたりをちょんちょんと探るように動いている。（中略）紫がかった灰色の爪が口をこじ開け、姿を現わしたのは大人のこぶしくらいもありそうな大きなアーマン（オカヤドカリ）だった。

（二六一頁）

幸太郎の身体の異常は、第一〇章で論じた「水滴」[15]における徳正の、「中位の冬瓜」ほどに膨れた足の異変を想起させるだろう。ここに用いられる魔術的リアリズムの方法を、目取真は〈現実〉の変容として認識する。[16]本土からの「癒し」の求めや沖縄の賛美によって多層な〈現実〉が無化されることと。例えば目取真は「この沖縄は政治も文化も貧しいシマ」であると考えながら、「少なくとも、この貧しさを直視するところから小説を書いていきたい」と述べる。[17]その方法として、前景化するのが魔術的リアリズムなのである。

幸太郎の体内を占拠するアーマンを取り出すための〈魂込め〉がウタによって行われる。「村に伝わっている魂込めの儀式は、それほど難しいものではなかった」（二六三頁）とあるが、風土に根差した土着的儀式を、この集落において実行できるのはウタだけである、とフミは認識する。だがウタの〈魂込め〉は成功しない。

したがって、小説内部に仮構された集落は、土着の文化を内包しつつ、伝統に依拠した空間として機能しているわけではないのだ。むしろ、ウタの儀式の不成立こそが、ウタを共同体から疎外することになる。鈴木智之は「この女主人公は、物語の外部に疎外され」ており、「作品の結末に書き込まれた「祈りはどこにも届かなかった」という言葉は、その伝統的な「司祭」の無能と敗北を端的に要約している」と指摘する。[18]「司祭」の敗北は、伝統や文化の敗北と呼応し、集落共同体の規範維持の不可能性を示すだろう。ウタの住む集落は、新しいフェーズへの移行を志向しているのである。ここには、後述するように〈記憶〉の問題があり、その当事者こそが他ならぬウタなのである。幸太郎への愛情は、沖縄戦の〈記憶〉と密接に関わる。そして、幸太郎の母親であるオミトの死にまつわる〈記憶〉とその抑圧へのウタ自身による気づきが、「魂込め」におけるひとつの主題であり、戦時下と同じ集落に住みつづけながら想起されないままでいた沖縄戦、オミトの死の〈記憶〉と対面することの痛みとの向き合い方が示されていくのである。

また、集落の様子をみるに、例えば区長の新里やフミとその二人の子供には、幸太郎の形象化した〈魂〉は感知されない。ここでは〈魂〉を軸に、見える者と見えない者が峻別されており、ウタの能力が際立つ一方で、「四十を過ぎて子供も二人いるというのに、先祖が首里の士族と自慢しているわりには役にも立たん」（二六〇頁）とウタに思われているフミは、伝統性から離脱した人間であるゆえに、〈魂込め〉の儀式の成果を待てず、区長の新里に相談してしまう。集落の代表者が集まり、幸太郎に対する善後策を話し合う場面は次のように描かれる。

公民館に入ると老人会・壮年会・青年会・婦人会のそれぞれの会長が、事務所横の畳の間に座ってウタを待っていた。区長の新里をはじめすでにビールを何缶か開けたらしい男たちは、夕飯代わりに出された刺身や握り飯をほおばりながら三カ月後に行なわれる村会議員選挙の話をしていた。壮年会長をしている古堅宗助が立候補を狙っているとの噂があって、青年会長の金城弘の肩を叩きながらビールをすすめている姿に、ウタは幸太郎のことを気遣う気持ちを汚されたような苛立ちを覚えた。（二六九頁）

選挙の話題に盛り上がり、さらに新里から、幸太郎が原因となり「ヤマトゥの企業が計画しているホテルの建設にも支障が出る」（二七〇頁）ことへの懸念の言葉が出される。「ホテルの誘致は他の地域でも狙っておる」（二七〇頁）り、幸太郎のことが知れたら話が流れてしまうため、「絶対に秘密にしておかないといけん」（二七〇頁）のである。さらには、青年会長の金城が幸太郎を宣伝に利用できる可能性を示唆し、ウタに叱責されるが、本土からの資本による地域の活性化に反対する者は、この場にはいない。アーマンが宿るという異様な身体を受け入れる文化的土壌を持ちながら、資本を通した経済性をもたらす本土という他者に対して、幸太郎の異様な身体は隠蔽される必要がある。細見和之は「アイデンティティを他者性との関係で捉えるとき、この身体という次元を無視することはできない」[19]と指摘するが、「魂込め」では本土（資本）という他者を受容する過程において、幸太郎の身体を隠蔽することで新たな共同性が提示される様子が描かれており、集落に象徴される沖縄の文化的アイデンティティは無視される。そして、その交錯点においてウタは自らの文化的規範者としての限界を集落にさらすことになるのである。つまりここでは、伝統文化の圏域が終焉に向かっており、「ヤマト」の資本が必要とされる集落の〈空間〉と、その変容の予告が提示されながら、同時に幸太郎を通して蓄積されている〈時間〉が隠蔽されようとしているのである。

では、幸太郎の蓄積された〈時間〉とは何を意味するのか。

三、ウタの祈りと〈記憶〉をめぐって

幸太郎はテクスト上において言葉を持たない。眠る身体内部はアーマンが占拠している。テクストの語り手は、幸太郎の意識も代弁しない。ウタは浜辺で〈魂〉が具象化した幸太郎と会い、話しかける。徹底して沈黙しながら、幸太郎が浜辺で待っていたのは〈海亀〉であることがやがて分かる。

六月が近かった。梅雨はだいぶ遅れていたが、もうすぐ雨の季節になると幸太郎の魂はどうするのだろうと気になった。仮に病院で手術してアーマンを取り出しても、幸太郎の魂が戻るわけではなかった。明日からもウタは同じように魂込めをつづけるつもりだった。（二七八頁）

「これを待っておったんな」／そうつぶやいた瞬間、ウタはこの場所が、オミトが死んだあの夜に、海亀が卵を産んでいたのと同じ場所であることに気づいた。膝が震え、ウタはしゃがみ込むと海亀に向かって手を合わせた。（二七九頁）

六月は、アジア・太平洋戦争における沖縄戦と、その公式見解上の終戦の月である。幸太郎の母オミトの〈記憶〉がウタに現われるには六月という〈時間〉と浜という〈空間〉の効果が必要であった。〈海亀〉とともに到来したオミトの〈記憶〉。沖縄戦の最中、ウタはオミトとともに洞窟から食料を探しに出た。恐れるのは米軍の艦砲射撃だけではなく、日本兵による住民への危害だった。浜で〈海亀〉の産卵を見つけたオミトは、卵を取りに向かう。ウタは「手助けしなければ、と思いながらも浜に身をさらす勇気が出な」（二八一頁）い。やがて「火の中の竹が弾けるような乾いた音が響」（二八一頁）くと、オミトが倒れるのが見えた。そして、この目撃の場所こそがいま身を置く浜なのであった。〈海亀〉の産卵を通してウタに到来した〈記憶〉。それは一方で、これまでの戦後の五〇年間において記憶の表層に浮上しないよう抑圧されたものでもある。いま、〈時間〉と〈空間〉を通してウタの意思とは無関係に回帰した〈記憶〉は、ウタの〈魂込め〉の不成功という無力感と交わっていく。沖縄戦下における浜でのオミトの死の目撃という悲劇を、ウタは日常生活において抑圧することで戦後を生きぬいてきた。「戦争で夫の清栄が行方不明になり、子供もなく戦後を一人で生きてきたウタは、心の中でいつも幸太郎のことを実の子のように思っていた」（二六〇頁）のである。

幸太郎を慈しむことが、少しでもオミトの無念を晴らし、自分の罪をあがなうことであるかのように思った。けれどそれ以上に、独り身のウタにとって幸太郎の成長する姿を見るのは、生きがいそのものだった。（二八三頁）

ウタによる罪のあがないとは、オミトの置き去りと関わり、同時に沖縄戦下において、住民の避難場所としての「洞窟《がま》」（後述）の〈記憶〉ともつながる。

洞窟《がま》に戻る直前、ウタは小さくオミトに声をかけた。声は波音にかき消された。ウタはあすの夜、清栄や勇吉と一緒に迎えにくるからと約束して、洞窟に向かった。（二八二頁）

ウタは、倒れたオミトを見捨てたくはなく「迎えに来るからと約束」している。しかし洞窟では、「先回りした日本兵たちに、男はみんな連れ出されていた」（二八二頁）ため浜へは戻れず、「米軍の収容所から解放されるとすぐにウタは浜に行った」（二八三頁）が、すでに遺体はなかった。したがって、ウタの約束は宙吊りのまま果たされていない。遺体の行方不明と遺体をめぐる弔いの不可能性はオミトの位相を空白と成す。つまりオミトの不在によって、幸太郎の母の座が空白となるのである。一方、清栄を失ったことで母の座を剝奪されたウタは幸太郎の母の座を代行する可能性をもつのである。
　戦後の時間を生きるために意識的に抑圧された悲劇の〈記憶〉、また「生きがい」として発見された幸太郎がその〈記憶〉と鏡像関係にあることを、ウタは「罪をあがなう」意識を働かせながら後景化させる。したがって、「オミトが死んだあの夜に、海亀が卵を産んでいたのと同じ場所であること」（二七九頁）の気づきは、徹底的に遅延されていたのである。さらに幸太郎の沈黙も、制御不能な〈記憶〉の想起の一助となる。それは、テクスト上での〈海亀〉＝オミトという気づきが、母の座と幸太郎そのものの喪失を喚起するからである。しかし事態はこれだけでは収まらない。

滑るように海に入った海亀は首を反らすと浜の方を見た。幸太郎が海に向かってゆっくりと歩きだす。／「行ってはならんど。幸太郎。行ってはならんしが」／ウタは叫んだ。幸太郎は一瞬立ち止まってウタを見た。しかし、すぐにまた、波間に頭をもたげて漂っている海亀に目を移し進み始める。ふと、その海亀がオミトの生まれ変わりのような気がした。／「あね、幸太郎、待ちよう。待ちよう」／ウタが追いすがろうとしたとき、急にその姿が揺れ、砂に吸い込まれるように足元から消えていった。（二八三〜二八四頁）

オミトの再生たる〈海亀〉によって母の座を奪還されたという可能性は、形而上的な空間、つまり〈魂込め〉をめぐる儀式の周縁におけるものであり、この浜で〈海亀〉と対面するのはあくまでも幸太郎の形而上的な〈魂〉なのである。そして幸太郎の〈魂〉は、ここで神話的なニライカナイの海へと接続するのではなく浜の砂に消え、同時に物理的身体としての幸太郎の死が到来するのであった。生死に関わる物理的身体を占拠していたのは〈アーマン〉であり、身体の死をもたらすのも〈アーマン〉であった。鈴木智之が指摘するように、ここで伝統的なコスモロジーとしての回帰性を象徴する〈海亀〉の物語は中断される。[21]「砂に吸い込まれるように足元から消え」る幸太郎の〈魂〉に対応して、身体としての幸太郎も死亡してしまう。ここにおいて、ウタによって想起された〈海亀〉と母オミトの相同性は誤読の可能性を示すのである（後述）。

幸太郎の身体的な死の要因は〈アーマン〉にあり、さらには本土から幸太郎の奇病の噂を聞きつけてやってきたカメラマン[22]の、不意のフラッシュ撮影が影響する。青年会長の金城は、フラッシュ＝光[23]に驚いたアーマンが喉に詰まったのだと、浜から駆けつけたウタに対して語る。ここでの金城の説明をふまえるなら、最終的な死[24]を発動したのは、二人の男たちのカメラのフラッシュ＝光なのである。つまり、この集落は本土の資本、あるいは幸太郎の奇病への好奇のまなざしにさらされており、集落の伝統的儀式、ユタという文化性は、流動する資本社会においては、そのまなざしに消費され蓄積されないのである。「魂込め」の物語はこのような〈空間〉と、継続しえない〈時間〉において進行していくのである。

幸太郎は身体のレベルにおける死を受容する。それは直接的にはカメラのフラッシュ＝光によるものであり、またウタの〈魂込め〉の失敗にも起因するものであった。

両手を合わせて（魂の―引用者）幸太郎の横顔を見つめると、ウタはつぶやくように御願《うがん》を唱えた。／（中略）／そういうことをくり返しくり返し、集落《しま》を守る御嶽《うたき》の神やあらゆる所にいて自分たちを見守っている御先祖《うぐわんす》の神に祈った。祈りが終わると、ウタはTシャツを幸太郎の肩にかけて立ち上がらせようとした。しかし、水に触れるような感触が指先にかすかにあっただけで、幸太郎の魂は座ったままだった。（二六五～二六六頁）

翌日からウタは、朝起きて茶を飲むとすぐに浜に行き、午前中の畑仕事を終えたお昼過ぎと夕方、そして夜と、日に四度浜潮木の木陰で魂込めを行った。しかし、幸太郎の魂は海を見つめたまま動こうとしなかった。三日、四日と重なるうちに、焦りが募ってきて、ウタは無力感と苛立ちで食事もろくにとれなくなった。（二七三頁）

集落共同体が蓄積された伝統を破棄し、本土の資本経済と契約を交わしていこうとするそのときに、ウタは自らの無力を提示しなければならない。ウタは集落の伝統や規範を象徴する神事を執り行う絶対的な存在である位相を喪失するのであり、ウタの能力の限界は幸太郎の死によって具体化する。テクスト上、〈魂〉の幸太郎が言語を示さないことによって、〈海亀〉がオミトであるかどうかは明示されない。一方、ウタが〈海亀〉に見出そうとしたオミトとのつながりを示す物語は、幸太郎の身体の死によって中断される。さらにオミトが〈アーマン〉であったという解釈が示されることで、〈海亀〉とオミトの関係への読みは行き止まりにあたるのである。

四、〈記憶〉の不可能性

幸太郎の身体の異常は、集落の中では起こりうる可能性として認識された。それが驚異なものとして隠蔽される過程に「ホテルの建設」が示唆されていた。幸太郎が隠蔽の対象となる異常な身体であるために、他者のまなざしが必要とされているのである。幸太郎を占拠した〈アーマン〉は、その身体を宿として利用している。幸太郎の身体は〈アーマン〉にとっての洞窟であり、それはウタの戦争の〈記憶〉と通底していた。

新城郁夫は「私たち読者は洞窟に籠もるという行為とその洞窟からはいずり出ることによって殺されるという非劇の反復のなかで、「オミト」と「アーマン」の重なりを見出すことができる」[25]と考察する。ここで新城は戦争で死亡したオミトを〈海亀〉と解釈することの誤りを示し、〈海亀〉とオミトの物語としての回帰性に閉じるのではなく、新たな〈記憶〉の継承のあり方を指し示している。[26]さらに新城は次のような指摘を行う。

この身体化された洞窟という時空間を〈口〉という局所において現勢化させ、そして、生と死が互いに嵌入しあう沖縄戦の暴力を塞がれた口という政治的闘争の場において、言語化不可能な記憶の回帰として再起させていくのが「魂込め」というテクストであることはもはや言うまでもない。(27)

〈アーマン〉こそがオミトと相似形をなす存在であるとの認識は、幸太郎の死後の〈アーマン〉退治の場面に露見していた。

アーマンは脂光りするしなびた腹を引きずりながら残った足で壁まで這い、体を返してウタを見た。弱々しい目の光にふいに哀れみが湧いた。／「待てぃよ、弘」／そう叫んだが、振りおろしたスコップは止められなかった。背中の甲羅が砕け、濃い緑色の液が流れ出す。それでもまだアーマンは死ななかった。二つの目が自分を見つめている。そう思ったとき、突然浮かんだ考えにウタは胸を衝かれた。／このアーマンこそがオミトの生まれ変わりではなかったか……。興奮した金城がスコップを振りおろし、とどめをさした。(二八八～二八九頁)

つまり、本作ではウタによるオミトの解釈が二度行われているのである。最初は〈海亀〉によってオミトが召喚され、次に〈アーマン〉の「目」によってオミトの「生まれ変わり」の可能性が読み込まれるのだ。だが、ここではそのどちらに正当性があるかを問うものではなく、ウタの思いつき、受容によって回帰する戦争の〈記憶〉について考察することを目的としたい。

不意に前景化するこのウタの〈アーマン〉＝オミトという認識において、オミトは二度目の死を経験しなければならない。戦場で交わした約束は、さらなる宙吊り状態になる。ここでのウタによる〈アーマン〉＝オミトという認識への遅延は、幸太郎にとっての母なる座の代行という希求によってもたらされているのかもしれない。「罪をあがなう」ために幸太郎の母の座を求めたことは、死したオミトとの「迎えにくる」という約束の不履行という「罪」自体を伴う。子どもがなく、出産経験のないウタの空白を「生きがい」として埋めるのが幸太郎であったが、先述したようにそれは「罪」をめぐる鏡像関係にあるのである。

ここで、新城郁夫が考察するように、〈アーマン〉の占拠というグロテスクな事態そのものが母と子という関係性のアナロジーだとしたら、(28) 子どものないウタには、〈アーマン〉＝オミトと感知することは困難だったように思えるし、ウタが幸太郎という「生きがい」の占有をもくろむ際には、むしろ〈アーマン〉＝オミトは排除されねばならないだろう。加えて〈アーマン〉がオミトであることの可能性は、幸太郎の死を経過してもたらされるものであった。

つまり、「生きがい」である幸太郎の死という絶望に直面しながら喚起される戦争の〈記憶〉が、戦後を生きたウタの日常の裂け目に現われたのがこの場面なのである。「魂込め」が示すのは、ウタという戦後に生きた一人の女性の孤独と疎外、またそこに生起する〈記憶〉の物語だといえる。なぜなら、そこには戦争の〈記憶〉の、私的で敏感な部分が露呈しているからだ。だからこそ「魂込め」は、救済の物語、あるいは沖縄の文化的豊かさや伝統的コスモロジーとしての言説とは別のコードで読まれる可能性を示すことになり、それゆえにウタによる〈アーマン〉＝オミトという解釈が、戦後をめぐる女性の生きざまの痛みを引き出すのである。[29] そして、「魂込め」においては、このウタの〈記憶〉は集落の者には示されず、彼らには分有されない苦しみとして、読者にのみ開示されるのであった。[30]

一方、幸太郎の〈魂落とし〉という出来事と身体の沈黙は集落によって隠蔽された。だが例えば、目取真が言うように「戦争が終わった後に巨大なカボチャがなったとか、大きな冬瓜がとれたという話はあちこちにあ[31]」ったのであり、ここでは幸太郎に起きた出来事も遍在する変異譚のヴァリエーションである。したがって、重要なのは、〈アーマン〉に宿られることが喚起する、隠蔽しきれなかった戦争の〈記憶〉の問題といえるだろう。

洞窟に隠れた沖縄戦下のウタやオミトも含む住民、またウタにオミトだと感知される〈アーマン〉の体内占拠。ここに示唆されるのはシェルターとしての防衛装置であり、洞窟と幸太郎の口内は、それぞれ住民とアーマンにとって生命と直結する場である。それゆえ、幸太郎から引き出された〈アーマン〉のイメージは、洞窟から出ていくオミトやウタ、清栄や勇吉とも重なる。しかし、〈アーマン〉が受けた暴力の主体はウタであり、またとどめをさしたのは金城であった。戦争の〈記憶〉の継承を、本土資本との契約のために排除していくことと、〈アーマン〉への暴力は重なっているのだ。

「魂込め」が企図しているのは、日本兵、カメラマン、資本による土地の改変、といった外部からの圧力であり、資本や消費を通して、権力構造を不可視にする運動でもある。集落の者たちが過敏になるのは、周縁（集落）にある異常性であり、一方それは中心からのまなざしによって集落の人びとに認識される。

屋嘉比収は「沖縄戦の記憶の継承を考えるうえで、その日本の戦争に関する正史や公的記憶から排除され隠蔽された〈出来事〉の記憶を忘却せずに、いかに現在の物語の中に想起して書き込むことができるかが問われている」[32]と述べている。本作における集落が目指すのは「正史」への呼応であり、そのために隠蔽や排除が進行する。沖縄戦をめぐる一個人ウタの〈記憶〉に通底する〈アーマン〉の存在は、幸太郎が沈黙の主体ゆえに前景化せず、唯一、その開示の可能性を持つウタは、その〈記憶〉を「語る」ことを試みない。〈アーマン〉の死は、集落における戦争のひとつの〈記憶〉の忘却を意味する。

〈アーマン〉がとどめをさされるその刹那に、喚起された「このアーマンこそがオミトの生まれ変わりではなかったか」という思いは、この異常な身体変容の物語が戦争の〈記憶〉を語る困難を示している。

幸太郎という沈黙の身体と〈魂〉を媒介として遅延しながらウタに回帰する戦争の〈記憶〉と、集落や共同体内部における伝統の廃棄（と新たな資本の創造の可能性）による分有の不可能性を、本土と沖縄の関係をめぐる物語として提示したのが「魂込め」なのである。

五、〈記憶〉を語ることの困難／読むことの可能性

目取真俊の「水滴」や「魂込め」が試みるのは、正史に対する傍流の歴史ではなく、それを語ることの困難と苦悩の在り様であり、戦後を生きる戦争経験者の日常の裂け目に不意に現われる〈記憶〉そのものであった。戦争を体験していない世代（目取真は一九六〇年生まれ）が戦争を描く中で選択される戦略は、フィクションを通して現実を変容させることである。その変容から溢れる〈記憶〉に読者がどのように向き合うかが目取真の作品では問われている。

ウタは、幸太郎の四十九日を終えた後、〈海亀〉の産卵を待つため浜に降りて波の音を聞く。「波の音を聞きながら月の光の揺れる海を見つめていると、自分もすでに死んで魂になっているような気がし、とりとめもなく浮かぶ記憶と現実の区別がつかなくなる」（二九一頁）のである。ここでウタは曖昧な領域に入り込んでいる。〈記憶〉と現実が混在し、〈海亀〉をめぐる生の物語が語られ、弱肉強食の世界が示されていく。曖昧な状態にあるウタの内面に去来するのは〈海亀〉であり、さらには子亀であった。それはオミトの死の〈記憶〉と重なる浜にあって、幸太郎を想起させる存在でもある。その子亀は、死も象徴する「海のかなたの世界」（二九二頁）への入り口としての波間へと消えていく。死と生は、それ自体が重なりながら同居する自然環境の中、静かに並存しつづけてきたのである。この浜は、死生が感知される夢幻的な場となる。一方で、ウタに想起された戦争の〈記憶〉の分有が不

可能であることで、「祈り」は行き場をなくすのであった。

注

（1）栗山雄佑『〈怒り〉の文学化《テクスト》――近現代日本文学から〈沖縄〉を考える』（春風社、二〇二三・三）所収の論考を参照した。

（2）高橋敏夫「遭遇――まずは壊れた人間からあらわれる…」（『ホラー小説でめぐる「現代文学論」』宝島社、二〇〇七・一〇、六〇頁）

（3）『沖縄文学フォーラム　沖縄・土着から普遍へ――多文化主義時代の表現の可能性　報告書』（一九九七・三）を参照した。

（4）花田俊典「〈オキナワ〉私記」（『敍説XV』一九九七・八）

（5）目取真俊、池澤夏樹「「絶望」から始める。」（『文學界』一九九七・九、一七七、一八一頁）

（6）大江健三郎、目取真俊「沖縄が憲法を敵視するとき――「癒し」を求める本土への異議」（『論座』二〇〇〇・七、一八一頁）。またここで目取真は「日本の保守派が、日本と沖縄の関係でいちばん望ましいと考えているのは、政治・経済・軍事の面においては、沖縄は従属的であるが、文化の面では、政治的に無害であるかぎりそれを華やかに持ち上げよう、というもの」（一八一頁）だと指摘している。

（7）前掲（6）書、一七九頁

（8）目取真は「二年続けて芥川賞が出た」ことに関心は示さず、沖縄における文学の方向性について「この時代の悪意や毒気をも栄養にしていくような」小説を求めると述べている（「悪意の不在」『ＥＤＧＥ』一九九七・一〇、一二、一三頁）。

（9）本作は単行本『魂込め』（朝日新聞社、一九九九・八）に所収され、他に文庫本『魂込め』（朝日新聞社、二〇〇二・一二）、『赤い椰子の葉――目取真俊短篇小説選集2』（影書房、二〇一三・七）に収められている。引用には影書房版を用いた。

（10）「選評」（「第二十六回（第二期第一回）川端康成文学賞発表」『新潮』二〇〇〇・六、一一三〜一一五頁）

（11）『沖縄いろいろ事典』（新潮社、一九九二・二、一三〇頁）

（12）黒田勇「身体と健康の近代化」（『ラジオ体操の誕生』青弓社、一九九九・一一、六九頁）

（13）規律化、ディシプリンについては、ミシェル・フーコー／田村俶訳『監獄の誕生――監視と処罰』（新潮社、一九七七・九）を参照した。

（14）新城郁夫はウタの祈りをめぐり以下のように考察する。「「ウタ」にとって、「魂込め」とは、共同体的規範の保持という使命において遂行される監視規律化としてあるのであり、そこで「ウタ」の祈りは、抜け出た魂に対する、村の神々および御先祖への崇め、家族のもとに帰ることへの教導という言葉でしか外化されるもの以外ではない。（中略）強固なまでに共同体秩序保持の論理に貫かれている」（「母を身籠もる息子――目取真俊「魂込め」論」『攪乱する島――ジェンダー的視点』社会評論社、二〇〇八・九、二二一頁）。

（15）目取真俊「水滴」（『文學界』一九九七・四）

（16）目取真は、「西洋的なまなざしからは見えない、認識できないような現象を表現していく場合に、ある仮空の場所を設定し、そこで起こったことはすべて現実なんだと受け止める方法がある。（中略）沖縄でも、目の前の現実を、小説というフィクションのなかで変容させながら、すべてあり得るものだとして自分自身で受け止め、そのなかへ自分が入っていく」（前掲（6）書、一七九頁）と、ガルシア＝マルケスにふれながら述べる。

（17）目取真俊「沖縄の文化状況の現在について」（『けーし風』一九九六・一二、二九頁）

（18）鈴木智之「寓話的悪意――『水滴』『魂込め』における沖縄戦の記憶の形象」（『眼の奥に突き立てられた言葉の銛――目取真俊の〈文学〉と沖縄戦の記憶』晶文社、二〇一三・三、八四頁）

（19）細見和之「アイデンティティの諸相」（『アイデンティティ／他者性』岩波書店、一九九九・一〇、三頁）

（20）本作における「浜」とウタの関係について、小嶋洋輔は「「海」と「集落《しま》」のどちらからも隔てられる「浜」にいる存在であるはずのウタが、（中略）「日本的なるもの」の一部と化している沖縄＝「集落《しま》」を離れ、死者の世界に行くしかないということをあらわしている」（「目取真俊「魂込め」――癒されぬ「病」」『千葉大学人文社会科学研究科研究プロジェクト報告書』二〇〇九・三、九一頁）と考察している。

（21）鈴木智之は「『魂込め』では、回帰する記憶を担う記号が、「海亀」（シンボル）と「アーマン」（アレゴリー）の間で引き裂かれ、いったんはその海亀の挿話にそって「神話的・民話的」な物語が生起しかけるが、すぐにその展開が断ち切られ、「アーマン」と「村人」とのスプラッタな闘争の物語へと旋回する」（前掲（18）書、八七～八八頁）と指摘する。

（22）テクストには、集落にカメラを持つ若い男二人が現われたとあり、「一人はヤマトゥの人間で、もう一人は那覇の出身」（二七五頁）で、「男たちの狙いが幸太郎の件であるのを新里は見逃さなかった」（二七五頁）と記される。つまりここでは、本土のまなざしだけでなく、沖縄がそれに呼応することで、奇異な出来事とそれに伴う伝統的儀式の消費される様相が示されているのである。

（23）「魂込め」におけるフラッシュに注目する仲井眞建一は、「流動的なもの、異質なものを固定化する解釈の暴力性が」本作にはあり、「体内と体外の中間」にいたアーマンが光により驚き、体内へと動いたことにより幸太郎の死が「決定」してしまうと考察する（「目取真俊『魂込め』論――新城郁夫／ウタ、「祈りは届かなかった」場所に佇むこと」『越境広場』二〇一七・一二、五八頁）。

（24）齋藤祐は「仏教的な世界観に立てば、人間の魂が落ちた日から七日目に、その魂は三途の川を渡り始める（初七日）。つまり、幸太郎への「魂込め」の儀式が六日間に限定されているのも、この期間のうちに幸太郎の魂を呼び戻すことができなければ、幸太郎を救うことはできないという暗示だと考えられる」（『目取真俊――神女《かみんちゅ》の届かない祈り」『国文学解釈と鑑賞』二〇〇九・二、一四三頁）と指摘しており、参考とした。

(25) 新城郁夫「目取真俊「魂込め」下」（『沖縄文学という企て――葛藤する言語・身体・記憶』インパクト出版会、二〇〇三・一〇、一八一頁）

(26) また、スーザン・ブーテレイは、〈アーマン〉がハジチ（刺青）の文様に使われることをふまえ、「本来なら沖縄の女性たちのアイデンティティの象徴で、女性たちにとって守護神とも言えるアーマン」が退治される点に、「文化の深い断絶」を見出す（「「魂込め」論」『目取真俊の世界《オキナワ》――歴史・記憶・物語』影書房、二〇一一・一二、二〇二頁）。

(27) 前掲（14）書、二一一頁）

(28) 新城郁夫は「〈母を身籠もる息子〉という来たるべき身体が顕れ、そしてそのグロテスクな顕れゆえに、母（＝息子）－子（＝母）はともに共同体によって殺されていく」（前掲（14）書、一九九頁）と指摘しており、「洞窟」と幸太郎の口、身体内部という関係性に加え、ジェンダー的読み、家政性という問題を提起している。本論も、新城論から多くの示唆を受けている。

(29) 仲井眞建一は、新城の「アーマン＝オミト」という考察の限界を指摘し、「解釈はアーマンにではなく、アーマンを巡る解釈それ自体に向けられる必要がある」（前掲（23）書、五七頁）と指摘しており、「魂込め」論の新たな可能性を示唆する。本論でも「アーマン＝オミト」という解釈のみを採用するものではない点で参考とした。

(30) 黒沢祐人は、「目取真俊「魂込め」は、表象不可能な戦争の記憶を、登場人物／読み手がどのように受け取ることができるかという問題を提起する作品であった。しかし従来の試みは、そのような形で提示される作中の記憶を、規範的な言説を撹乱する否定的な要素として読むことが多かった。（中略）「魂込め」における〈共同性〉の在り方を、同一性原理を前提とした人間像によって把握できない、〈現場〉の空間的・身体的問題として具体的に示すこと」（「目取真俊「魂込め」における戦争記憶と〈現場〉」『クァドランテ』二〇二〇・三、一九四頁）を重視しており、〈記憶〉をめぐる考察において参考とした。

（31）前掲（5）書、一八四頁

（32）屋嘉比収「「沖縄」をめぐる論争・論議――平和資料館問題／沖縄イニシアティブ論争／沖縄研究学会での皇族記念講演問題」（高橋哲哉編『〈歴史認識〉論争』作品社、二〇〇二・一〇、八八頁）

第一二章　目取真俊「伝令兵」論——意味の空白・空白の記憶

一、死者の到来による「過去」との対話の可能性

目取真俊は「平和通りと名付けられた街を歩いて」（一九八六）、「風音」（一九八五〜八六）、芥川賞受賞作「水滴」（一九九七）、「魂込め《まぶいぐみ》」（一九九八）、「群蝶の木」（二〇〇〇）等の作品において、沖縄戦をめぐる〈記憶〉の問題を主題としてきた。鈴木智之は「戦場の経験とその痕跡は、目取真の作品世界を構成するひとつのオブセッシヴなモチーフであ」り、「その修辞的技法の革新を推し進め、虚構の物語としての奥行きを獲得してきた」と指摘する。(1) また新城郁夫は沖縄の文学場に関して、「いかなる戦後的状況を描こうとしてみても、払いがたくそこに戦争の影はさしている」(2) と述べる。戦後の沖縄をめぐる文学作品が「戦争の影」と絡み合う中で、正史とは無縁化された戦時〈記憶〉の表象の方法と対峙するのが目取真俊であるだろう。第一〇、一一章で論じた「水滴」「魂込め」はもちろん、例

えば、二〇一七年に発表された「神ウナギ」[3]にもそれは通底している。ここでは視点人物・勝昭の少年期の戦争体験を中心に、戦後につづく沖縄戦体験者の内的な〈記憶〉の苦悩と土着文化を軸に作品が構成されていた。また「魂魄の道」(『文學界』二〇一四・三)や「斥候」(『世界』二〇二二・五)等の作品が、現代と戦時の〈記憶〉を結ぶ物語であることもふれておきたい。

目取真が沖縄戦に拘る理由に、家族の戦争体験がある。鉄血勤皇隊として召集された父親の語り聞かせた記憶、母や親族の体験した出来事が、沖縄戦の内実を埋めていったといえる。[4]今帰仁出身の父親の沖縄北部での戦争体験——山中での敗残生活、日本兵の仕打ち、住民を守らない日本軍といった戦争の〈記憶〉や、沖縄の住民犠牲、同化/皇民化教育といった歴史的出来事が、目取真における沖縄/本土の認識を強固に形成していったのである。目取真はこれらに加え、「より「低い視点」から見た戦争として、無名兵士や庶民の戦争体験を読むことを一番大切にしたいし、その視点から戦争を考えたい[5]」と述べており、その「低い視点」を軸に小説と向き合うのである。

目取真作品の特徴として幻想性をあげることができる。スーザン・ブーテレイは目取真の作品に関して、〈疑似的体験手法〉、〈断片的なイメージや言葉の連鎖による表象〉とともに、〈非現実的、幻想的要素〉の強度をあげる。[6]この〈非現実的、幻想的要素〉の立ち現われる場において、〈過去〉との対話が死者の到来により行われ、そこに想起される出来事や〈記憶〉を問題としながら、沖縄戦で傷ついた無名兵士や庶民の心の内奥が表出されるのである。

本論では、目取真作品におけるこのようなコンテクストをふまえ、『群像』二〇〇四年一〇月号に発表された「伝令兵」をとりあげる。(7) 首のない「幽霊」が物語を駆動させる本作も、沖縄戦に関わる小説作品の系譜にあるが、目取真の他の作品とはいくつかの差異が見出せる。例えば、「水滴」や「魂込め」において無記名であった舞台が、明確に「コザ」と示され、また個人の内的な世界に到来してきた死者や亡霊が、本作では少なくとも二名の登場人物によって目撃されることとなる。「伝令兵」はコザに現われた首のない「幽霊」をめぐる物語であり、視点人物友利の現在の境遇や、父親が体験した沖縄戦の断片が語られる構造をとる。さらに、父親の沖縄戦の〈記憶〉が家族の戦後における日常生活を破壊していくこと、友利自身の結婚と娘の事故死、それをめぐる苦悩が描かれていく。

本論では作品の分析を通して、〈記憶〉をめぐる物語の可能性について考察したい。〈首のない兵隊〉を親友の幽霊だと考える視点人物友利の〈父〉は、顔のないことで同定から逃れる「幽霊」に意味を求めつづける。そこで沖縄戦の〈記憶〉をめぐる問題、また出来事を共有することの問題について考えていく。

二、物語の発動をめぐって

「伝令兵」の冒頭では、塾講師の金城を視点人物に、不意に遭遇した米兵への嫌悪感と対立、その窮地を救う正体不明の〈首のない兵隊〉との邂逅が語られる。次に金城の行きつけのバーの店主友利を中心に、〈首のない兵隊〉をめぐる「幽霊譚」が示される。さらに〈首のない兵隊〉＝伝令兵は、友利の〈父〉の友人伊集であることが示唆され、友利家の過去が回想され、やがて〈首のない兵隊〉を探す〈父〉の狂奔と家族の危機、その回復と〈父〉の死が語られる。そこに友利の娘の事故死、妻との別居、離婚といった私生活がふれられていく。作品は友利が〈首のない兵隊〉に自死を中断され、「膝が崩れ、コンクリートの床に座り込んだ友利は、声を噛み殺して泣いた」（二九一頁）という一文で終わる。

ところで目取真俊は、前章でふれたように、「水滴」による芥川賞受賞後に行われた池澤夏樹との対談において、「癒し」の場として欲望される沖縄の環境について、沖縄自らが呼応して「沖縄の人自身が、ここを癒しの場と認識してしまうと、沖縄内部の厳しい状況や、別の顔が見えなくなってしまい」、「自己肯定が、ある種の甘さにつながっていって、逆に共同体や沖縄的な風土との緊張感が薄らいでしま」うと述べている。(8)

目取真の視線は沖縄内部の政治的、社会的に厳しい環境へと向けられ、安易な文化的馴れ合いは徹底的に拒絶される。前章で指摘したとおり、目取真は「文化の光で権力構造を隠蔽する」可能性について考え、「もっとグロテスクで、すごく生々しい、プラスにもマイナスにも転じるようなもの」として「沖縄の現実を小説として創り出していけば、単純に「癒し」に回収されるものにはならない」と述べるのである。(9)

「伝令兵」は二〇〇四年に発表されているが、作品内の時間は一九九五年に置かれていると思われる。登場人物の金城は、普段は沖縄の歴史や米兵に深い関心を示さないようだが、作品の冒頭、「沖縄に来て間もない米兵のグループ」（二六三頁）らしき白人の四人の若者と対面したときは違っていた。

三カ月前、北部のある町で、小学生の少女が三人の米兵に車で連れ去られ、暴行を受けるという事件が発生していた。その後、事件に対して抗議の集会やデモが起こる中、米軍の司令官が、三人はレンタカーを借りる金があったら女を買えばよかった、という発言を行った。／新聞でその発言を読んだとき、普段は基地問題について考えたこともなければ、米兵にどうという感情を持っていなかった金城も、怒りが収まらなかった。（二六三〜二六四頁）

ここでの「少女暴行事件」は一九九五年九月四日に発生した少女への暴行事件を思い起こさせ、さらには一九五五年九月に発生した幼女殺害事件をも想起させる。「癒し」とはかけ離れた現実の暴力が過去から現在まで連続している。このような環境が、「癒し」のみへと回収されることへの疑義、それを「自己肯定」的に良しとしてしまう沖縄内部への批判としても展開されているように思える。

ここで、目取真の認識する戦後の沖縄の怪異についてふれてみたい。

沖縄の各地には、終戦直後、戦死者たちの養分を吸収して、大きな南瓜や冬瓜ができたという話がたくさんあります。戦死者が、植物を育てたり、植物に姿を変えて、生きのびている……。身近なところでそうした話に接していて、身体の一部が変形したり、何かがこぼれてきたりするイメージは、ずっと温めていました。[10]

目取真における異形でグロテスクなもののイメージ形成の根底には沖縄戦がある。沖縄の土地の持つ土着的な文化性を表出し、そこに沖縄の直面する現実を呼応させるかたちで目取真作品は形成されている。そのうえで、目取真の作品群における「死者／幽霊」との対面は、「生者」への問いとして立ち現われる。フィクションとして語られる物語は、合理性に回収されることを拒み、現実を覆うような政治的危機感と共鳴するだろう。フィクションは「〈かつてあそこ〉を〈いまここ〉に遺す力[11]」を宿しながら、〈記憶〉の忘却に抗うことを可能にするのである。

戦後（一九六〇年）に生まれた目取真の沖縄戦とは、資料や証言の集積であり、「自分の家族の戦争体験を追体験しながら[12]」思考されるものであった。県立第三中学時代に鉄血勤皇隊として沖縄戦に参戦した父親や家族の証言は、いくつもの作品にとりあげられている。[13]家族と共有された〈記憶〉は、国体護持や本土決戦準備のために多くの犠牲をはらった沖縄県民にとっての苦悩の原点、また沖縄戦とはまさに「自死や集団死、おびただしい数の戦場死に代表されるように、人間や社会の崩壊過程を示す典型で[14]」あり、そして敗戦から米国施政権下にありつづけた沖縄の歴史的出来事と共鳴する。家族の〈記憶〉の「追体験」を小説に記すことは、しかし家族が体験したオリジナルのコピーではない。

そこには媒介としての想像力が働いている。戦争を体験していない世代の目取真が、家族の〈記憶〉をふまえることで、沖縄戦をめぐる多様で〈非現実的、幻想的要素〉を含んだ作品が創造されるのである。

目取真作品では、「出来事」と「出来事」を関連づける意味のネットワークによる構成が試みられ、「出来事」と「出来事」を関連づけた「物語り」により過去をめぐる〈記憶〉が拡充される。[15] 野家啓一は「過去の「実在」は、歴史的過去を体験的過去に結び合わせ、それを知覚的現在に時間的に接続する「物語り」のネットワークの中でのみ志向的に構成される」[16]と指摘する。目取真が試みるのも、完結しえた「物語」生成ではなく、動的に「物語る」[17]行為そのものであり、その意味で沖縄戦は、過去を固定させた「物語」として描出されるものではない。「追体験」の基盤となる家族や共同体の体験は生きた歴史として受容され、「物語り」に反映されつづけるのである。家族や証言資料等の〈生きた〉歴史を参照しながら、〈記憶〉に関して未完成でありつづける作品構成こそが目取真作品の特徴となる。「伝令兵」も〈記憶〉の問題を扱う作品である。本作では友利の〈父〉の語りえない〈記憶〉が、「幽霊」という形象を有する「物語り」として前景化される。

後述するように、〈父〉が〈首のない兵隊〉と友人伊集を同定することは、顔の不在によって困難なはずである。一方、〈首のない兵隊〉＝「幽霊」は、〈父〉が撮影した写真の中にとりこまれ、登場人物たちにも「見る」ことが可能な存在である。つまり「伝令兵」は、「水滴」における徳正／石嶺のような個人の〈記憶〉の物語に収まるのではない。〈首のない兵隊〉が何者であるかの同一性は曖昧なまま、〈父〉が語ることのない／語れない――テクストに示されることのないままに、伊集と〈首のない兵隊〉との同一性が読み手にも共有される。本作では〈父〉の〈記憶〉をめぐりながら、また〈記憶〉そのものへの接触が拒絶されているのである。

三、意味の空白と〈首のない兵隊〉

ここでは物語の展開に沿って作品を追ってみたい。物語前半の視点人物金城が、日頃の不摂生に苦慮し、ジョギングをしていると、車に乗った四人の米兵グループに声を掛けられる。金城は「少女暴行事件」からの一連のアメリカ側の対応に嫌悪を感じており、ここに金城に潜在化された「怒り」が表出することで、米兵との対立構造が明らかになるのである。金城は、身体的に優位な米兵から逃げながら、「倒れようとする体に、そばの自動販売機の陰から腕が伸びる」(二六六頁)のを目撃する。「強引に引っ張られた金城の体は半回転し、店のシャッターにぶつかろうとする寸前、小柄な人影に抱きすくめられ、口をふさがれた」(二六六頁)のである。

もう一人の長身の男が自動販売機の方を見て動きを止めた。見つかった、と思った。背後から抱きしめている腕が、動くな、という意思を伝える。口を押さえられていなければ、叫び声を

上げていたかもしれなかった。こめかみが脈打ち、眼の奥が激しく痛む。（二六六頁）

ここで金城は、沖縄戦下において住民が避難したガマ（壕）での沈黙と恐怖の疑似体験を行っている。「自動販売機の陰」は疑似的戦争空間であり、間近に迫る米兵の存在を感じつつ、発見されれば暴力に曝されるという恐怖が金城を襲う。この緊迫した場面で金城は異形の存在に救われるのである。

ふと、いつの間にか口を押さえていた手が離れているのに気づいた。振り返ると二メートルほど離れた道の真ん中に小柄な人影が立っている。十四、五歳の少年のような体をして、衣服はあちこち破れ、胸から腹にかけて黒い染みができていた。所々泥もこびりつき、元はカーキ色をしていたことがやっと分かる。すねに巻いた布や爪先の破れた靴。沖縄戦の記録フィルムに出てくる日本兵のような格好をした体には、首がなかった。／身動きできない金城に正対した首のない体は、踵を合わせ背筋を伸ばして、気をつけの姿勢を取った。勢いよく上がった右手が鋭く曲がり、見えないこめかみのあたりに指先をそろえて敬礼する。（二六七～二六八頁）

テクストでは〈首のない兵隊〉への金城の驚きが示されるだけで、恐怖の感情は四人組の米兵に向けられている。金城は一時的にせよ、沖縄戦時の抑圧と、相対した米兵からの身体的な暴力（の可能性）に遭遇した。ここでは米兵が遍在する沖縄のコザにおける日常生活と、そこに不意に現出する不均衡な暴力の可能性が示されているのである。

この〈首のない兵隊〉とは何者なのか。

後に「幽霊」と名指しされる〈首のない兵隊〉は、顔による識別が不可能な、つまり日常的な場における識別の根拠を喪失した存在である。髙岡弘幸は幽霊の存在について以下のように述べる。

もっとも、幽霊は生者の想像力によってつくり出される文化的創造物である。したがって、幽霊は、生者が死者に対して抱く「思い」こそが生み出すといえるだろう。もし、生者が死者の死に責任や後悔の念を抱いているならば、幽霊は怒りや悲しみに満ちた表情をしたものとして表象されることになる。生者の罪の意識が、幽霊の怖さや悲しさをいっそう際立たせるのである。その逆に、生者が死者に愛惜の念を感じ続けるならば、幽霊の表情は穏やかなものとなるわけである。(18)

髙岡はこのように生者の根本的な態度が幽霊の表象に反映されるとし、さらに日本には豊饒な「幽霊文化」があるとしている。一方「伝令兵」では、〈首のない兵隊〉が沖縄戦と関連しており、しかし金城個人の経験とは無関係に唐突に現われることで、米兵の存在と接続する場としてのコザの意味合いが増す。個の記憶に通底しえない幽霊が表出されることで、より「普遍」的な「幽霊譚」へと拡充する可能性を示し、「読む」行為者の多義的な想像力を喚起するのである。(19)

ここで興味深いのは、この〈首のない兵隊〉の表情を「読む」ことができない点であるだろう。髙岡が述べる生者の「思い」を表情に見出す、あるいは託されることから、本作の「幽霊」は逃れつづけている。表情による解釈から脱することで、金城や友利とその父親は、意味の不在化した空白をめぐりつづけることになるのだ。〈首のない兵隊〉について鈴木智之は「その規律化された兵士の身体が、そのまま自動機械のように反復されている。そのこわばりによって呼び起こされるかすかな「笑い」が、救いのないリアリズムの世界の緊迫感を、ふっとゆるめて、通り過ぎる」とし、「それゆえに「伝令兵」は、「意味世界」の中に不用意な「空白」を穿つ」と考察する。(20) 伝令兵の存在根拠である「伝令」を無効化された〈首のない兵隊〉は、意味的な不在を抱え込んだ表象なのである。

したがって「伝令兵」においては、「幽霊譚」という形式を用いながら、コザの街に伝わる（と友利が語る）「鉄血勤皇隊／伝令兵」と沖縄戦が接続され、その「幽霊譚」を共有できる金城ら登場人物を配置しながらも、〈首のない兵隊〉が「何者」なのか同定する根拠が希薄になる。テクストは合意可能な意味づけの「物語」から常に逃れつづけていくのである。

四、空白としての〈父〉の記憶

では〈首のない兵隊〉は何を目的として〈いまここ〉に現われるのだろう。

〈首のない兵隊〉は内的に組み込まれた行動原理によって沖縄県民を救うのだろうか。だから米兵にはその姿が感知されないのだろうか。だとしたら、「コザ暴動」の写真に写り込んだ〈首のない兵隊〉を、米兵は写真の中に見出すことはできないのだろうか。さらには沖縄戦における多くの矛盾は〈首のない兵隊〉においてどのように処理されているのか、あるいはされていないのか。テクストには多くの謎が配置されている。

この〈首のない兵隊〉が「果たせなかった使命をめぐる怨念を抱えこみながら、アメリカ兵に暴行されようとする日本人がいればそれを救うというような形で、今に至るまでなお霊としてとどまり続け」る、「一種の「意味づけられた」霊」だとする松浦寿輝の評価は、[22]「怨念」や「救う」行為への過剰な「意味づけ」に思える。これでは〈首のない兵隊〉が、救いを求めた物語に従事するだけの存在に堕してしまうだろう。

〈首のない兵隊〉は、テクスト上、三回現われている。一度目は金城の前に、二度目は時間的には前後するが一九七〇年一二月の「コザ暴動」のときに、三度目は友利を自死から救出するときである。〈首のない兵隊〉が二度目に登場する際の「コザ暴動」の要因について宮城悦二郎は次のような説明を行っている。

なかでも糸満での「主婦れき殺事故」に対する無罪判決と具志川の「女子高校生刺傷事件」に関する米軍のルーズな捜査と意外な判決（懲役三年）は住民を激怒させ、各地で抗議集会が開かれた。れき殺事故の無罪判決が下されたのが「騒動」の九日前、ちょうど度重なる撤去要求の末に毒ガス移送の計画が発表された日である。また、「騒動」の前日には具志川村で毒ガス早期撤去要求の集会とデモが催されていた(23)。

〈首のない兵隊〉の二度目の登場が、カーニバル的に権力の転倒が行われた「コザ暴動」の場である以上、その目的が「救う」という行為に関連しているとはいえないだろう。「コザ暴動」は、コザという町が成立時から潜在的に含みこむ接触領域(24)での価値転倒の場面なのである。被抑圧的な市民が、カーニバル的な〈抵抗〉を実践する場であり、抑圧者である米兵との力の差、権力側が保持する暴力装置の発動との境界で行われた、怒りの表明であった。そこに現われた〈首のない兵隊〉は、米国軍属と沖縄住民との対立が表象される場に身を置き、沖縄戦を追体験している。この追体験を「写真」という装置が、被写体として捉えることで、〈首のない兵隊〉に実存性が与えられる。〈首のない兵隊〉は、「写真／（小説としての）言葉」のうえを偶然通りかかった者に過ぎない。顔を損失しているこの被写体は空白そのものなのであるが、その実存性に戦時下の〈記憶〉をめぐる接触の可能性を見出したい者、つまりここでは友利の〈父〉には物語が派生するのである。

〈首のない兵隊〉は、友利の〈父〉の「撮影」により、作品内の時間（一九七〇年）において初めて現前化されたことになる。〈首のない兵隊〉は〈父〉のカメラに写されていながら、一方で被写体が伊集であることの同定判断からは、首／顔がないことで逃れている。ここでは〈父〉の執着だけが、被写体と伊集を関連づけているのである。

テクストの二七六頁以降は、友利を視点人物としながら、「コザ暴動」に接した〈父〉は「ストロボの付いたカメラを持って表に出たという」（二七七頁）、あるいは帰宅後の〈父〉は「冬だというのに下着がびっしょり濡れていたという」（二七七頁）といったように伝聞体が用いられる。友利には伝聞形式をもって家族の〈記憶〉が分有されているのだ。だが、それは〈父〉の狂奔と家族の崩壊間際までの出来事としての「歴史」であり、〈父〉の内面にある沖縄戦をめぐる〈記憶〉はテクストには明確に示されない。したがって、「カメラ」が捉えた〈首のない兵隊〉が伊集であると断定する〈父〉の思いはテクストの外にあり、なぜ〈父〉が伊集に拘泥するのか、その理由は宙吊りにされる。

写真に写った形象が伊集であるとの断定は〈父〉の主観によるものであり、それを妄言や妄想であると切り捨てることはいかにも容易い。しかし写真に写った形象は〈母〉にも、さらには友利や金城、バーの客たちにも見ることが可能なものであった。カメラは対象との間に、「写す／写される」という関係を構築する。カメラという近代的記録装置は、意識的に「見る」対象以外の無意識の領域を現前化させる。ここでは、写したい対象外のものまでも不意に写し込む装置としてのカメラが、沖縄戦を体験した〈父〉の〈記憶〉の裂け目を生成している。この裂け目にいるのが〈首のない兵隊〉であり、その被写体を通して伊集の〈記憶〉が追求される。〈記憶〉の裂け目から到来する〈記憶〉そのものの空白の意味づけが必要とされるのである。

つまりここでは、〈父〉の戦時下の〈記憶〉と〈首のない兵隊〉を、カメラによる〈記録〉（写真）

が媒介するのだ。一方で、この誰にでも「見られる」対象となった〈首のない兵隊〉は、個の〈記憶〉にのみ依存する存在ではなくなる。写真として可視化されたことで、「見る」側それぞれと結びつく可能性の回路が開かれるのである。

〈父〉は〈記憶〉と〈記録〉の裂け目に友人伊集を見出し、伊集であるとの同定に一方的な信頼を寄せながら捜索を始める。友利の〈父〉が直面した沖縄戦における「出来事」は以下のように記されている。伊集を探しながら戦場を駆ける〈父〉は爆撃の余波で気を失う。

手を突いている水溜まりに赤黒い血が流れ込んでいる。二メートルほど離れて、うつ伏せに倒れている体があった。鋭い刃物で切断されたように首が付け根から無くなっていて、雨に打たれた傷口から血が流れ続けていた。手足や体には傷らしいものは見当たらないのに、青白い骨がのぞく首は肉の生々しさと冷厳な死を見せつけている。あたりを探したが、頭部は見あたらなかった。／顔は確認できなくても、うつ伏せの体を見た瞬間から父は、その遺体が伊集のものであることを確信していた。四つん這いになって近づき、肩のあたりに手を伸ばしたが、触れることができなかった。至近距離への弾着は続いていて、同じ場所にとどまっているのは危険だった。後で必ず埋葬に来るから、と心で約束して、父は壕に走った。／しかし、その約束を果たすことはできなかった。（二八〇〜二八一頁）

〈父〉は感覚的に遺体が伊集であると確信している。しかし、頭部のない遺体にふれることはできず、立ち去るしかなかった。ここでは、埋葬の約束を果たせなかった〈父〉による、死者＝伊集という類推が働いており、顔や名前により少年兵の死体が伊集であったという確信を読者は共有できない。したがって本作では「幽霊譚」として現われる〈首のない兵隊〉が伊集であることの真実性よりも、沖縄戦をめぐる〈父〉の過去の〈記憶〉と、現在が交わりつづける物語構造そのものが重要となるのである。

五、〈首のない兵隊〉の活動

〈父〉は仕事に支障を出してまでも、また家族を顧みることなく、伊集を追いかけつづける。「伊集という同級生が伝令兵として今も走り続けているのを自らの目で確かめ、カメラに収めようとしている」（二八二頁）、その異常な拘り方を〈母〉は理解できない。ここに、戦時下の少年兵によるホモソーシャルなコンテクストを指摘することは可能だろう。だが、〈父〉がなぜ伊集に拘泥するのか、テクストは示さない。その後、〈父〉は「突然、カメラを処分」（二八三頁）するが、「自分の考えを家族に話すこともなかった」（二八三頁）のだ。つまりここでは、友利の見聞きしたその伝聞体を用いることで、〈父〉の内面は透徹されず、友利の視点を中心に出来事が記されていく。〈父〉の〈記憶〉や思いがいかなるものであったかは不透明なままなのである。したがってテクストは、〈父〉の「物語」を提示するものではなくなっていく。

〈首のない兵隊〉は、〈父〉の〈記憶〉に基づく、その個的な関係に所有されるものではない。首がないという「グロテスク」でありながら、「ユーモラス」な存在として走りつづける伝令兵は、所有と同定（名指し）から逃れている。顔がないことは、表情の解読による物語化を不可能にし、空白・空洞を内在しつづけ、〈首のない兵隊〉が〈父〉の友人であるという可能性も無効にしうる。

〈記憶〉は対象との関係性によりさまざまな意味づけを可能とする。沖縄戦という巨大な暴力は多くの犠牲者をつくりだした。「幽霊譚」は、沖縄戦の中で犠牲になった人びとの無念さを〈記憶〉するひとつの装置となりうるだろう。髙岡弘幸が指摘したように、その際には生者が「表情」を呼び込むことで、無念さや悲劇の「物語り」が成立するだろう。だが、この伝令兵はその意味づけから逃れる。それは〈記憶〉が共有される際のコード化に抵抗しているようである。それはなぜか。ここでは「悲劇」として沖縄戦を捉えることが問題なのではなく、物語化という所有によって思考が停止され、個々の「物語り」が見えなくなる状況への抵抗が示唆されていると指摘できる。「伝令兵」は、表象することの境界（光の加減による誤写の可能性やそれをめぐる形式的な物語化）にある「心霊写真／幽霊譚」を用いながら、沖縄戦を多様に語るのである。つまりここでは、「意味付けられた」（松浦寿輝）という解釈だけでなく、〈首のない兵隊〉と出会えた個々がそれぞれの関係を結ぶ可能性が示されているのだ。

戦後に生き残った人びとが、沖縄での生活を継続させ、生きていくということ自体が沖縄戦と向き合うことと関連する。それは米軍の施政権下にあるそれぞれの身体が、戦場の〈記憶〉との間にどのような距離を置くかで、生き方を規定するかもしれない。一方、戦後に生まれた友利は戦争の体験を持たない。沖縄戦は、〈父〉の戦場での経験、伊集と〈首のない兵隊〉との関係から、読み取り見出されたものである。その経験が〈記憶〉として沖縄戦を捉える枠組みとなり、また生き残ったものたちの戦後の生活に影響を与える。

そして、三度目に登場する〈首のない兵隊〉は友利の自死を止めることになる。

友利は、娘の事故死により生きる希望を失ってしまった。友利は金城が〈首のない兵隊〉と出会った場所をインスタントカメラで撮影していく。そこに、死んだ娘が一瞬間現われて消える。友利は、死者である娘の面影を求めつづけ、〈首のない兵隊〉を写し出した「カメラ」という装置に望みを託すも、娘と出会い直すことはできなかった。娘の事故死という喪失の悲しみの大きさゆえに、家族が壊れていく事態に積極的な関係を結べず、友利は自死を決断するしかなくなるのである。

写真を撮りながら、首のない伝令兵の写真を目にしてから、父がカメラを手に夜ごと街に出ていったことが、やっと理解できたような気がした。／もうすべて遅いのだ。（二八九頁）

「もうすべて遅い」という認識。友利の覚悟の自死は、しかし〈首のない兵隊〉によって中断され、友利は絶望した世界に投げ出される。〈首のない兵隊〉は決して救済を与える存在ではないのである。〈首のない兵隊〉という「幽霊譚」が、沖縄戦を生き抜き、幸福な家族を形成していた〈父〉に執拗な行動をとらせた。「伝令兵」では、その理由／過去の〈記憶〉が問われるのではない。写真を見て不意に想起された〈記憶〉そのものにより狂奔する〈父〉は、内側に抱え込んだ沖縄戦の傷痕により伊集を求め、また一方で突然カメラを手放す。

ここでは個の内面における「幽霊」との邂逅ではなく、写真というメディアを用いながら、多様に拡張する〈記憶〉の入り口として、多くの人の目に映る「幽霊」が用意されていた。したがって「伝令兵」は、救済を「意味づけられた」「幽霊」の物語ではない。〈父〉の語れない〈記憶〉をめぐる家族の物語であり、また「幽霊譚」により過去の沖縄戦と現在とが密接に接続する物語なのである。

六、戦後の〈記憶〉に生きる兵隊

〈首のない兵隊〉はその「伝令行為」において同一化を図る名指しから逃れつづける存在としてテクストに刻印されていた。伝令兵でありながら、伝令することが不可能な存在なのである。何も伝えることができない〈首のない兵隊〉は意味を宙吊りにする。したがって、登場人物の危機からの救出という「意味づけ」も適当ではないのである。

走るという伝令兵の行動が、いま／ここにおいて到達される充足した意味からの「逃走」を喚起する。伝令兵によって投げかけられたであろう意味は、その「顔」＝「表情」の不在により、受け手に空白をもたらす。意味の充足においてのみ現実世界が成立しえないことをふまえれば、ここでの伝令兵の行動に明確な意味づけを行うことは、原理的に不可能であり、テクストはそのことを〈首のない兵隊〉というアイコンを用いることで現前化している。

目取真の作品は、沖縄戦に接続した戦後史を小説に表出し、顕在化する暴力や〈記憶〉の問題を扱ってきた。その中で、「伝令兵」は〈記憶〉との関わり方において、それまでの作品との違いをみせていた。〈首のない兵隊〉という〈非現実的、幻想的要素〉を取り込みながら、首のない、したがって何者かを同定しえない「幽霊」をめぐって、戦後に生きる人間の〈記憶〉との対峙の仕方を、〈記憶〉そのものを語らないことで描いてみせたのである。

注

（1）鈴木智之「寓話的悪意──『水滴』『魂込め』における沖縄戦の記憶の形象」（『眼の奥に突き立てられた言葉の銛──目取真俊の〈文学〉と沖縄戦の記憶』晶文社、二〇一三・三、五四頁）

（2）新城郁夫「〈レイプ〉からの問い──戦後沖縄文学のなかの戦争を読む」（『沖縄文学という企て──葛藤す

る言語・身体・記憶』インパクト出版会、二〇〇三・一〇、四四頁）

（3）目取真俊「神ウナギ」（『三田文学』二〇一七・秋季号／後に『魂魄の道』（影書房、二〇二三、二）に所収）

（4）目取真俊「第一部　沖縄戦と基地問題を考える」（『沖縄「戦後」ゼロ年』日本放送出版協会、二〇〇五・七）参照

（5）前掲（4）書、九一頁

（6）スーザン・ブーテレイ「目取真俊の世界」（『目取真俊の世界《オキナワ》――歴史・記憶・物語』影書房、二〇一一・一二、二一一～二一九頁参照）

（7）「伝令兵」は日本文藝家協会編『文学２００５』（講談社、二〇〇五・五）、『目取真俊短篇小説選集３――面影と連れて《うむかじとぅちりてぃ》』（影書房、二〇一三・一一）、講談社文芸文庫編『戦争小説短篇名作選』（講談社、二〇一五・七）に所収されている。引用には影書房版を用いた。

（8）目取真俊、池澤夏樹「「絶望」から始める。」（『文學界』一九九七・九、一七七頁、一八一頁）

（9）大江健三郎、目取真俊「沖縄が憲法を敵視するとき――「癒し」を求める本土への異議」（『論座』二〇〇〇・七、一七九、一八一頁）。

（10）目取真俊「受賞の言葉」（『文藝春秋』一九九七・九、四二四頁）

（11）奥田博子「〈物語《フィクション》〉の力――「沖縄文学」」（『沖縄の記憶――〈支配〉と〈抵抗〉の歴史』慶應義塾大学出版会、二〇一二・五、二一五頁）

（12）前掲（4）書、二〇頁

（13）例えば大学時に創作した短編「うた」には「鉄血勤皇隊に動員される前に父が家に帰され、爪と髪を切って祖母に渡したことや、祖母が「行くな」と止めたことなど」（前掲（4）書、七二頁）が書かれ、「平和通りと名付けられた街を歩いて」には親戚の体験が含まれている。

（14）保坂廣志「「沖縄戦新聞」を見る目」（『沖縄戦新聞――当時の状況をいまの情報、視点で』琉球新報社、二

〇〇六・二・二版、Ⅱ頁）
（15）野家啓一『物語の哲学』（岩波書店、二〇〇五・二、第一章、第二章、第三章を参照）
（16）野家啓一「過去の実在」（『歴史を哲学する』岩波書店、二〇〇七・九、一〇三〜一〇四頁）
（17）「物語る」ことは完結を求めるのではなく、多様な声を増幅させる行為であり、ここでは発話者のポジションが明らかにされる（アーサー・C・ダント／河本英夫訳『物語としての歴史――歴史の分析哲学』（国文社、一九八九・二）、鹿島徹『可能性としての歴史――越境する物語り理論』（岩波書店、二〇〇六・六）等を参照）。
（18）高岡弘幸「私たちの心が幽霊を生み出す」（『幽霊――近世都市が生み出した化物』吉川弘文館、二〇一六・九、二頁）
（19）鈴木智之は読み手の態度には、虚構性の承認や形式性の前景化があるとして、「作品を「虚構」のものとして読むという「契約」――「フィクション契約」――を結び、外在的な現実に参照して内容の真偽を問うという作業を回避する姿勢。あるいは、語られた内容とその語り方とを切り離して、テクストの「形式」を評価の対象にすえる姿勢――「フォルマリスト契約」とでも呼べるだろうか。こうした独特の身構えのもとで、テクストは狭義の「文学性」を獲得し、「読者」は他の諸言説のそれから切り離された、固有の現実領域を構成する」（前掲（1）書、一二〇頁）と指摘する。
（20）前掲（1）書、一三五頁、一三七頁
（21）目取真の「私にとっての沖縄戦」（前掲（4）書）には、目取真の父や家族、沖縄県民が受けた日本兵からの暴力的仕打ちが記されている。
（22）松浦寿輝、平田俊子、陣野俊史「創作合評」（『群像』二〇〇四・一一、三七八頁）における松浦寿輝の発言。
（23）宮城悦二郎「コザ騒動」（『新沖縄文学』一九八一・一二、一二一頁）、また宮城は米軍が「暴動」と呼び、地元新聞が「騒動」としたことに統治する／される側の関係性を見出しつつ、さらに事件の際の住民の、

米軍関係者だけを対象とした理性的行動を挙げ、「「公共の平穏」を著しく害したと」(一二二頁)はいえないことから「コザ騒動」と呼称しているが、本論では「伝令兵」にある「コザ暴動」と記す。

(24) Mary Louise Pratt, *Imperial Eyes: Travel Writing and Transculturation*, 1992. を参照。また山里勝己は、プラットの「接触領域(コンタクト・ゾーン)」について、「単に支配と被支配の関係ではなく、遭遇することで派生する影響関係の中で主体が形成される」(山里勝己「コンタクト・ゾーンとしての戦後沖縄」石原昌英、喜納育江、山城新編『沖縄・ハワイ——コンタクト・ゾーンとしての島嶼』彩流社、二〇一〇・三、一五頁)と説明している。

終章

一、本書のまとめ

本書では、〈戦争〉に関連した沖縄をめぐる戦後の文学作品を分析、考察してきた。沖縄は明治期の大日本帝国の版図拡大にとって重要な位置を占め、「南進」における基点となった。中心である本土・ヤマトにとって、周縁地域である沖縄は、内／外の領域を使い分ける対象であった。ここまで確認してきたように、国家主体による強制的〈同化〉と、沖縄内部からの〈同化〉運動は、差別という要因をふくみながら、本土／沖縄の関係を複層的に進展させた。

本書の第一部「沖縄戦をめぐる文学的表象」では、大日本帝国域内における唯一の地上戦としての沖縄戦を表象した記録文学作品を考察した。沖縄戦勃発までの軍事的権力機構に注目する冨山一郎は、「沖縄連隊区司令部の一九二二年の「沖縄県の歴史的関係及び人情風俗」、あるいは一九三四年の連隊区司令官石井虎雄の「沖縄防備対策」にみられる「文化程度低き」沖縄という認識は、第三二軍にいたるまで一貫して軍内部に存在し、沖縄語や毛遊び、衛生問題などが「低い沖縄文化」としてとりあげられている」と述べる。つづけて冨山は、戦場動員において、沖縄語の排除に代表される「生活改善運動」の必要が、「「日本人」になるという「自己の組み立て」に、接ぎ木する形で準備された」とし、住民の戦場動員が、「生活改善運動における「日本人」になるということと連続性を保ちながら準備された」と指摘する。(1) したがって沖縄戦の惨禍は、明治以来の〈同化〉概念を根底に、本土・ヤマトからの差別的なまなざしと、主体的な〈同化〉による沖縄側の自己形成との狭間における、呼応関係の歪みの延長上において増幅されたのである。

第一部「沖縄戦をめぐる文学的表象」の第一章では、古川成実の『沖縄の最後』を考察対象とした。アジア・太平洋戦争終戦後に、沖縄戦を「報告」するために出版された『沖縄の最後』においては、語り手の行動と思考の正当性とともに、沖縄の捨象という側面を見出した。さらに、『沖縄の最後』の書き換えられたテクストを分析することで、語りに内在する差別構造を提示した。初出テクストにおける米軍捕虜収容所の場面は後に削除され、内容も戦後新たに明らかになった情報が加味されていく。だが、それは戦争を体験した一兵士の臨場感を欠く内容でしかなかった。本論で問うたのは、沖縄戦を伝達する書き手の、大日本帝国の外部に沖縄を配置する認識であり、それは続編『死生の門』とも呼応する問題であった。

そこで第二章では、沖縄戦における第三二軍の高級参謀を務めた八原博通の手記を元に書かれた『死生の門』を扱った。本作は八原の手記を用いて「創造」されたものであり、沖縄の捨象という問題をさらに拡充したテクストといえた。そこに見出せたのは語り手の中に存在する沖縄への「無関心」のまなざしであった。

第三章では、沖縄戦の語りの中に少女の表象がもたらす意味を考察した。捕虜収容所内で伝聞された〈ひめゆり〉をめぐるテクストは、P・Wの語りの欲望を具象化していた。無垢な少女の殉国という物語は、収容所内の生き残った兵士によって愛撫されたのである。与那城勇は雑誌『ゴスペル』創刊号において、聞き書きの形をとりながら、無垢な少女と悪辣な軍人を対照的に描くことで軍国批判を展開したが、一方、戦争で対峙したアメリカへは無批判的であった。本論では、石野径一郎『ひめゆりの塔』をとりあげ、少女の無垢な処女性や戦場での「恋愛」をめぐる表象の問題を指摘したが、それはまた少女を抽象性の圏内に押しとどめる〈涙〉の物語の構造ともつながる点を開示した。

第二部「米軍占領下の文学作品――大城立裕を中心に」の第四章では、大城立裕の文学が『琉大文学』との論争において確立されていく側面を考察した。一九五〇年代、沖縄の「文壇」で活躍しはじめた大城の作品と、『琉大文学』に発表された小説への言及をふくむエッセイを分析し、また『琉大文学』同人による先行作家への批判を視座に、大城の「逆光のなかで」や「二世」にみられる沖縄文学としての特徴を見出した。一方で、権力への抵抗を言語化する『琉大文学』同人の批評や作品は、終わらない〈戦争〉と〈アメリカ〉支配への自覚によってなされていた。両者の交わりを軸に、第五章での「棒兵隊」の考察をすすめ、大城が言及する小説についての〈構成〉や〈主体性〉の問題を読み解いた。「棒兵隊」には言語発音の差異をめぐるユーモアと、そこを起点とする悲劇が示されており、激化する沖縄戦において〈防衛隊〉そのものが有名無実化する環境をめぐり、本土・ヤマトと沖縄の関係性が問われた点を示した。

また第六章では、芥川賞を受賞した大城立裕の「カクテル・パーティー」をとりあげ、視点人物の饒舌な〈語り〉と沈黙の意味を考えた。知人の米兵による視点人物の娘に対する性暴力をめぐり、沖縄／日本／アメリカ／中国の複層的で複合的な歴史の交わりの深部が明らかとなる。その中で、娘への暴力の告発にいたる後章での判断について考察を行った。すなわち、〈語り〉を許されない娘＝女性の立場の捨象と、視点人物（男）による独断的な判断の施行の断絶をふまえながら、同時に、沈黙から語る＝訴える主体へと視点人物が移動する点をふまえ、孤立しながらも闘争の主体となる可能性を指摘した。

第三部「沖縄の米軍基地とベトナム戦争——又吉栄喜を中心に」では又吉栄喜の作品を考察対象にした。又吉の初期作品群は米軍施政権下の沖縄を描きながら、少年の〈まなざし〉を通して、具体化、個別化された沖縄の諸相を見出していた。「米軍占領」「悲劇の島」などの固定化された言説に対して、又吉が前景化したのは米軍統治下に生きる少年たちの姿であり、彼らが米兵と出会い交流することで、沖縄の多元的な視座を提示するのである。また初期作品群に顕著なのは、少年による沖縄・共同体への違和感の表出であった。アメリカとの関係の中、「カーニバル闘牛大会」の少年が居心地の悪さを感じるのは、大人たちの偽善性である点を第七章で考察した。

また第八章で論じた「ジョージが射殺した猪」では、ベトナム戦争に参加する新兵の孤独と不安に焦点を当て、〈弱い米兵〉として映し出されるジョージの内奥を、言葉や行動から分析した。未完である〈弱い米兵〉からの脱却が呼び寄せた老人への発砲という暴力の構造をふまえ、ジョージが求めた母国からの〈承認〉という可能性と限界を読み込んだ。

第九章では、又吉栄喜の故郷である浦添との関係性を土台に、ベトナム戦争による心的外傷のために苦しむ米兵と少年の関わりを描いた「ターナーの耳」を論じた。戦争をめぐるケアの問題に接近しながらも、言葉の不通も重なり共有できない米兵と少年の亀裂について考察を試みた。

第四部「沖縄戦の記憶をめぐる文学作品——目取真俊を中心に」では戦後に生まれた目取真俊による沖縄戦の表象の在り方について考察した。目取真は戦争体験を持たない世代が沖縄戦を語ることの難しさと向き合う作家である。第一〇章では「水滴」における〈記憶〉の分有の不可能性について言及し、〈記憶〉を語ることだけでなく、想起される出来事の〈記憶〉と、その忘却の困難さを徳正が抱えもつ点を指摘した。戦争をめぐる〈語り〉の場においては、何を「語らない／語れない」かにより戦争の諸相は変容する。経験そのものは決して十全な言葉にはならない。沈黙の向こう側に不可視化されつづけた出来事をめぐる〈記憶〉の物語として、「水滴」、さらには第一一章で分析した「魂込め」は、読みの回路を開くのである。「魂込め」においても戦時下の〈記憶〉をめぐる「誤読」により、「語れない」出来事と対面する点を分析し、視点人物ウタの〈記憶〉の分有の不可能性について言及を行った。

第一二章では「伝令兵」をとりあげた。本作でも沖縄戦をめぐる〈記憶〉の問題が重要となる一方で、〈首のない兵隊〉として現われる伝令兵は、カメラによって可視化され、作中人物の前に出現する。だが〈首のない兵隊〉は、首／顔がないために、何者であるかの同定から逃れつづける。そのことを起点に、戦後に生きる人間の〈記憶〉との対峙の仕方を描いてみせた作品であると結論づけた。

目取真俊の小説に現われるマジックリアリズムは、分有を放棄、あるいは抑圧した〈記憶〉が、「幽霊」のように現前化することを自然とした。「寓意」として読まれる目取真俊の作品は「語らない／語れない」主体の周囲に生起する出来事から、戦争の痛み、〈記憶〉を捉えなおすものである。沖縄戦をめぐる〈記憶〉の問題は、目取真の作品において新たな活写の可能性を提示されたのであった。

二、今後に向けての課題

本書では、戦後を中心に〈本土・ヤマト〉、〈沖縄・共同体〉、〈アメリカ〉という視点をさだめ、〈戦争〉に関連した文学作品を対象に論考をすすめてきた。沖縄戦を経て、占領統治下に経験した戦争／占領の二重状態は、「相対的独自性」をもって沖縄を沖縄たらしめ、また文学はその諸相に応じてきた。その点をふまえ、本研究を土台にしつつ、戦後沖縄、現代沖縄の文学作品の考察をつづけていく。

そのうえで、一九七〇年代を含め、それ以降に沖縄の文壇に登場した作家群の研究は重要であると考える。〈戦争〉の島といえる沖縄が、施政権返還を通して新しいイメージを獲得[2]していく時期に書かれた作品の考察から、沖縄の新たな内地化・同化の側面とともに、相対化の可能性を問う必要があるからである。そのため「琉球新報短編小説賞」、「新沖縄文学賞」を受賞した作品は注目される。例えば比嘉秀喜「デブのボンゴに揺られて」(一九八〇年、第八回「琉球新報短編小説賞」受賞)、上原昇「一九七〇年のギャング・エイジ」(一九八二年、第一〇回「琉球新報短編小説賞」受賞)は、形式的な〈アメリカ〉像を破壊し、自らの位相に連続した者として〈他者〉を捉える視座を示している。

本書では、戦後という時間を広くとり、沖縄戦を含めた〈戦争〉を軸に、大城立裕、又吉栄喜、目取真俊の作品を考察の対象とした。一方、戦後に発表された戦争をめぐるさまざまな文学作品を考察していく必要がある。例えば、若いアメリカ兵と娼婦の関係性の限界を描く吉田スヱ子「嘉間良心中」(『新沖縄文学』一九八四・一二)、戦争の記憶や性の問題を示した田場美津子「仮眠室」(『海燕』一九八五・一一)など、女性作家の描く作品の研究も進めていきたい。

また、大正期の広津和郎「さまよへる琉球人」(『中央公論』一九二六・三)に対する沖縄青年同盟の抗議、久志芙沙子「滅びゆく琉球女の手記」(『婦人公論』一九三二・六)への沖縄県学生会、沖縄県人会の抗議についての考察は、同化と異化をめぐる自己形成言説の研究を深化させる。

豊穣であり独自性を示す沖縄をめぐる文学作品の幅広い研究が必要となる。

注

（1）冨山一郎「戦場動員」（『増補　戦場の記憶』日本経済評論社、二〇〇六・七、一一五、一一六頁）

（2）多田治『沖縄イメージの誕生――青い海のカルチュラル・スタディーズ』（東洋経済新報社、二〇〇四・一〇）、同『沖縄イメージを旅する――柳田國男から移住ブームまで』（中央公論新社、二〇〇八・八）を参照した。

初出一覧

初出一覧は次のとおりである。本書をまとめるにあたり、加筆修正を行った。

序章　〈戦争〉をめぐる沖縄の戦後文学の研究にあたって　【書き下ろし】

第一部

第一章　古川成美『沖縄の最後』におけるテクストの変遷と戦場へのまなざし
——初出版の問題点と改訂版の差異をめぐって
【初出】『沖縄文化研究』（法政大学沖縄文化研究所、二〇一五・三）

第二章　古川成美『死生の門』におけるテクスト生成と作品企図
——「形容の脚色」を帯びた物語の行方
【初出】『沖縄文化』（沖縄文化協会、二〇一六・六）

第三章　石野径一郎『ひめゆりの塔』論——作品の周辺と内容をめぐって
【初出】『近代文学研究』（日本文学協会近代部会、二〇一九・四）

第二部

第四章　峻立する五〇年代〈沖縄〉の文学
　　――大城立裕の文学形成と『琉大文学』の作用
　　【初出】『沖縄文化研究』（法政大学沖縄文化研究所、二〇一九・三）

第五章　大城立裕「棒兵隊」論――沖縄戦をめぐる内部葛藤の物語
　　【初出】『沖縄文化研究』（法政大学沖縄文化研究所、二〇一七・三）

第六章　大城立裕「カクテル・パーティー」論――沈黙をめぐる〈語り〉の位相変化
　　【初出】『社会文学』（日本社会文学会、二〇一四・二）

第三部

第七章　又吉栄喜初期作品における〈少年〉をめぐって
　　――施政権返還後の沖縄文学の動向
　　【初出】『早稲田大学大学院文学研究科紀要』（早稲田大学大学院文学研究科、二〇一六・二）

第八章　又吉栄喜「ジョージが射殺した猪」論
　　――〈模倣〉と〈承認〉による「米兵」化をめぐって

第九章　又吉栄喜「ターナーの耳」論

【初出】『文学・語学』（全国大学国語国文学会、二〇二〇・四）

――〈耳〉をめぐる生者と死者の対話の可能性／不可能性

【初出】大城貞俊、村上陽子、鈴木比佐雄編『又吉栄喜の文学世界』（コールサック社、二〇二四・四）

第四部

第一〇章　目取真俊「水滴」論――共同体・〈記憶〉・〈水〉をめぐって

【初出】『文藝と批評』（文藝と批評の会、二〇一五・五）

第一一章　目取真俊「魂込め」論――誤読される〈記憶〉の行方

【初出】『近代文学研究』（日本文学協会近代部会、二〇二四・一）

第一二章　目取真俊「伝令兵」論――意味の空白・空白の記憶

【初出】『日本文学誌要』（法政大学国文学会、二〇二一・八）

終章

【書き下ろし】

引用文献中、現代の社会通念や人権意識に照らして不当・不適切な表現や語句、差別的な表現がみられるが、時代背景と学術的意義を考慮し、そのままとした。

あとがき

沖縄に出会ったのはいつのことだったか。テレビの天気予報に奇妙な線が引かれて、本来とは違う場所に配置された沖縄。教科書で確認すると、九州のずっと南にある沖縄。一方、マンガや映画の表象にふれることで、そう遠くに感じる場所ではなかった沖縄。

野球が好きだったこともあり茨城県にある公立中学校の野球部に所属した。中学三年生のとき、軟式野球の全国大会に出場し準優勝することができた。その年の夏の甲子園では、沖縄県代表の高校が奈良県の代表と決勝を戦っていた。熱戦の結果は1対0で奈良県が優勝。沖縄県は準優勝に終わった。勝手ながら悔しさを共有できた気がした。

大学に入学したころ、又吉栄喜と目取真俊が相次いで芥川賞を受賞した。大学では、川村湊先生の批評ゼミに所属していたため、授業ではさまざまな近代、現代文学、在日文学がとりあげられた。その中に又吉栄喜「豚の報い」が現われた。はたして、当時、どのようなレポートを書いただろうか。そ

いまでこそ、沖縄の基層文化を軸にした、郷土文化の再表象とか、作中に反復される「白い一本道」

という語句を通した神話の再生産、などと評価できるかもしれない。しかし当時の私は、四人のホステスと一人の青年が、豚の闖入によって落ちてしまったマブイを込めに、真謝島へ行く、という物語、さらには白骨の父との再会や御嶽という未知の文化に戸惑うばかりだった。川村湊先生に御指導いただき、沖縄の文化、文学に出会い、興味関心を深めることができた。感謝の言葉しかない。

早稲田大学の大学院に進み、十重田裕一先生の御指導のもと、修士論文では織田作之助をあつかった。映画と文学の関係性について研究する方法を学んだ。高橋敏夫先生、中島国彦先生、宗像和重先生から、社会と文学の相関性、一次資料の調査、テクスト分析の意義など研究の土台を教えていただいた。現在研究が行えているのも、先生方の教えのおかげである。

博士課程進学を機に、研究対象を沖縄の文学に変更した。目取真俊が描く沖縄戦を軸とした小説、大城立裕の戦後の文学作品から離れることができなかったのだ。沖縄を訪れ、にぎやかで豊かな空気を感じながら、確実に存在する本土とは別様の、現在にまでつづく戦後史から目を反らすことができなかった。作家で研究者の大城貞俊先生から、沖縄のさまざまな側面について御教示いただいた中に、沖縄戦は終わったけれど、沖縄から戦争の影が消えることはなかった、という言葉があった。大事なことを再認識する機会をいただきありがたかった。博士論文でテーマとした沖縄の戦争をめぐる文学の研究を、さらに推し進めることができたのは、沖縄と戦争の関係を多様に考えてみたいと思えたからである。

また中国は甘粛省にある蘭州大学での教育に携わる機会を得たことで、中国からの沖縄研究の状況を知ることができたのも、研究を進める起爆剤となった。
これまで出会えた先生方にあらためて感謝を申し述べたい。
沖縄をめぐる文学論を査読雑誌に投稿してから長い年月が経過した。今回、一二本の論文を集めて一冊の本にできることにはかり知れない感動をおぼえている。

本書は愛知淑徳大学の二〇二四年度出版助成（課題番号２３ＴＴ１３）を受けて刊行されるものである。限られた日程にもかかわらず出版を引き受けてくださった春風社代表の三浦衛さん、下野歩さん、また編集に携わりながら丁寧に本文を確認し御意見をくださった山岸信子さんに心からの感謝を表したい。

そして、ここに至ることができたのは、何よりも家族の支えがあったからだ。これまでの生き方を見守りつづけてくれたことに思いがあふれる。心からの感謝を伝えたい。

二〇二五年二月一四日

柳井貴士

【著者】柳井貴士（やない・たかし）

一九七五年、栃木県生まれ。法政大学文学部、早稲田大学第一文学部卒業。早稲田大学大学院文学研究科博士課程単位取得満期退学。博士（文学）。国際交流基金客員研究員、蘭州大学外国語学院日本語学科講師を経て、現在、愛知淑徳大学創造表現学部准教授。専門は日本近現代文学。

主な論文に「明治期沖縄の散文小説をめぐる一断面――三面子「迷ひ心」論」（『国文学研究』二〇二〇・三）、「又吉栄喜「豚の報い」論――物語基点としての〈豚〉と変容する〈御嶽〉」（『昭和文学』二〇二一・九）、「ゴジラが沖縄をめざすとき――円谷英二を遠く離れて」（『ユリイカ』二〇二一・一〇）など。

戦争《せんそう》**をめぐる戦後**《せんご》**沖縄**《おきなわ》**文学**《ぶんがく》**の諸相**《しょそう》

二〇二五年三月二七日　初版発行

著者　柳井貴士《やない たかし》

発行者　三浦衛

発行所　春風社　*Shumpusha Publishing Co.,Ltd.*

横浜市西区紅葉ヶ丘五三　横浜市教育会館三階

〈電話〉〇四五・二六一・三一六八　〈FAX〉〇四五・二六一・三一六九

〈振替〉〇〇二〇〇・一・三七五二四

http://www.shumpu.com　✉ info@shumpu.com

装丁　中本那由子

印刷・製本　モリモト印刷株式会社

乱丁・落丁本は送料小社負担でお取り替えいたします。

ISBN 978-4-86816-043-4 C0095 ¥4000E